HACIA LAS ESTRELLAS

Jöse Sénder

Redbook

HACIA LAS ESTRELLAS

JÖSE SÉNDER

LOS VIAJES ESPACIALES Y LA CIENCIA FICCIÓN

Diseño de cubierta e interior: Regina Richling

Fotografías interiores: APG imágenes

ISBN: 978-84-121366-8-5

Depósito Legal: B-6.801-2020

Impreso por Arlequin, Can Pobla Nau 2, Polígon Industrial Can Roqueta, 08202 Sabadell

Impreso en España - *Printed in Spain*

Para mi familia.

Para todos los astronautas perdidos en una galaxia remota al otro lado de un agujero de gusano y para los que sueñan con llegar hasta allí.

Para Robert A. Heinlein, George Lucas, Brian K. Vaughan, Kameron Hurley y tantos otros que nos enseñaron a volar más allá de las estrellas.

«¡Oh, estrellas, que sois la poesía del cielo!»

–Lord Byron

ÍNDICE

HASTA EL INFINITO...

Una breve introducción

«De todo el tiempo y el espacio, de todo lo que alguna vez ha pasado o pasará, ¿por dónde quieres empezar?»

-El Doctor

El espacio, la última frontera.

Estos son los viajes espaciales del comandante John Crichton a través de un agujero de gusano, hacia una galaxia muy, muy lejana dominada por el lado oscuro de la Fuerza y su líder, el emperador Ming.

A bordo de la nave Serenity, nos enfrentaremos a hordas de xenomorfos antropófagos y marcianos de cuatro brazos, veremos qué hay al otro lado de un agujero negro que nos lleva más allá de los límites del Universo y abriremos el Espacio Final. Seremos asaltados por la nave pirata del capitán Harlock, decidiremos si somos más de Sulu o de Solo y ayudaremos a Star-Lord a recuperar el cubo cósmico a través de la Puerta Estelar, mientras intentamos rescatar de la aburrida superficie de Marte al pobre Matt Damon.

Y todo eso, por supuesto, sin olvidarnos nunca de llevar una toalla.

¿Qué tiene el espacio que nos vuelve locos?

¿Qué es una película de ciencia-ficción espacial sino, al fin y al cabo, una historia de exploración de territorios desconocidos como las de toda la vida? Antaño fueron los libros sobre valientes marineros que se aventuraban en mares embravecidos o que exploraban una isla misteriosa. La humanidad siempre se ha sentido atraída hacia historias que exploran los lugares que no conocemos. Desde los albores de la Historia, siempre hemos mirado hacia el oscuro cielo salpicado de estrellas y nos hemos preguntado qué demonios hay allá arriba.

Y, desde que tuvimos consciencia de que tarde o temprano sería posible descubrirlo gracias a los avances científicos y a la carrera espacial, nuestra pasión por ese gigantesco espacio exterior se intensificó. Desde entonces hemos estado mirando, como decía el dragón de *Dragonheart*, hacia las estrellas.

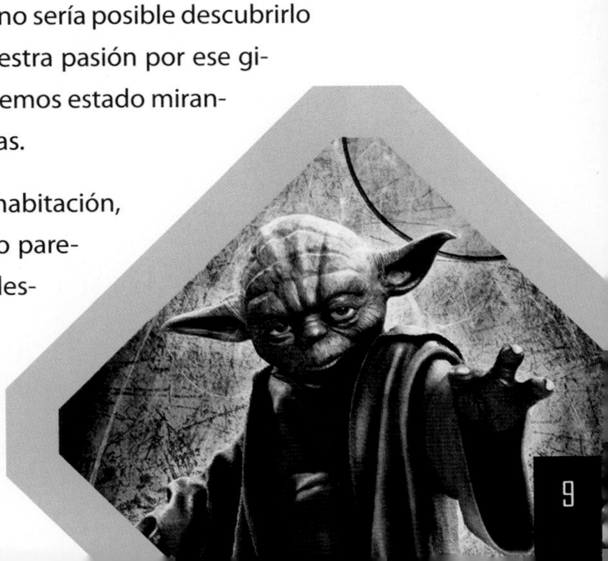

Imagínate haber vivido toda tu vida encerrado en tu habitación, convencido de que no había nada más allá de esas cuatro paredes. Ahora imagínate que un buen día se abre la puerta y descubres que al otro lado hay un pasillo y unas escaleras. Y más allá, un salón. Y al otro lado, un jardín. Y más allá, toda una ciudad. Y a su alrededor, todo un país. Y ese espacio que se abre ante ti, sin que hasta ahora supieras que existía, sigue creciendo y creciendo hasta abarcar un planeta entero que es millones de veces más vasto e interesante que tu minúscula habitación. Si la especie humana fuera un ente con vida y mente propias, así es como se habría sentido cuando descubrió que cabía la posibilidad de viajar al espacio, de descubrir otros planetas, otros sistemas solares, otras galaxias.

A nuestros ancestros les fascinaban los relatos que les contaban qué había más allá del océano, aunque fueran historias inventadas porque, hasta 1492, nadie se había atrevido a llegar tan lejos –bueno, quizás Astérix y Obélix sí, pero no lo habían ido contando por ahí–. El espacio es nuestro nuevo océano. La inmensa mayoría de nosotros nunca lo hemos visitado y probablemente jamás lo visitaremos, así que las historias de ficción ambientadas allá arriba nos siguen atrayendo enormemente, dando lugar a un sinfín de subgéneros que van desde el terror hasta la comedia, las aventuras más alocadas o el realismo más dramático.

Nos gusta la ciencia-ficción espacial porque nos muestra lo desconocido, lo morboso del «qué habrá ahí». El espacio es una caja cerrada con una etiqueta de «por favor, no abrir, contenido peligroso» que estamos deseando destapar aunque nos juguemos la vida en ello. Un lugar tan extraño que da pie a todo tipo de ideas fantásticas y a la vez tan peligroso como lo era el más enfurecido de los mares cuando viajábamos en endebles embarcaciones de madera.

Un lugar en el que cada segundo que pasas con vida es un milagro.

¿Qué hay de ciencia en la ciencia-ficción?

Más adelante ahondaremos en el tema de la precisión científica en las obras ficticias. Pero es importante tener en cuenta ya desde el comienzo que, si la ciencia-ficción incluye la palabra *ciencia* en su nombre, por algo será. Y es que siempre es importante respetar ciertas leyes a la hora de crear un producto del género, para que la sensación generada en el espectador sea la de un cierto realismo, para que la historia tenga alguna credibilidad.

Pero a la vez, si respetamos al cien por cien todas las leyes de la ciencia, el resultado puede ser aburridísimo para cualquiera que no tenga un doctorado en física cuántica. Es esencial saber cuándo saltarse estas leyes y meterse en el terreno de lo fantástico, porque una precisión demasiado real se haría insoportable al consumidor. Una historia de ciencia-ficción, como cualquier historia, debe ser plausible, no probable.

Nunca olvidemos que la ciencia-ficción sólo se basa en lo científico, no se abraza a ello. La base que unifica el género y todos sus subgéneros puede ser la ciencia, pero lo interesante es lo imaginario que se desarrolla más allá. Por eso otro nombre que se le da es «ficción especulativa», porque no se limita a relatar lo que ya existe, sino a especular posibilidades remotas a partir de ello. La ciencia-ficción se mezcla con la fantasía en multitud de sus historias, dando lugar al subgénero llamado «ciencia-ficción fantástica» –más conocido por su nombre inglés *science fantasy*–, pero incluso cuando no estamos en ese territorio, siempre hay un componente imaginario e imposible que da vida y color a la historia.

Si las naves de *Star Wars* no emitieran ningún sonido en el espacio, tendríamos una saga de cine mucho más realista… y a la mitad del público roncando ante la pantalla. Sin los físicamente imposibles sables láser ni la magia de la Fuerza, la primera entrega de 1977 habría pasado sin pena ni gloria. Quizás a Stephen Hawking le parecería absurdo el concepto del agujero negro que nos lleva más allá del límite del Universo en *Horizonte Final*, pero sin ello no tendríamos una obra maestra del terror gótico en el espacio.

En la ciencia-ficción, la ciencia es importante, pero la ficción es esencial.

¿LLEGARON... DEL ESPACIO?

Los orígenes de la ciencia-ficción

«Estamos hechos de polvo de estrellas.»

–Carl Sagan, astrónomo y novelista

¿Cuándo empezó todo?

Es muy difícil datar con exactitud los orígenes de la ciencia-ficción, dado que existen definiciones muy variadas de qué constituye parte del género y qué no, a veces contradiciéndose entre sí.

Hay quien asegura que los primeros pasos ya se dieron en el poema épico sumerio *Gilgamesh* del 2150 a.C. –de hecho el texto escrito más antiguo que existe y la primera historia de temática religiosa o mitológica–. Los motivos que dan estudiosos como Lester del Rey al respecto son, entre otros, el uso de escenas de apocalipsis distópico como la de la gran inundación que asola el mundo –en la que luego se basaría el mito del diluvio universal judeocristiano–. Otros citan la épica hindú *Ramayana* del siglo V a.C. porque mencionaba barcos voladores que podían viajar por el espacio o bajo el mar. También se anticipaban algunos elementos del género en algunos de los relatos que componían *Las mil y una noches*, como el viaje espacial, pero al igual que en las otras dos, todo se basaba en la fantasía, no en la ciencia –por aquel entonces muy primitiva–.

True story, bro

La que sí está considerada por muchos como la primera historia con componentes de ciencia-ficción, y además de su vertiente espacial que es la que nos ocupa, es *Historia verdadera* –o *Relatos verídicos*, según la traducción–, escrita por el asirio Luciano de Samósata nada menos que en el siglo II. Una sátira creada con intención de burlarse de las habituales historias de la época, que presentaban hechos fantásticos como si fueran reales –de ahí su título con retintín–.

La historia narra como Luciano y unos amigos cruzan más allá de las Columnas de Heracles –el estrecho de Gibraltar– hacia mares desconocidos y visitan tierras extrañas –entre ellas incluso una isla hecha de queso–, pero un tornado se lleva su barco volando hacia la Luna. Allí se ven inmersos en una guerra entre los habitantes de la Luna y los del Sol por la colonización de Venus. Evidentemente, todo es fantasía pura, no se habla de motores espaciales ni de tecnología porque el mero concepto aún no se había creado, pero ya posee algunas características de lo que siglos después sería la ciencia-ficción: razas alienígenas, guerras interplanetarias y viajes espaciales.

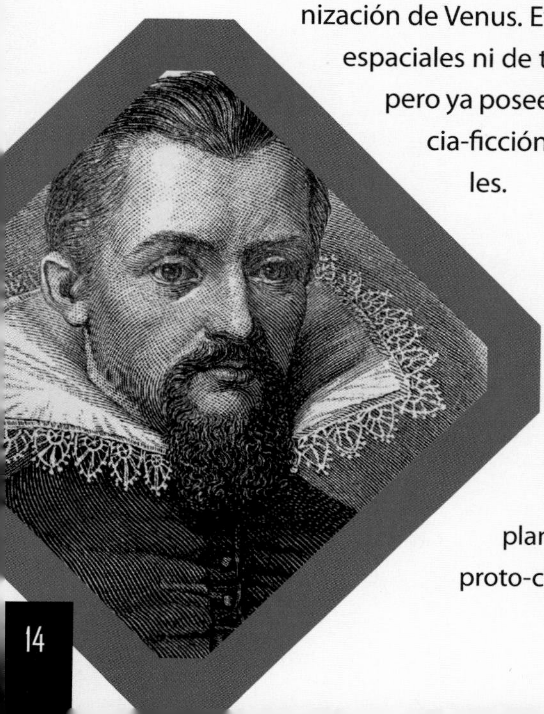

¡Que soy Copérnico!

En 1608, el célebre astrónomo Johannes Kepler escribió la novela *Somnium*, en la que unos demonios de la antigua Grecia le cuentan a un joven cómo es la vida en la Luna y cómo ven la Tierra desde ella. Aunque su planteamiento sea de pura fantasía, contiene algunos elementos proto-científicos que la engloban dentro del género: las detalladas descripciones de la vida lunar y el funcionamiento de su agricultura, un cálculo aproximado del tamaño real de la Luna, la idea de que para viajar al espacio hay que inducir un sueño criogénico a los astronautas, la relatividad de la rotación de la Tierra vista desde el espacio apoyando los preceptos de Copérnico, la meteorología lunar o el hecho, usado más adelante en otras obras, de que los alienígenas llamen a nuestro planeta por otro nombre –Volva, en este caso–. Curiosamente, en 2019 se estrenó un cortometraje de ciencia-ficción espacial de producción británica titulado *Somnium*, dirigido por Mayed Al Qasimi y protagonizado por Michelle Ryan –la inolvidable ladrona de joyas Lady Christina de Souza en *Doctor Who*– que, si bien no es una adaptación de este libro, sí que le rinde claros homenajes, como que la protagonista se llame Joan Kepler.

También influido por Copérnico y Galileo tenemos *The Man in the Moone*, escrito en la década de 1620 por el historiador y obispo Francis Godwin. En esta novela, un soldado español es exiliado por matar a un hombre en un duelo y se queda varado en la isla tropical de Santa Helena. Allí descubre una nueva especia de gansos enormes y construye una máquina para poder volar amarrándolos como si fueran los renos de Papá Noel. La cosa se le va de las manos y acaba marcándose un viaje de doce días en línea recta hacia arriba, hasta aterrizar en la Luna, donde se queda una temporadita viviendo con una raza de alienígenas inexplicablemente católicos.

Hasta Canis Major… ¡y más allá!

Otra obra que podemos considerar precursora de la ciencia-ficción espacial es *Micromégas*, escrita por Voltaire en 1752. A diferencia de sus predecesores, que se fascinaban con la Luna y no pensaban en nada más allá, Voltaire narra la historia de un alienígena venido de un planeta que orbita la estrella Sirius en la constelación de Canis Major. Este extraterrestre, Micromégas, de 37 kilómetros de altura, es juzgado por herejía debido a un libro sobre ciencia que ha escrito y lo exilian al espacio. Se hace amigo de un habitante de Saturno y viajan juntos por el Universo hasta que se topan con la Tierra y la observan, juzgando que sus habitantes son tan microscópicos que es imposible que tengan algún tipo de inteligencia. Voltaire aprovecha para hacer una nada disimulada crítica social satírica a través de esta loca historia de viajes intergalácticos, además de explayarse hablando de filosofía clásica y moderna.

Y de vuelta a la Luna

En el siglo XIX la Luna volvió a ser el principal centro de interés de los que, ahora sí, podemos llamar los padres de la ciencia-ficción espacial. El mismísimo Edgar Allan Poe, aunque sea más conocido por su faceta de terror decimonónico, fue uno de los grandes impulsores de este género. En su relato de 1835 *La incomparable aventura de un tal Hans Pfaall*, narra la historia de un hombre que viaja a la Luna mediante un globo aerostático que él mismo ha diseñado y un aparato que comprime el vacío del espacio y lo convierte en oxígeno respirable. Menciona a los habitantes del satélite y la cualidad volcánica de éste, además del obvio componente científico de mencionar por primera vez en una historia fantástica que en el espacio no se puede respirar.

En 1856, el húngaro Gustav Reuss escribió otra novela muy similar, también con un hombre viajando a la Luna en globo, pero con uno de los títulos más largos que se hayan visto jamás para un libro, agárrate: *The Science of the Stars or The Life of Krutohlav who Visited the Moon and the Sun and Knew about Planets, Comets and the Beginning and the End of the World*. La diferencia con el relato de Poe es que su héroe no se detiene tras llegar a la Luna, sino que allí se construye su propia nave espacial con forma de dragón y continúa viajando por el sistema solar –¿A ti también te pasa que después de leer esto quieres una nave espacial con forma de dragón, o sólo soy yo?–.

Y entonces llegó, cómo no, Julio Verne, con su celebérrima obra *De la Tierra a la Luna* en 1865. Como siempre en sus obras, se dejó de fantasías locas y trató de dotar a la historia de un cierto rigor científico, lo que la convierte en la primera obra a la que podemos llamar de forma bastante exacta ciencia-ficción espacial. En ella, Verne teoriza sobre la estructura en forma de cañón –la «pistola espacial»– que se necesitaría para lanzar una nave más allá de la estratosfera. La construcción del cañón se financia mediante donaciones de diversos países del mundo, en el primer *crowdfunding* de la literatura, y se lanza una nave «proyectil» con tres astronautas en su interior. Su llegada a la Luna queda inexplicada al terminar la historia, pero se narraría mejor en la secuela que lanzó cinco años después, *Alrededor de la*

Luna. Aquí Verne observa la superficie y teoriza sobre sus condiciones atmosféricas y astronómicas, de forma sorprendentemente exacta para lo poco avanzada que estaba la ciencia en esa época, pero además incluye por primera vez la idea de que no existe vida alienígena en el satélite. «Cuántas cosas son negadas un día, sólo para convertirse en realidad al siguiente», decía Verne en su obra espacial. Algo que define a la perfección su trabajo en general. Y es que, aunque muchos digan que Verne era un buen observador del devenir de la ciencia y que gracias a eso podía vaticinar avances que se darían décadas más tarde, muchos sospechamos que en realidad era un Timelord de Gallifrey.

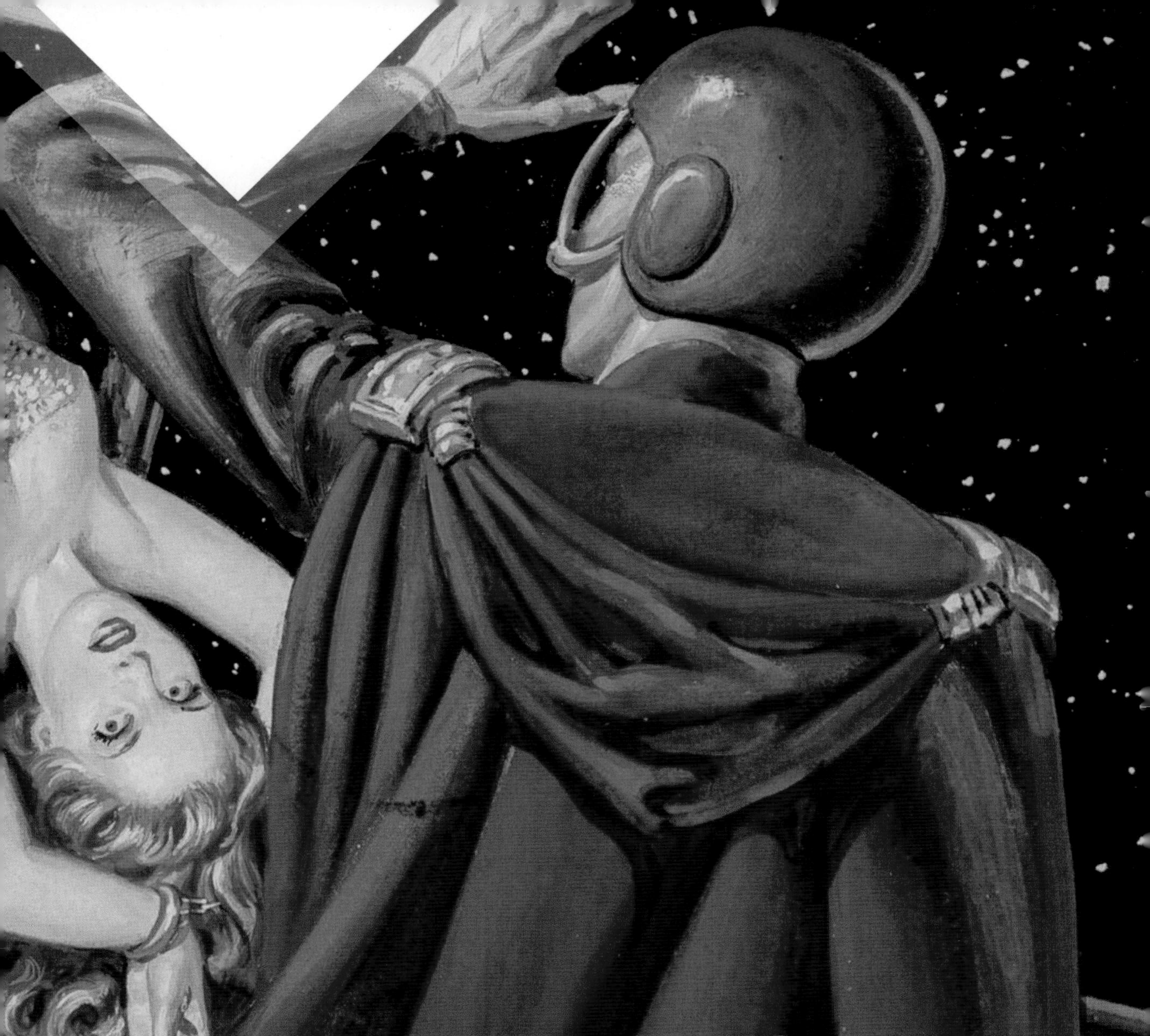

Demos la bienvenida a la Space Opera

Y en 1900, el fotógrafo británico Robert William Cole publicó la novela *The Struggle for Empire: a Story of the Year 2236*, que resultó dar pie al nacimiento de uno de los subgéneros favoritos de todo fan de la ciencia-ficción: la Space Opera. Este subgénero se identifica por contener una épica de aventuras en el espacio, con guerras interplanetarias, melodrama y elementos que recuerdan a la fantasía medieval pero en otros planetas. Sí, sé que estás pensando en *Star Wars* y, en efecto, esa es la saga más famosa de la Space Opera, que sin duda no existiría de no ser por la obra de Cole. En ella, la Tierra –liderada, por supuesto, por los ingleses– está en guerra contra los habitantes del planeta Kairet –en la órbita de Sirius– por el dominio de un planeta a mitad de camino de ambos, Iosia. A partir de esto, se narra una cruenta guerra espacial con escenas tan impactantes como la destrucción premeditada de dos lunas de Júpiter, forzadas a chocar entre ellas para aplastar a las naves enemigas que hay en medio. Cole mezcla la ciencia con la fantasía mediante el descubrimiento de nuevas energías y elementos descubiertos en el cosmos que recuerdan poderosamente a la Fuerza. Además, teoriza sobre avances tecnológicos como la creación de un dispositivo anti-gravedad que luego sería utilizado en numerosas obras de ficción espacial.

Aunque a quien se suele considerar el padre de la Space Opera como tal –al menos, porque las suyas tuvieron mucho más renombre que la de Cole– es a E.E. 'Doc' Smith, escritor norteamericano que creó la célebre saga de novelas *Lensman*, seguida de la saga *Skylark* y la bilogía *Subspace*, todas de temática de ciencia-ficción espacial. Algunos autores que han admitido la gran influencia de Smith en su trabajo son Jerry Siegel, creador de *Superman*, J. Michael Straczynski, creador de *Babylon 5*, y el mismísimo George Lucas –una de las razas alienígenas creadas para *Skylark* se llamaba Mardonalians y en *Star Wars* tenemos a los Mandalorians, un guiño en forma de anagrama no especialmente sutil–.

Pulp (science) Fiction

Las revistas pulp fueron uno de los grandes catalizadores que lanzaron la ciencia-ficción espacial hacia, con perdón, el estrellato. Dichas publicaciones consistían en revistas muy baratas con papel de mala calidad –de ahí el nombre, derivado de la pulpa de la madera– en las que se solían publicar historias serializadas. Estas historias «por fascículos» se solían considerar de calidad literaria inferior, pero tenían un gran éxito entre el amplio público y sin duda ayudaron muchísimo a potenciar la alfabetización entre las clases bajas. Algunos de los mayores iconos pop del siglo XX, como Flash Gordon o Tarzán, comenzaron como personajes de literatura pulp.

En los años veinte, fueron las revistas *Amazing Science Fiction* y *Amazing Stories* las que pusieron de moda el género y lograron que se multiplicasen los autores que se interesaban por escribir historias del espacio. Ya en los cincuenta, la revista de breve duración *Space Science Fiction* sólo lanzó ocho números, publicados entre 1952 y 1953, pero publicó por primera vez algunos relatos breves de Isaac Asimov y Phillip K. Dick que cobrarían gran importancia histórica a posteriori.

LOS CLÁSICOS NUNCA MUEREN

Las obras que lanzaron todo un género hacia el espacio

«La Tierra es la cuna de la humanidad, pero la humanidad no puede quedarse en la cuna para siempre.»

–Konstantin Tsiolkovsky,
pionero de la teoría astronáutica

Los inicios del siglo XX constituyeron una era dorada para la ciencia-ficción espacial, que por lo general era mucho más colorida, alocada y carente de rigor científico que la más actual, sin tomarse a sí misma tan en serio. En una palabra: diversión.

LA SERIE MARCIANA

Marcianadas de principios del siglo XX

SAGA LITERARIA. Edgar Rice Burroughs, 1917-1940.

En esta extensa saga de nada menos que once novelas, el exsoldado de la guerra civil americana John Carter es misteriosamente teleportado a Marte, donde se encuentra en medio de una guerra entre dos ciudades marcianas que dura ya más de mil años. Allí, decidirá ayudar a la facción de la princesa Dejah Thoris, de la que, por supuesto, se enamora perdidamente.

Fantasía marciana

La primera y más mítica entrega de la saga se publicó en 1917 bajo el título *Una princesa de Marte* –aunque ya se había publicado serializada en 1912 en la revista pulp *The All-Story* con el título *Bajo las lunas de Marte*– y es una lectura divertidísima. Para estar escrito en los años diez, resulta tener un ritmo trepidante que ya quisieran muchas novelas actuales. En algunos momentos peca de ser demasiado descriptivo, pero incluso esos momentos son interesantes, dados los imaginativos datos que describe sobre la vida en Marte. El protagonista es un absoluto cliché de héroe engreído y prepotente, pero ¿acaso no lo eran todos los de la época?

En Marte, ni te cases ni te embarques

Esta aventura espacial tiene más de fantasía que de ciencia-ficción, pero sí que hay en ella ciertas referencias científicas que la enmarcarían en el género: la observación de la órbita de Marte y sus lunas, las detalladas e interesantes descripciones de las naves que usan los marcianos –naves para flotar por su planeta, aún no dominan el viaje interplanetario– o los generadores de aire artificial que permiten la vida en Marte. Comenta que Marte tenía agua hace millones de años pero se secó, lo que coincide a la perfección con lo estipulado por observaciones científicas reales. Curiosamente, los marcianos de Burroughs se dedican a observar la Tierra mediante vídeos grabados por satélite –¡y estamos hablando de un libro escrito en 1912! –.

¡Barsoom!

Burroughs era un muy hábil escritor, capaz de crear personajes que han quedado grabados para siempre en la memoria colectiva, como el propio John Carter o su legendario Tarzán de los Monos. En esta saga postula la curiosa idea de que todos los planetas deben tener formas de vida físicamente similares, ya que todos vienen del carbono. También es interesante cómo los marcianos llaman a su planeta Barsoom, a diferencia de otras obras más inocentes en las que vemos, de forma inexplicable,

a alienígenas llamar a sus mundos por el mismo nombre con el que los llamamos nosotros –que ya es casualidad que un ser criado en, por ejemplo, Júpiter conozca la mitología romana y haya elegido justo a ese mismo dios para referirse a su hogar–.

«En un sentido, al menos, los marcianos eran gente feliz: no tenían abogados.»

–John Carter

CURIOSIDADES:

- Antes de la adaptación de 2012, hubo otra directa a vídeo, de la mano de la siempre divertida productora de serie B Asylum. Se tituló *Una princesa de Marte –Princess of Mars*, 2009, Mark Atkins– y contaba con Antonio Sabato Jr. como John Carter y Traci Lords como Dejah Thoris.
- Las aventuras de John Carter continuaron en forma de cómics, en los años treinta y cuarenta como tiras, en los setenta de la mano de DC y Marvel, en los noventa con Dark Horse y en la actualidad con Dynamite. Dejah Thoris también ha protagonizado sus propios cómics en solitario.
- Se lanzó un juego de rol de tablero en 1978, publicado por Heritage Models.
- La saga de novelas es conocida por dos nombres de forma indistinta, a veces se la llama *John Carter de Marte* y a veces simplemente *La serie marciana*.
- En 2019, Steeger Books anunció una nueva novela escrita por Will Murray en la que por fin tiene lugar un *crossover* entre los dos grandes personajes de Burroughs: Tarzán y John Carter. El título: *Tarzan, Conqueror of Mars*.

JOHN CARTER

Marcianadas de principios del siglo XXI

PELÍCULA. Andrew Stanton, 2012.

Si hablamos de la mítica saga de novelas del siglo pasado, tenemos que mencionar también la adaptación cinematográfica de su primer libro llevada a cabo en 2012. Protagonizada por el pobre chaval al que le tocó hacer de Gambito en aquella película de Lobezno que todos hemos intentado olvidar, consta con un reparto de secundarios de lujo como Mark Strong, Bryan Cranston o Willem Dafoe.

La princesa guerrera

Como adaptación de la novela, es muy fiel, aunque añade un puntito de profundidad con la redención del protagonista que, pese a que sigue siendo muy estereotipado y plano, al menos crece un poco y provoca una cierta empatía. En realidad, el personaje más interesante de la película es Dejah Thoris, que lejos de ser la típica princesita en apuros, se convierte en una Xena del espacio que arrasa con todo: las vidas de sus enemigos y los corazones de los espectadores.

Arte de Marte

Pese a su guion sencillito, el apartado visual es espectacular. Los planos que muestran la muerte de la esposa de John en la guerra son realmente preciosos. La dirección artística de la película se merece un diez. El diseño de las naves marcianas es totalmente del siglo XIX, con sus mecanismos similares a las ruecas de un reloj girando, lo que plantea dudas acerca de si se podría considerar steampunk o más bien… *¿reloj-punk*? Esos perros que parecen ácaros son monísimos y tienen un cierto sentido –en un planeta que es pura tierra y polvo, ¿qué otra forma iban a tener las mascotas?–.

Diversión sin complicaciones

El mensaje es muy claro y nada complejo de entender, haciendo referencia a los horrores de la guerra y cómo se debe intentar siempre evitarla. Pero, al fin y al cabo, es una simple película entretenida sin demasiada profundidad, ideal para pasar un buen rato un domingo por la tarde. Naves chulísimas, duelos con espadas, combates de gladiadores, un protagonista que va de un lado a otro dando saltos imposibles al más puro estilo Hulk y mucho, mucho palomiteo.

«Elige una causa, enamórate, escribe un libro.» –John Carter.

CURIOSIDADES:

- El personaje que narra la historia, el sobrino de John Carter, es el propio Edgar Rice Burroughs, autor de la saga original. Al final, su tío le aconseja que escriba un libro.
- El camarero que aparece al principio está interpretado por Don Stark, más conocido como Bob Pinciotti en *Aquellos maravillosos 70*.
- Resulta absurdo que los marcianos verdes de cuatro brazos se sorprendan tanto al ver a John por primera vez y no entiendan qué clase de animal es, cuando al cabo de poco descubrimos que existen otros marcianos con aspecto humano y los verdes ya los conocen desde hace milenios.
- La película se estrenó en 2012, para conmemorar el centenario del personaje.
- Jon Favreau –*Iron Man*– puso voz a un marciano y David Schwimmer –*Friends*– a otro.

FLASH GORDON

La madre de todas las Space Operas

FRANQUICIA. 1934-Actualidad.

En 1934, a Alex Raymond le encargaron una tira de cómic de ciencia-ficción que compitiera con la exitosa *Buck Rogers*. Poco se imaginaba que su historieta *Flash Gordon* se iba a convertir en una de las Space Operas más memorables de todos los tiempos, con toneladas de merchandising y adaptaciones, y que le coronaría como uno de los más importantes autores de ciencia-ficción del siglo XX. No fue la única vez que sus editores le encargaron tiras cómicas de estilo similar a otras que triunfaban, para hacerles la competencia: también creó a *Jungle Jim* para competir con *Tarzán*.

A Mongo voy, de Mongo vengo

Flash es un jugador universitario de polo que, junto a su amada Dale Arden y el científico Hans Zarkov, viaja en un cohete hasta Mongo, un planeta que amenaza con estrellarse contra la Tierra. Allí se enfrentarán a las hordas del malvado emperador Ming y vivirán imaginativas aventuras. Sus historias son pura Space Opera, mezclando drama y fantasía épica. A partir de los años cincuenta, las historias dejarían de centrarse en Mongo y sucederían por todo el Universo, con Flash viajando en naves con tecnología FTL –*Faster Than Light*, o «*más rápido que la luz*», uno de los conceptos más importantes en la ciencia-ficción espacial–. Sus tiras se publicaron en periódicos nada menos que de 1934 a 1992. Y pocas obras de ciencia-ficción clásica hay que no hayan imitado el sencillo y emblemático aspecto del cohete del profesor Zarkov.

Y Dale que te pego

En 1936 se estrenó su primer serial en cines, protagonizado por el ya mítico Buster Crabbe –que también interpretaría a su competidor directo Buck Rogers en el serial de 1939–. ¿Los efectos? Terribles. ¿La acción? Divertidísima. Lo más parecido a una revista pulp mostrada en pantalla que se hubiera estrenado hasta la fecha. Ha sido conservado en el Registro Nacional Cinematográfico de Estados Unidos debido a su valor histórico y cultural. El segundo serial cinematográfico, de 1938, se tradujo en España como *Marte ataca la Tierra*, aunque en realidad Flash viajaba a Marte para enfrentarse a una malvada reina que convertía a la gente en arcilla y nadie atacaba la Tierra en ningún momento. El tercero, *Flash Gordon conquista el Universo*, llegó en 1940. Tan divertidos como el primero, ciencia-ficción fantástica ingenua y bienintencionada. Las siguientes adaptaciones fueron cada vez más rocambolescas: series de dibujos horteras y hasta una película turca de 1967, *Flash Gordon's Battle in Space*, prácticamente imposible encontrar a día de hoy pero, según las malas lenguas, tan terriblemente mala que debemos dar gracias de su desaparición.

La influencia de los seriales originales en la ciencia-ficción posterior tiene su máximo apogeo en *Star Wars*, algo de lo que George Lucas no se avergüenza en absoluto. Basta con echar un vistazo al tercer serial para advertir esos créditos de apertura que se alejan hacia el horizonte o el aspecto de Dale Arden con su túnica blanca y sus moñitos laterales con forma de ensaimadas, entre un millón de elementos más que serían homenajeados por Lucas.

CURIOSIDADES:

- Alex Raymond era el tío del actor Matt Dillon.
- La primera aparición de Batman en un cómic –el número 27 de *Detective Comics*– imitaba a una portada de *Flash Gordon*.
- Las tiras de *Flash Gordon* que se publicaban en los periódicos de todo el mundo fueron prohibidas en España y Alemania durante la época del nazismo, debido a que su historia giraba en torno a la lucha contra un estricto emperador.
- La influencia de Flash en los posteriores héroes espaciales es tan evidente que, en *Vengadores: Infinity War*, Iron Man se burla de Star-Lord llamándole Flash Gordon.
- Uno de los dobladores en la serie de animación de los noventa era Rob Cohen, el director de la mítica *Dragonheart (Corazón de dragón)*.

FLASH GORDON

En el espacio, las cosas están que Arden

PELÍCULA. Michael Hodges, 1980.

Aunque Sam Jones fuera poco conocido al estrenarse esta alocada adaptación, contaba con secundarios de lujo como Max Von Sydow, Timothy Dalton, Topol –más conocido como *El violinista sobre el tejado*–, Robbie Coltrane y, por supuesto, la siempre cautivadora Ornella Muti como la princesa Aura. ¡Hasta hay un pequeño cameo de Kenny Baker, alias R2D2!

El encanto de lo hortera

Simplemente deliciosa. A primera vista puede parecer anticuada y cutre, pero ese es su encanto, que en plena década de los ochenta imita deliberadamente el aspecto de los primigenios seriales de los años treinta. Resulta palpable el esfuerzo por que los efectos y decorados recuerden al serial original, dándole un aspecto visual muy, muy retro. Todo es puro cartón, tan kitsch, barroco e histriónico que enamora. La representación visual de los viajes espaciales es pura pintura lisérgica, con agujeros de gusano que parecen un híbrido entre un cuadro de Pollock y la portada de un disco de Cream. Sin olvidar ese imprescindible toque de fantasía medieval que caracteriza a las mejores Space Operas:

sólo hay que ver el aspecto de Timothy Dalton, una fusión apócrifa entre Robin Hood y el caballero Sturm de las *Crónicas de la Dragonlance*.

Flash, a-a-ah

Muchos de los elementos de esta adaptación han quedado grabados a fuego en la memoria colectiva: Sus toques de humor absurdo; esa raza de hombres-halcón con su vuelo tan postizo que recuerda –probablemente con toda la intención del mundo- a *Barbarella*; ese Doctor Muerte del todo a cien que es el villano Klytus; la ya legendaria escena del duelo de látigos entre Flash y Barin encima de una plataforma circular con pinchos que salen del suelo. Y, por encima de todo, la banda sonora de Queen. Su impacto en la ciencia-ficción posterior puede notarse en algunos conceptos que han sido imitados, como la máquina de Ming para ver los recuerdos de Zarkov –dándonos una escena maravillosa en la que conocemos el trasfondo dramático del personaje sin necesidad de diálogos– que sería homenajeada en *Farscape*. Al final de la tercera temporada de la versión moderna de *Doctor Who*, se homenajea el final de esta película, con esa mano misteriosa que recoge el anillo del villano mientras suena una carcajada maligna en un plano idéntico al original.

«¿Quién quiere vivir para siempre?» –Vultan.

CURIOSIDADES:

- Cinco de los actores de la película han estado en la saga de 007: Timothy Dalton, Robbie Coltrane, Max Von Sydow, Topol y Andy Bradford.
- Max Von Sydow ha aparecido en otras célebres Space Operas, como *Dune* o *Star Wars: El despertar de la fuerza*. Otros le recuerdan como el cuervo de tres ojos en *Juego de tronos*, pero para la mayoría siempre será ese Fu Manchú espacial que es Ming.
- Según contó en una entrevista para *Starlog* en 1981, el productor Dino De Laurentiis quería que a Flash lo interpretase Kurt Russell, pero el actor rechazó el papel porque opinaba que el personaje carecía de personalidad. Razón no le faltaba, la verdad.
- Brian Blessed –el príncipe Vultan– contaba que a veces tenían que repetir tomas porque él y Sam Jones no podían evitar ir gritando «pew pew pew» mientras disparaban.
- El famoso director neorrealista Federico Fellini se declaraba fan de las tiras de *Flash Gordon*, hasta tal punto que Dino De Laurentiis le consideró para dirigir la adaptación. George Lucas quería adaptar las aventuras de Flash al cine a finales de los setenta, pero De Laurentiis no quería soltar los derechos, así que Lucas tuvo que resignarse y, bueno… inventarse *otra* historia espacial.

BUCK ROGERS

Me llamo Buck Rogers y soy astronauta

FRANQUICIA. 1928-2009.

Phillip Francis Nowlan creó a este emblemático personaje para su novela corta *Armageddon 2419 a.D.*, publicada originalmente en el número de agosto de 1928 de la revista pulp *Amazing Stories*. En 1929 el propio Nowlan lo adaptó a tiras cómicas, que serían publicadas en diarios desde entonces hasta 1967 y brevemente revividas de 1979 a 1983. Buck Rogers es un veterano de la Primera Guerra Mundial al que un accidente radiactivo deja en animación suspendida, despertándose en el siglo XXV –si oyes un ruido extraño, son todos los fans de *Futurama* alzando una ceja a la vez al leer esta frase–. Allí vivirá locas aventuras ayudando a los lugareños en sus guerras internas, hasta que en una tira publicada en 1930 por fin se monte en un cohete y se vaya a explorar el espacio.

Robín de las naves

Podríamos definir esta célebre historia como una novela de capa y espada ambientada en el espacio. A menudo se ha reconocido a Nowlan como el autor que consiguió acercar la exploración espacial. Tras el éxito de *La guerra de las galaxias* en 1977 y el de *Galáctica, estrella de combate* en 1978, Universal se atrevió al fin a encargar un capítulo piloto para una reinvención de *Buck Rogers* en 1979. Y se lo encargó, por supuesto, a Glen A. Larson, creador de *Galáctica* –de ahí que muchos de los elementos de atrezo y vestuario se reciclaran de una serie para la otra–.

La protagonizaba Gil Gerard y entre el casting destacaba Mel Blanc, conocido por ser la voz de la mayoría de los Looney Tunes. La coprotagonista, la coronel Wilma Deering, estaba interpretada por Erin Gray, algo así como un retrato híper-realista de Kristen Bell disfrazada de uno de los Ángeles de Charlie. Si algún día se hace un *remake* de *Buck Rogers en el siglo 25* –cosa que no sería tan rara, a día de hoy–, sólo nuestra querida protagonista de *Veronica Mars* y *The Good Place* sería digna de tomar el relevo a su gemela apócrifa. Algunas estrellas que pasaron por la serie en pequeños papeles fueron Jamie Lee Curtis, Jack Palance, Gary Coleman, César Romero, Julie Newmar o el propio Buster Crabbe. Este último interpretaba al Brigadier Gordon, como guiño friki a que no sólo había interpretado a Buck en 1939, sino también a su sosías Flash Gordon.

Aquellos maravillosos setenta

Visualmente, la psicodelia de los setenta chocaba ya con la nueva ola de la ciencia-ficción que imitaba a George Lucas. Los créditos de apertura de la serie son ya legendarios, con ese efecto de mostrar el paso de los siglos mediante círculos concéntricos. Los fondos pintados y las maquetas son simplemente impresionantes. Los diseños de las ciudades futuristas recuerdan a centros comerciales, siguiendo la estética de *La fuga de Logan*. El capítulo piloto fue estrenado en cines con tal de valorar su éxito antes de reconvertirse para televisión y su escena de créditos iniciales es tan exageradamente setentera que parece que Erin Gray se haya hecho un cosplay de Dazzler de los X-Men. Cuando se reestrenó como piloto de televisión, se recortaron frases con lenguaje obsceno y escenas demasiado violentas para ampliar el público objetivo a todas las edades.

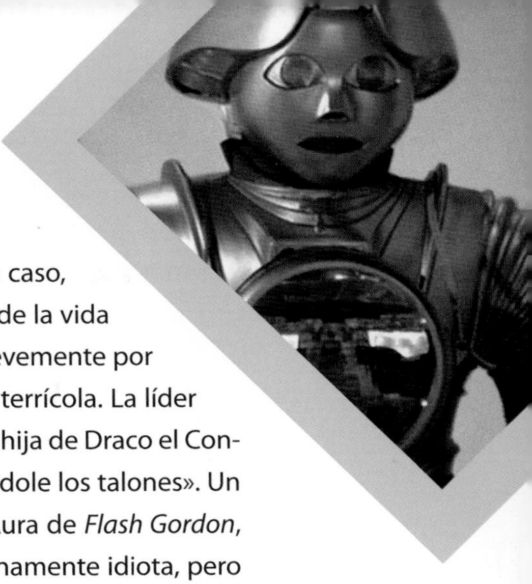

Reescribiendo el mito

En la serie se cambia un poco el origen del protagonista. En este caso, un astronauta lanzado al espacio en 1987, que por aquellas cosas de la vida es criogenizado y se despierta 504 años después. Es capturado brevemente por los Draconianos, dictadores espaciales que creen que es un espía terrícola. La líder de esta especie alienígena es la princesa Ardala –Pamela Hensley–, hija de Draco el Conquistador, que en sus propias palabras «tiene a 29 hermanas pisándole los talones». Un personaje hipersexualizado que recuerda bastante a la princesa Aura de *Flash Gordon*, pero sin ningún arco de redención. El protagonista es simple y llanamente idiota, pero precisamente se hace burla de ello y el personaje verdaderamente competente y heroico es su asociada Wilma. La relación entre ambos va cambiando de forma aleatoria a lo largo de la serie, a veces es puramente amistosa y otras una tensión sexual digna de *Expediente X*.

Buck Rogers en los siglos XX y XXI

Su impacto en la ciencia-ficción posterior es notable, sobre todo en parodias. El capítulo piloto de *Futurama* es prácticamente un calco del primero de *Buck Rogers en el siglo 25* en clave de humor. Uno de los personajes principales es un hombre-pájaro llamado Hawk –que, por cierto, tiene una nave en forma de halcón que es una pasada–, que sería parodiado de forma notable en *Rick y Morty*. Y, por supuesto, la nave espacial en la que Buck se pierde en el espacio y es capturado por dictadores alienígenas es idéntica al módulo Farscape en el que John Crichton se pierde en el espacio y es capturado por dictadores alienígenas. ¿Casualidad?

La crítica ridiculizó a la serie por su aire ingenuo y simplista, pero atrapó al público durante dos temporadas y se ha convertido en una obra de culto. Su éxito dio lugar a nuevas novelas y cómics, inspiradas en esta nueva versión del personaje. Su inicio es fantástico, resumiendo todo el origen en unos segundos y pasando rápidamente a la acción, en lugar de aburrirnos durante media hora con el accidente de Buck como en el serial original. Además, tiene mutantes radiactivos, Draconianos, robots, explosiones y un casi inexistente rigor científico, es decir: diversión desenfadada. Y es que la ciencia-ficción no tiene que ser siempre profunda e intelectual, a veces las pistolas láser, las naves chulas y las aventuras locas para pasar un buen rato son más que suficientes.

«No es asunto mío como destrocéis vuestro mundo. Mi generación tampoco tenía ni idea de lo que estaba haciendo» –Buck Rogers.

CURIOSIDADES:

- La primera tira de *Buck Rogers* se publicó el 7 de enero de 1929, el mismo día que la primera tira de *Tarzán*.
- Gil Gerard era un completo desconocido, pero fue descubierto por Michael Landon, que le ofreció papeles más importantes después de verle en un capítulo de *La casa de la pradera*.
- Uno de los personajes de la serie, el almirante Efram Asimov, es un supuesto descendiente del escritor Isaac Asimov. También aparece un robot llamado Crichton en homenaje al novelista creador de *Westworld* y *Parque Jurásico*.
- El prólogo del piloto de la serie está narrado por William Conrad, más conocido como el gordo de la serie *Jake y el Gordo*.
- En 1980, mientras aún se estaba emitiendo la serie, se estrenó un cortometraje de los Looney Tunes parodiándola, *Duck Dodgers and the Return of the 24½th Century*, protagonizado por Marvin el Marciano y en el que Mel Blanc doblaba a absolutamente todos los personajes.

DAN DARE

Ciencia-ficción británica antes de Doctor Who

FRANQUICIA. 1950-2016.

El tercero en discordia es el comúnmente apodado como «el Buck Rogers británico». Nacido en el número 1 de la revista para niños *Eagle*, Dan Dare es un piloto de la Flota Espacial Interplanetaria que, en los futuristas años noventa, se embarca en misiones a través del Universo y se enfrenta a numerosos villanos muy coloridos, entre los que destaca su icónico archienemigo Mekon, el líder cabezón de la raza verdosa de los Treens de Venus. Dan suele viajar a bordo de su nave alada Anastasia, aunque en ocasiones pilota otras como el Zyl-bat o la máquina del tiempo Tempus Frangit.

Con tramas más largas y complejas que las de sus contrapartidas americanas, Dan Dare es un personaje utópico al cien por cien, la viva imagen de la perfección. Y es que el fundador de *Eagle* era nada menos que un vicario, el reverendo Marcus Morris, que encargó la creación de un personaje puro e idealizado, en palabras suyas, «para combatir la corrupción de la juventud británica a manos de Marvel» –ya sabemos que los sectores más conservadores siempre han considerado a la editorial de superhéroes unos rojazos de cuidado–. Dan es intrínsecamente bueno, dado al autosacrificio y siempre atado a un solemne juramento de no mentir jamás.

Volando de revista en revista

Sus historietas se publicaron en *Eagle* de 1950 a 1967 y fue su tira estrella, siempre en portada como reclamo. Pero ya en los sesenta empezaron a dejarlo de lado para dar más visibilidad a otras historias, lo que provocó el declive de las ventas de la revista y su cierre en 1967. La revista *2000 AD* lo resucitó de 1977 a 1979, con un tono y estética mucho más punk, con varios ilustradores entre los que destacaba Dave Gibbons –*Watchmen*–. Cuando *Eagle* volvió a abrir en 1982, reincorporaron *Dan Dare* como historia principal y allí siguió publicándose hasta 1994, con una historia ambientada en un futuro mucho más lejano, protagonizada por un descendiente del Dan original. En 1990 se publicó la miniserie *Dare*, mucho más oscura y política, escrita por Peter Milligan –*Hellblazer, X-Statix*– para la revista *Revolver*. En 2007, Garth Ennis –*Predicador, The Boys*– lo reescribió de forma más cruda y ominosa en una serie para Virgin Comics y en 2017 volvió a manos de Milligan, en una miniserie para Titan Comics.

Dan Dare fue adaptado a varios seriales radiofónicos en Inglaterra y Luxemburgo. Curiosamente, también se adaptó en España a un serial en Radio Madrid, donde le cambiaron el nombre por *Diego Valor* –bueno, al menos es mejor que traducir a Daredevil como Dan Defensor–.

Que la ciencia te acompañe

Las historias de Dan Dare se distinguían de las de Flash Gordon y Buck Rogers por su empeño en darles un cierto rigor científico, con un joven Arthur C. Clarke como asesor de ciencia. Clarke explicaba que en los años cincuenta el viaje espacial ya no parecía una idea tan fantasiosa como en los cuarenta, debido al lanzamiento de la bomba atómica y los misiles teledirigidos V2, que cambiaron la percepción del público sobre lo que podía ser el futuro. Como suele suceder en la ciencia-ficción, la tecnología alienígena se mostraba mucho más avanzada que la terrícola, potencian-

do la idea de que somos una especie primitiva, una buena lección de humildad que los autores del género siempre han parecido dispuestos a darnos.

Preciosismo visual e impacto popular

Los fondos y diseños de naves eran simplemente maravillosos, con un cierto toque de lo que mucho más tarde sería el *steampunk*. Y es que el dibujo de Frank Hampson siempre destacó por encima de otros de su época, mucho más detallista y cuidado. Hampson es reverenciado por la extremada atención al detalle que contenían sus historietas. Pensaba meticulosamente cómo funcionaba cada elemento tecnológico de una forma que resultara, si no realista, al menos verosímil. Los esquemas de funcionamiento que diseñaba son muy, muy curiosos de ver. Y en cuanto al aspecto de su gran héroe, fue evolucionando a lo largo de las décadas y de los diversos ilustradores por cuyas manos pasó, pero siempre se respetó su principal seña de identidad: sus extrañas cejas acabadas en forma de onda.

Multitud de celebridades afirman ser grandes fans de *Dan Dare*. Brian May, guitarrista de Queen y doctorado en astrofísica, asegura que fue el motivo por el que decidió dedicarse a la ciencia –algo que potenciaban muchos cómics de los cincuenta, sobre todo en Marvel, que siempre incluía a científicos como héroes para despertar el interés de los niños en los estudios–. Otros fans reconocidos son Michael Palin, Terry Jones, Colin

Baker o Stephen Hawking. Sir Elton John llegó a escribir una canción llamada *Dan Dare (Pilot of the Future)*.

«Aunque soy un ser más allá de las emociones, Dare, de algún modo la idea de tu muerte me produce placer.» –Mekon.

CURIOSIDADES:

- El héroe se llama igual que un detective privado que protagonizaba cómics publicados en los años cuarenta por Fawcett Comics, la editorial que creó al Capitán Marvel original –*Shazam*– antes de que DC se lo comprara.
- En el guion del episodio de *Doctor Who* «The Empty Child» se describe la primera aparición del capitán Jack Harkness –John Barrowman– como «una especie de Dan Dare», dejando clara la influencia del personaje. Además, Marvel lo parodió brevemente en un número del *Capitán Britania* de los ochenta, con un héroe idéntico a Dan llamado Roy Risk.
- El Museo de la Ciencia de Londres exhibe planchas originales del cómic en su área Defiant Modernism 1930-1968.
- La serie de cómic *Ministry of Space* –Warren Ellis– está plagada de guiños y referencias a esta obra.
- Algunos de sus objetos de merchandising son inolvidables: el reloj de bolsillo de Mekon, el set de seis figuras de 90 mm o la pistola de rayos de estilo retro, cuya ilustración de la caja se volvió tan emblemática que se acabó reeditando en forma de postales.

VIAJE A LA LUNA

Zas, en toda la luna

CORTOMETRAJE. *Le voyage dans la lune.* Georges Méliès, 1902.

La primera representación cinematográfica del viaje espacial, a menudo considerada la primera película de ciencia-ficción, aunque el término no se acuñaría hasta más tarde. Un corto del maestro francés, cargado de humor e imaginación.

Aunque Méliès aseguraba que su principal influencia era *De la Tierra a la Luna* de Verne, su historia y elementos son mucho más comparables a *Los primeros hombres en la Luna* de H.G. Wells, dado que deja muy de lado los elementos más científicos del primero y abraza apasionadamente los fantásticos del segundo: una raza subterránea de Selenitas que son una especie de evolución darwiniana de las hormigas –interpretados por un grupo de acróbatas circenses–, setas gigantes en las cavernas lunares o la propia trama. De Verne toma la idea del cañón usado para disparar el cohete, pero de Wells se queda sobre todo con la crítica anti-imperialista mediante la historia de unos colonos que van arrasando cada nuevo mundo que «descubren». Todo en este corto es muy onírico y alocado, haciendo un claro uso de la patafísica, una corriente satírica de la filosofía francesa que prefiere interpretar la realidad de una forma mágica y fantasiosa.

Lo tuyo es puro teatro

Viaje a la Luna es aún muy teatral en su planificación. Planos frontales muy abiertos y estáticos, como si estuvieras viendo una obra de teatro desde la butaca. Aún no se había creado el lenguaje narrativo del cine al que estamos acostumbrados, así que no vemos los primeros planos de caras o cambios de ángulo que sí habría en otras obras iniciales como *Metrópolis* de Fritz Lang. Aun así, Méliès innovaba y aportaba su granito de arena a este lenguaje que todos conocemos, incluyendo los fundidos entre escenas.

El pionero visual

Una obra muy imaginativa y vistosa, con ese cohete que parece una bala, esos fondos pintados tan curiosos y ese divertido vestuario en que los astrónomos parecen más bien hechiceros medievales. La imagen más emblemática que nos ha dejado es la de la Luna con rostro humano y el cohete clavándosele en un ojo al aterrizar. Méliès es recordado por ser uno de los pioneros, junto al español Segundo de Chomón, del uso de trucos visuales a modo de efectos y la creación de la

stop-motion. Su truco favorito era el Stop Trick, algo tan sencillo –pero tan sorprendente para el público de la época– como grabar, parar sin mover la cámara y luego volver a grabar, para simular elementos y actores que aparecen y desaparecen. Otro de sus trucos consistía en grabar dos planos distintos reutilizando el mismo negativo para que dos imágenes –por lo general, un fondo pintado y un actor– se superpusieran, en una versión muy primitiva de lo que décadas después sería un croma. Prácticamente, Méliès inventó el zoom, sólo que en vez de acercar la cámara –que por entonces pesaba como un armario ropero– acercaba al actor hacia la cámara, mediante una silla con poleas de su propia invención.

CURIOSIDADES:

- Siempre hubo constancia de que Méliès había estrenado algunas copias de la película en color, pintadas a mano sobre el negativo fotograma por fotograma, pero se creían desaparecidas. Hasta que, en 1993, un donante anónimo regaló un lote de 200 películas mudas a la Filmoteca de Catalunya, cuyos directores descubrieron con sorpresa que entre ellas se encontraba una copia de esta versión coloreada.
- El estudio donde rodaron era una especie de invernadero de cristal diseñado por el propio Méliès para aprovechar al máximo la luz solar durante todo el día.
- Siegmund Lubin, fundador de la productora Lubin Manufacturing Company of Philadelphia, se hizo con copias de este y otros cortos de Méliès y los reestrenó en Estados Unidos fingiendo que los había dirigido él. Al *Viaje a la Luna* le cambió el título por *Viaje a Marte*.
- Méliès estrenó diversos montajes de este cortometraje, que iban desde los 13 hasta los 21 minutos de duración. En uno de ellos, el cohete aterrizaba en la boca de la Luna en lugar de su ojo. Nada que envidiar a los trillones de remontajes de *Blade Runner* que estrenó Ridley Scott.
- El director actúa en la obra, interpretando tanto al líder de los astrónomos como al emblemático rostro de la Luna.

PLANETA PROHIBIDO

Espácialo como puedas

PELÍCULA. *Forbidden Planet*. Fred M. Wilcox, 1956.

Una nave del siglo XXIII llega al planeta Altair IV en busca de una expedición que desapareció hace veinte años. Allí, deberán enfrentarse a un científico loco de la Tierra que se ha adueñado de la avanzadísima tecnología de la ya extinta raza local, los Krell.

La quintaesencia de la ciencia-ficción de los cincuenta, *Planeta prohibido* contiene ya todos los elementos que se convertirían en clichés del subgénero: platillos volantes de juguete colgando de hilos, uso de vocabulario supuestamente científico pero fuera de contexto y carente de significado, robots inteligentes muy vistosos y paranoia anticomunista por un tubo. Pocos elementos se han convertido en un icono más memorable de la ciencia-ficción de la época que Robby el Robot. Y además, está protagonizada nada menos que por el legendario Leslie Nielsen –*Agárralo como puedas*–, antes de pasarse a la comedia.

Cutre, pero encantadora

Su arte es muy icónico, con esos divertidos gráficos y decorados de cartón-piedra con fondos pintados que resultan mágicos y agradables a los sentidos. Esos platillos volantes, esas pistolas de rayos que mezclan lo plateado y lo transparente, esos trajes de astronauta que parecen de desratizadores, el aspecto de Robby y toda la variedad de imaginativos aparatos extraños que utiliza el malvado Doctor Morbius –muchos de los cuales serían reutilizados a menudo en capítulos de *La dimensión desconocida*–. Y qué decir de la base secreta de los Krell, que es cien por cien lo que una década más tarde sería Skaros, el planeta de los Daleks en *Doctor Who*. El uso de la stop-motion en momentos puntuales también es una parte muy recordada e imitada de esta película: ese momento en que las huellas de una bestia invisible van acercándose hacia los desprevenidos protagonistas resulta bastante impresionante.

Pura ciencia-ficción

Un elemento que luego sería imitado hasta la saciedad es que los astronautas viajen criogenizados en tubos debido a lo extenso de un viaje espacial. Los protagonistas son la pura esencia de Estados Unidos, soldados que tardan medio segundo en desenfundar sus pistolas cada vez que no entienden algo. La historia tiene el tufillo machista habitual en la época, con Alta –la hija del villano– tratada como poco más que un trozo de carne, a la que incluso le ordenan de malas maneras que vista de forma más recatada para no provocar. Su historia de amor con Leslie Nielsen sería, si no existiese el *remake* de acción real de *Alita: Ángel de combate*, la más gratuita que he visto jamás en una película. Al final, la historia no es nada del otro jueves y está plagada de fallos, pero resulta una obra emblemática por su imaginería visual, uno de los principales ejemplos de la década de los cincuenta en que se nos advertía de que el abuso de la ciencia nos abocaría a la destrucción.

«La lámpara de Aladino en un laboratorio de física.» –Comandante Adams.

CURIOSIDADES:

- El nombre Morbius viene del latín y significa «enfermedad mental». Otros personajes de la cultura popular llamados así son un Timelord renegado del *Doctor Who* de los setenta o el mítico vampiro Michael Morbius, enemigo de Spider-Man.
- El adorable Robby el Robot causó tal sensación que protagonizó varias películas más. En algunas, como *The Invisible Boy* de 1957, interpretaba al mismo personaje que en *Planeta prohibido*. En otras, simplemente era el mismo robot interpretando a otro y aparece en los créditos como Robby the Robot, como si fuera más un actor que un juguete.
- La primera película en la que se muestra a humanos en una nave con tecnología FTL.
- La primera película en usar una banda sonora completamente electrónica.
- Las minifaldas que viste Alta son las primeras que pudieron verse en una película de Hollywood. Esto hizo que en España la película fuera prohibida y no se permitiera su estreno hasta 1967.

LA GRAN SORPRESA

El catarro espacial

PELÍCULA. *First Men in the Moon*. Nathan Juran, 1964.

En esta adaptación de la novela de H.G. Wells, la primera expedición espacial llega a la Luna y cuál es su sorpresa cuando se encuentran una bandera británica clavada en el suelo y una carta que data de 1899. El anciano Arnold Bedford asegura que fue él quien viajó a la Luna ese año y relata su loca historia en forma de *flashback*. En ella, el divertido científico loco Joseph Cavor inventa una nave espacial y se lleva a Bedford y su amada Kate a conocer la Luna, enfrentándose a unos Selenitas insectoides con una acuciante necesidad de tomarse un Actimel.

Cortando la gravedad y el rigor científico

Una película muy cómica y divertida, con un espíritu más de aventuras desenfadadas que cualquier asomo de precisión científica –prácticamente, se la pasan por

el forro–. Un gran generador subterráneo en la Luna, que consiste en unos grandes tubos de cristal llenos de líquidos burbujeantes de colorines, produce gravedad artificial y oxígeno respirable. Cavor asegura que su invento para hacer volar a la nave consiste en untar sobre los objetos una sustancia a la que ha llamado Cavorita, basada en el helio, que «corta la gravedad como quien cortaría la luz del Sol con una cortina» y hace flotar las cosas.

Ingenuidad en gravedad cero

Tan inocente que provoca ternura, empezando por lo improbable de que una expedición aterrice por casualidad en el mismo punto que la anterior y se encuentre con la bandera, como si la Luna no fuese más grande que tu patio trasero. Como en el siglo XIX aún no se había inventado la comunicación por radio, los personajes tienen que apoyar sus escafandras el uno en el otro para poder hablarse a través del cristal. Los Selenitas carecen de defensas inmunológicas, así que su especie se extingue cuando Cavor les contagia accidentalmente un simple resfriado. La película goza de un espíritu de *Doctor Who* clásico, con un profesor Cavor que recuerda al primer Doctor y su ayudante que es cien por cien el primer *companion* Ian Chesterton.

Arte lunar

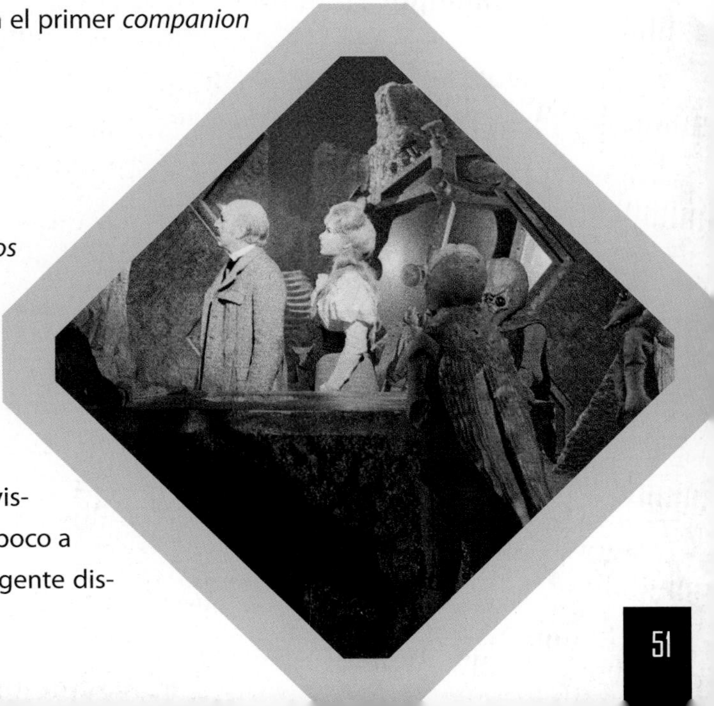

La dirección artística de John Blezard –*Cuando los dinosaurios dominaban la Tierra*, 1970– es tan postiza como entrañable. Los decorados de la superficie lunar tienen fondos pintados muy coloridos y las cavernas subterráneas donde viven los Selenitas son muy fantasiosas. En cuanto a estos alienígenas, son mucho más vistosos que en la versión de Méliès y recuerdan un poco a Greedo de *Star Wars*. Para crearlos se combinó a gente disfrazada con stop-motion diseñada por el maestro Ray Harrihausen. El diseño de la nave del profesor Cavor recuerda a una batisfera de exploración subacuática o incluso a una mina marina, lo que, combinado con los trajes de buzo que usan para ir al espacio, dota a la obra de un estilo al que podríamos llamar proto-steampunk.

«Si eso es una vaca, no me gustaría conocer al toro.» –Arnold Bedford

CURIOSIDADES:

- Ray Harrihausen, que no sólo se encargó de los efectos especiales sino que también era productor, se basó en planos reales de la NASA para diseñar el módulo lunar moderno que aparece al principio de la película.
- Los uniformes de astronauta del principio son uniformes Windak, usados en la realidad por aviadores para soportar altas presiones atmosféricas. Ha sido reutilizado a menudo en la ciencia-ficción, como en el último arco de William Hartnell para *Doctor Who*, *The Tenth Planet*, y en varios personajes secundarios de la trilogía original de *Star Wars*.
- En 1965, la editorial Gold Key adaptó la película a cómic.
- Aunque el profesor Cavor lanza un SOS al llegar a la Luna en 1899, en realidad la señal SOS no se inventó hasta 1905.
- Otras obras clásicas de Nathan Juran son *El ataque de la mujer de 50 pies* (1958), *La espada de Damasco* (1953), *Simbad y la princesa* (1958) y gran cantidad de capítulos de *Perdidos en el espacio*, *Tierra de gigantes* y *Daniel Boone*. También fue director de arte en películas entre las que destaca ¡*Qué verde era mi valle*! –John Ford, 1941–.

BUENO, BONITO Y BARATO

El alucinante mundo del kitsch y la serie B

«Podría haber seguido volando por el espacio para siempre.»

–Yuri Gagarin, el primer astronauta

Si hay un género en el que destaque la serie B es sin duda en la ciencia-ficción. Las películas de bajo presupuesto pueden ser a veces muy cutres y, otras veces, aprovechar muy bien sus escasas posibilidades para crear productos muy interesantes. En ambos casos, el resultado tiende a ser divertidísimo.

BARBARELLA

En el espacio, hay mil excusas para quedarte en pelotas

PELÍCULA. Roger Vadim, 1968.

Antes de lanzarse con *Flash Gordon* en 1980, Dino De Laurentiis quiso producir otro icono de la ciencia-ficción y lo consiguió con este clásico kitsch que se ha convertido en obra de culto. Adaptación cinematográfica del cómic francés homónimo de Jean-Claude Forest en 1962, nos muestra un Universo futurista en que reinan la paz y el amor, hasta que el científico loco Durand-Durand inventa el rayo positrónico –un rayo desintegrador que funciona moviendo unos cubos de cristal muy de interiorismo sesentero–, un arma devastadora para la que no están preparados. La agente espacial Barbarella –Jane Fonda en el papel que la lanzó a la fama– deberá buscarlo por todo el Universo y destruir el arma.

Sexo, drogas y naves espaciales

Si *Planeta prohibido* era la estrella de los cincuenta, *Barbarella* es sin duda el mayor icono de la ciencia-ficción de serie B en su vertiente psicodélica y cargada de erotismo de los sesenta. Su tema musical principal, pura horterada de la era del destape, es pegadizo e inolvidable. Su locura visual la sitúa a caballo entre lo hippie –con todos los personajes diciendo «amor» como saludo formal– y lo yeyé, cargada de escenas lisérgicas al más puro estilo de *2001: Una odisea del espacio*. Y su principal rasgo, el erotismo: es divertidísimo observar las excusas para que Jane Fonda estrene modelito sexy cada diez minutos y aparezca más rato en pantalla sin ropa que con ella.

Torperella

Pese a ser la heroína de la película, Barbarella es un personaje bastante pánfilo que no tiene nada que ver con otras protagonistas poderosas como Ripley o Xena, sino que se dedica a cagarla estrepitosamente cada dos por tres para provocar situaciones cómicas hilarantes. Pero no hay que olvidar que fue el primer personaje heroi-

co de un cómic de ciencia-ficción en ser adaptado a una película, mientras que sus predecesores Flash Gordon y Buck Rogers sólo habían tenido por entonces seriales. Es imposible ver esta evidente parodia del género sin marcarse unas buenas carcajadas, pero nunca a su costa, sino con absoluta complicidad intencionada.

Vísteme de espacio

Visualmente, es como ver un videoclip psicodélico cargado de fantasía loca, poses postizas, decorados y vestuario que recuerdan a un ballet de Valerio Lazarov, una nave forrada de terciopelo... ¡Si hasta tiene un ángel volador ciego que es la pura esencia del kitsch! Todo es tan intencionadamente cutre que resulta encantador, desde las naves de juguete hasta los conceptos pretendidamente científicos, como el propio rayo positrónico, el «viaje en aceleración temporal» o ese anillo traductor al que llaman «caja de idiomas», que no es que traduzca, sino que hace que los demás hablen el idioma del portador aunque no lo conozcan. Y sí, los efectos especiales son lo peor, pero las armas son pura ciencia-ficción de un exquisito estilo retrofuturista.

«¿Qué son esos gritos? Muchas situaciones dramáticas empiezan con gritos.» –Barbarella.

CURIOSIDADES:

- El grupo británico de new wave Duran Duran, formado en 1978, tomó su nombre como homenaje al villano de *Barbarella*.
- Marco Brambilla hace un genial guiño a la escena del sexo telepático de *Barbarella* en su obra más famosa, *Demolition Man*, de 1993.
- Su estreno no llegó a España hasta el Festival de Sitges de 1974. Se ha reestrenado varias veces en nuestro país, a veces con el título original y otras bajo el título alternativo *Barbarella, la Venus del espacio*.
- En 2004 se estrenó en Viena un musical basado en la película que duró un año en teatros.
- En 1970, se bautizó como Barbarella al primer cohete híbrido alemán, que ahora puede verse expuesto en el Deutsches Museum de Munich.

STAR CRASH, CHOQUE DE GALAXIAS

El choque fantástico

PELÍCULA. *Starcrash*. Luigi Cozzi, 1978.

Y de la siguiente década, tenemos que quedarnos sin duda con este paradigma supremo de la serie B de culto, una Space Opera de baratillo producida nada menos que por Roger Corman –al que, ya te aviso, vas a ver a menudo en este libro–. Una contrabandista espacial con un nombre tan extremadamente chulo como Stella Star –Caroline Munro, *La espía que me amó*– es contratada por el emperador galáctico –Christopher Plummer, *Sonrisas y lágrimas*– para rescatar a su hijo el príncipe Simon –el primer papel importante del mismísimo David Hasselhoff– de las garras del malvado conde Zarth Arn y, de paso, eliminar el arma de destrucción masiva con la que amenaza a toda la galaxia.

Cine de Star por casa

Según Luigi Cozzi, es pura ciencia-ficción fantástica. Y de verdad, lo tiene todo: soldados que parecen romanos, amazonas espaciales, robots gigantes de papel de aluminio en stop-motion, cavernícolas mutantes… ¡y hasta David Hasselhoff usando una espada láser para luchar contra robots! Y es que, aunque Cozzi se empeñe en decir que no es una parodia de *La guerra de las galaxias* y que él la ideó mucho antes, ese sable de luz verde y esos planos de las naves entrando en diagonal en la pantalla le delatan. Todo es muy de inocente cómic infantil de principios de siglo XX, lo cual la hace aún más divertida, con un villano que es una mezcla entre Ming, Drácula y el Doctor Druida y que encima pertenece a una sociedad de villanos con un nombre tan épico como Liga de los Mundos Oscuros. El resultado final, una de esas películas tan malas que acaban convirtiéndose de forma irónica en una obra de culto, como *The Room* o *Troll 2*.

¡Stellaaaaa!

Pura esencia kitsch, con decorados tan de cartón e interpretaciones tan sobreactuadas que, si te gustan estas cosas, te lo vas a pasar en grande. Los fondos espaciales son tan postizos que son divertidísimos y las naves, aunque se note que son maquetas de plástico, tienen diseños muy interesantes. Los efectos especiales son

una locura, con robots en stop-motion que recuerdan a Harrihausen, rayos láser que parecen dibujados con el Paint y pistolas que son puro años cincuenta. Pese a ello, tiene ideas muy buenas, como la espada-fusil de Stella Star. En cuanto a Akton, el compañero alienígena de Stella, podríamos decir que es la mejor representación visual que se haya hecho de Adam Warlock de los *Guardianes de la galaxia*, aunque sea de una forma apócrifa.

«¡Circuitos, no me falléis ahora!» –Elle.

CURIOSIDADES:

- Uno de los eslóganes con los que se publicitó la película en su momento en Estados Unidos fue «*Star Wars meets Barbarella*».
- Roger Corman decidió producir esta película para comprobar cómo reaccionaba el público ante un producto muy de serie B dentro de la ciencia-ficción. Gracias a su moderado éxito, se atrevió a lanzar en 1980 *Los 7 magníficos del espacio*.
- Tanto Caroline Munro como David Hasselhoff sufrieron intoxicación durante el rodaje debido al catering. En una entrevista para la revista *Fantasm* en 1993, Munro dijo que «menos mal que llevaba un traje de plástico encima del bikini, si sabes a lo que me refiero».
- Luigi Cozzi era un gran fan de Ray Harrihausen y quiso dar el aspecto stop-motion del maestro a la escena del robot gigante de forma deliberada.
- Christopher Plummer aceptó el papel porque la película se rodaba en Roma y, en sus propias palabras, «haría incluso porno si se rodase en Roma».

ESTRELLA OSCURA

Cuando un corto de final de carrera se te va de las manos

PELÍCULA. *Dark Star*. John Carpenter, 1974.

Unos astronautas viajan a bordo de la nave Dark Star con la misión de destruir planetas inestables que puedan ser una amenaza antes de colonizar un sistema solar. Pero en su camino se encuentran con dos problemas: un misterioso alienígena asesino a bordo y una de sus bombas inteligentes, que de repente enloquece y cree que es Dios.

En el espacio, nadie podrá aumentar tu presupuesto

Este hilarante despropósito comenzó como el cortometraje de final de carrera de John Carpenter y Dan O'Bannon. Pero se les fue de las manos y acabaron con un mediometraje de cuarenta minutos, que llevaron a un productor para probar suerte. La productora les pidió que alargaran la historia para hacer un largometraje, así que añadieron la historia de la bomba. La trama principal es básicamente el guion de *Alien, el octavo pasajero*, pero cinco años antes y sin un duro. En este caso, el alien es una especie de balón de playa pintado de rojo y con dos manitas que asoman por debajo, lo que le resta bastante atmósfera de terror. El guionista de ambas películas es el mismo, Dan O'Bannon, que aquí además se encarga de los efectos especiales y es uno de los protagonistas, Pinback. A O'Bannon nunca le gustó que la película se distribuyera en cines y declaró que «teníamos lo que habría sido la película estudiantil más impresionante del mundo y se convirtió en la película profesional menos impresionante del mundo». Este comecome nunca dejó de atormentarle y acabó por reescribir el guion y vendérselo a Ridley Scott.

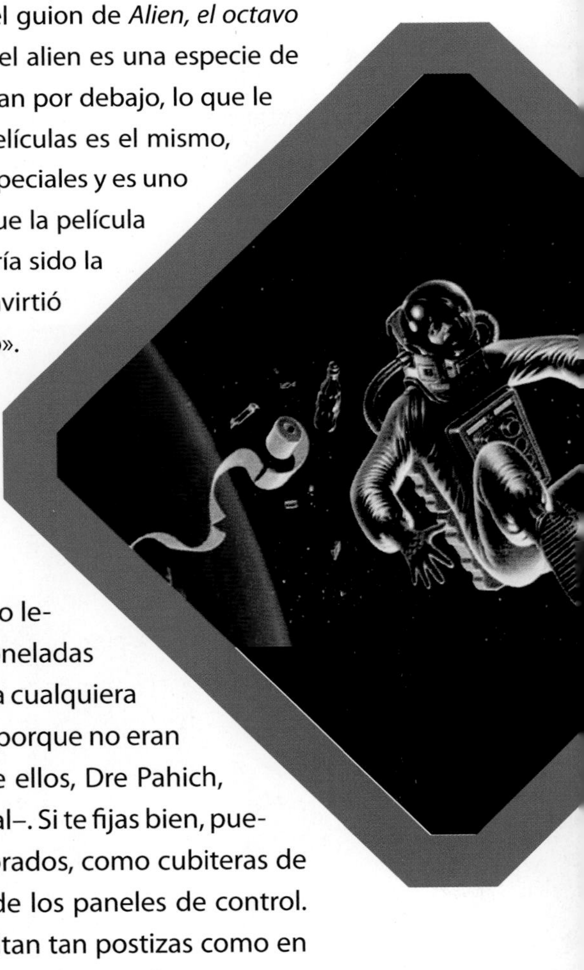

Exprimiendo cada centavo

Podríamos llamar a esta extraña película «serie B en estado legendario». El escaso presupuesto era compensado por toneladas de imaginación. Una curiosidad muy, muy interesante para cualquiera que intente dedicarse al cine sin dinero. Actores pésimos, porque no eran actores sino amigos de Carpenter y O'Bannon –a uno de ellos, Dre Pahich, tuvo que doblarlo el propio Carpenter porque actuaba fatal–. Si te fijas bien, puedes detectar objetos cotidianos entre el atrezo y los decorados, como cubiteras de congelador puestas bocabajo para simular los botones de los paneles de control. Para los cuatro duros que tenían, las explosiones no resultan tan postizas como en otros productos de la época y además el diseño interior de la nave está muy conseguido. La planificación y fotografía son puro Carpenter, con momentos muy bien rodados, de verdadera película de terror, pero que resultan estropeados por el ridículo aspecto del alien.

Entre el humor y el miedo

Algunas de sus ideas son muy originales y divertidas, como que tengan congelado a su difunto comandante y se comuniquen con su alma, mitad viva y mitad muerta, mediante ordenadores. El personaje de Pinback es graciosísimo, aunque los otros dos son bastante insulsos. La escena del pollo de goma es humor absurdo a un nivel casi Monty Python: uno de los protagonistas está muy concentrado jugando a cartas cuando de repente Pinback, sin venir a cuento de nada, agita un pollo de goma delante de su cara, el hombre se asusta y sale corriendo, a lo que Pinback responde extrañado «¿y a este qué le pasa?» Por no mencionar ya la conversación entre Doolittle y la bomba endiosada, que es una muy evidente parodia de *2001: Una odisea del espacio*. El director Doug Naylor ha asegurado en ocasiones que el extraño humor de esta película fue lo que le inspiró para crear su serie *Enano rojo*. Realmente, si ves esta película como lo que verdaderamente es, un corto amateur que se va de madre, es simplemente estupenda.

«Cuando te traje a la nave, pensé que eras mono.» –Pinback (al alien).

CURIOSIDADES:

- En un momento muy fugaz, parpadea en una pantalla la frase «que te jodan, Harris», dirigida al productor Jack H. Harris, que según Carpenter hizo del rodaje un infierno.
- El alienígena está interpretado por Nick Castle, director de cine que nos trajo *Starfighter: La aventura comienza*. Aunque su interpretación es difícil de dirimir, porque la bestia-balón de playa apenas emite un estresante zumbido en lugar de hablar.
- Al final, entre unos restos de chatarra espacial flotando, aparece un lavabo portátil en el que puede verse escrito «THX1138», título de la primera película de George Lucas, como guiño a que esta también fue un proyecto universitario que se fue de las manos.
- Aquí ya se usa la palabra *pársec* antes que en *Star Wars*. Lo curioso es que es una unidad usada en astrofísica para medir distancias, pero tanto Carpenter como Lucas la utilizan en sus historias para medir tiempo.
- La canción de los créditos iniciales y finales se titula «Benson, Arizona», un tema country que compuso el propio Carpenter, cantado por su compañero de facultad John Yager.

S.O.S. EQUIPO AZUL

Los Goonies del espacio

PELÍCULA. *SpaceCamp*. Harry Winer, 1986.

Un grupo de adolescentes va a un campamento espacial de la NASA para aprender a ser astronautas en un simulador y, como estamos en los ochenta, son lanzados al espacio por error.

En busca del tesoro de Neil Armstrong el tuerto

Una película muy tonta, pero muy divertida. Su primera mitad se hace un poco aburrida, pero cuando al fin despega la nave Atlantis empieza lo interesante. En ciertos aspectos es tan fantasiosa y poco creíble como cualquier película infantil de la época –o sea, ¿quién mete a un niño pequeño en una nave espacial?–, pero en otros se esfuerza por mostrar un cierto realismo científico. A diferencia de otras películas juveniles de la época, intenta mostrar de una forma más real cómo es pilotar una nave espacial, pero a la vez exhibe una visión casi mágica de la fascinante experiencia que supone para un astronauta salir del planeta.

Lea Thompson y la lanzadera maldita

Lo tiene todo para ser un éxito del cine juvenil ochentero, empezando por su protagonista, la legendaria Lea Thompson –*Regreso al futuro, Howard… un nuevo héroe, Los líos de Caroline*–. Como instructora de los cadetes está Kate Capshaw –*Indiana Jones y el templo maldito*–, además de Tom Skerritt. De los cadetes destacan Tate Donovan –Joshua de *Friends* o el padre de *Nancy Drew* en la película de 2007– en un papel de niñato insoportable y un jovencísimo Joaquín Phoenix que, con diez añitos cuando se rodó, era el crío que inexplicablemente tiene permitido el acceso a la nave. No sólo tiene a todos estos actores sino también a un gracioso robot redondito que parece una mezcla entre Cortocircuito y BB-8, además de que por algún motivo sufre de bullying en el campamento. Y encima John Williams le da la magia necesaria a la película con su banda sonora.

«En el espacio, cualquier cosa es posible.» –Kathryn Fairly.

CURIOSIDADES:

- Primera aparición cinematográfica de Joaquin Phoenix, que aquí aún usaba su nombre artístico Leaf Phoenix. Su nombre completo es Joaquin Rafael, de ahí lo de «Leaf».
- Su estreno tuvo lugar poco después del accidente en el que murieron los siete tripulantes del Challenger, una tragedia que provocó que una película sobre adolescentes en un accidente de la NASA fuese un fracaso pese a todos sus ingredientes.
- A los 15 minutos de empezar la película, ya suena un tema de Dire Straits, dejando claro el tono ochentero de la obra.
- Según cuenta Lea Thompson en una entrevista de 2012, imprimieron camisetas de la película para todo el equipo, pero contenían un error tipográfico y en lugar de *SpaceCamp* podía leerse *SpaceCramp* –Calambre Espacial–, lo que se convirtió en una broma recurrente en el rodaje.
- La hija de Lea Thompson, Zoey Deutch, actuó en la serie *Ringer* de 2011 a 2012 interpretando a la hija de Sarah Michelle Gellar. Según Thompson, la serie se rodaba en el mismo estudio que *S.O.S. Equipo azul* y cada vez que iba allí a buscar a su hija le entraba estrés postraumático al recordar aquel largo y sufrido rodaje.

CAZADOR DEL ESPACIO (AVENTURAS EN LA ZONA PROHIBIDA)

Más allá de la Cúpula del Jedi

PELÍCULA. *Spacehunter: Adventures in the Forbidden Zone*. Lamont Johnson, 1983.

Tres mujeres aterrizan en el planeta Terra 11, donde son raptadas por el dictador robótico Overdog. El caradura espacial Wolff y su androide Chalmers –que no es ninguna superintendente escolar– acuden a la llamada de auxilio con la intención de llevarse una recompensa de nada menos que… ¡3.000 mega-créditos! –por la cara que pone Wolff, debe ser una fortuna–. Necesitarán la ayuda de una chatarrera adolescente del desierto, que por algún motivo no se llama Rey sino Niki, y de un viejo amigo buscabroncas que no se llama Lando sino Wash. Sí, podríamos definirla como otra de esas aventuras apócrifas de Han Solo y Lando Calrissian con otros nombres para no infringir el copyright.

La serie A de la serie B

En este caso, no estamos ante uno de los productos de serie B de la New World Pictures de Corman, sino que la mismísima Columbia, pese a ser una de las *majors* de Hollywood, también quiso apuntarse al carro de imitar a *Star Wars*. Producida por Ivan Reitman y con banda sonora de Elmer Bernstein, pese a ser un producto modesto tiene una cierta calidad. Aunque el actor principal, Peter Strauss, es conocido principalmente en su casa, el resto del elenco lo componen figuras de la talla de Molly Ringwald –*El club de los cinco*–, Ernie Hudson –*El cuervo*– y el siempre querido Michael Ironside –*Desafío total*–. Pero lo que de verdad hizo que esta película gozase de un éxito sorprendente, llegando incluso al número uno el fin de semana de su estreno, fue la acertada elección de la fecha: justo una semana antes

que *El retorno del Jedi*. El gran público amante de la ciencia-ficción estaba que se lo hacía encima esperando a que llegara la ansiada conclusión de la saga de Lucas y esta película les pareció una forma estupenda de matar el gusanillo espacial.

Supernintendo Chalmers

El protagonista resulta bastante insoportable y es definido con acierto en su primera aparición: un jeta que malvive en el espacio, debiendo meses de alquiler y de la pensión de su exmujer. Un calco de Han Solo, pero obviando la parte en que adquiere humanidad y muestra su corazoncito. Afortunadamente, le acompaña un buen elenco de secundarios mucho más interesantes y simpáticos. Empezando por Niki –Ringwald–, que establece una entrañable relación paternofilial con Wolff. Chalmers podría haber llegado a ser el personaje más carismático de la película, es una pena que dure tan poco. Pero sin duda el mejor es Wash –Hudson–, una clara imitación de Lando Calrissian, que derrocha ingenio, gracia y carisma por todos sus poros, lo que probablemente hizo que Ivan Reitman le volviera a llamar para *Los Cazafantasmas*. Wash tiene las mejores frases, las mejores armas –¡ese lanza-cuchillos que lleva en la muñeca lo queremos todos!– y la mejor chulería. Si la película la hubiera protagonizado él, habría sido redonda.

Con dos dimensiones es más que suficiente

El principal problema es que se estrenó en 3D. Sí, en 3D de 1983. El anuncio del momento la llamaba «la primera película que te lleva al espacio exterior». Afortunadamente, podemos verla en 2D y la cosa mejora exponencialmente, ahorrándonos el bochorno de la primitiva tridimensionalidad de por entonces. El día después de su estreno, la reseña que apareció en el *New York Times* decía que, aunque fuera mucho mejor que el resto de películas en 3D, pecaba de mezclar tantos referentes que costaba seguir la trama. Realmente combina una interesantísima variedad de géneros, que a día de hoy –mucho más acostumbrados a la narración posmoderna que referencia a la propia referencia– podemos disfrutar mucho más que cuando se estrenó.

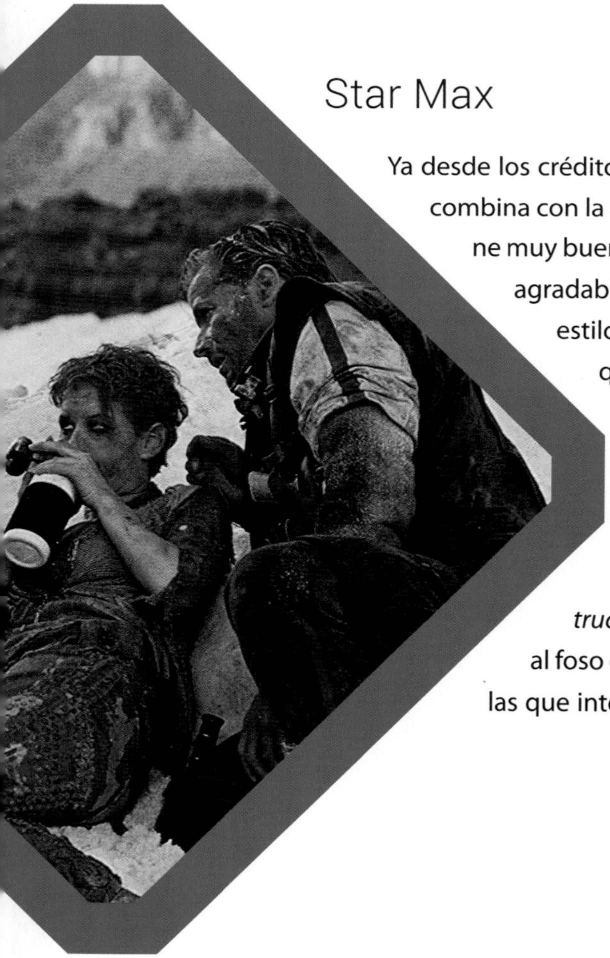

Star Max

Ya desde los créditos, imita descaradamente a *Star Wars*, pero en este caso lo combina con la estética sucia y post-apocalíptica de *Mad Max*. Y es que tiene muy buenas ideas en el apartado artístico, con fondos pintados muy agradables a la vista, buenas composiciones de plano, decorados de estilo grunge muy imaginativos, sets de metal basto esculpido que son una gozada e impresionantes vehículos *madmaxianos*, como el todoterreno de Wolff o esas curiosas motos negras esféricas. Y qué decir ya del barco pirata con ruedas que cruza el desierto o de los villanos que vuelan en ala delta con cabeza de pterodáctilo. Hay hasta un espectáculo que combina gladiadores y *monster trucks*, que recuerda en parte a la Cúpula del Trueno y en parte al foso de Jabba, sólo que es anterior a ambas. De todas las películas que intentaban aprovechar el tirón de *Star Wars*, esta es sin duda

una de las más divertidas, con un buen ritmo narrativo y escenas de acción trepidantes. La historia de fondo del Universo imaginario es interesante y está bien construida, lo que, sumándole el humor irónico que puebla la cinta, la hace muy amena de ver.

«Peguémosles un tiro ahora y ya los conoceremos mejor después.» –Wash.

CURIOSIDADES:

- En el minuto 7, cuando el intercomunicador falla, podemos oír claramente a R2D2.
- Peter Strauss declaró que «no es la película que yo pensaba que estaba haciendo».
- En la primera aparición de Chalmers, se ha quedado dormida leyendo *R.U.R.*, una obra de teatro del checo Karel Čapek en 1921, en la que se utilizó por primera vez la palabra «robot». Deriva del término eslavo «robota», que significa «trabajador forzado».
- Se ha elucubrado mucho que esta película y *Space Raiders* fueron las dos principales fuentes de inspiración para Joss Whedon a la hora de crear *Firefly*. Bueno, aquí el personaje más divertido también se llama Wash…
- Una crítica de la película en la revista de cine *Space Gamers* en 1983 definía a Wolff como «un piloto graduado de la Escuela Han Solo de Estereotipos Explotables»

STARFIGHTER: LA AVENTURA COMIENZA

White Trash Space Opera

PELÍCULA. *The Last Starfighter*. Nick Castle, 1984.

Nick Castle, más conocido como el balón de playa asesino de *Estrella oscura*, nos trae esta película del género «aventuras desenfadadas en los ochenta» cuya premisa bien podría ser qué pasaría si los protagonistas de *Me llamo Earl* se fueran al espacio. Alex Rogan es un adolescente de parque de caravanas, imbatible en las máquinas recreativas de marcianitos. Hasta que un día rompe todos los récords y un alienígena llamado Centauri –por favor, qué inocencia– lo abduce para que le ayude a proteger la galaxia de una invasión, pilotando una verdadera nave espacial.

Dar marcianitos, pulir marcianitos

Una película absolutamente *camp*, no especialmente brillante pero divertida. Su mayor baza es su humor: al público de los primeros tests de audiencia le parecieron tan hilarantes las escenas de Beta Alex –el alienígena que suplanta a Alex mientras él está en el espacio– que Castle decidió rodar más material humorístico con el personaje. El protagonista es el clásico héroe adolescente de los ochenta, un chico pobre y bastante pringado del que los demás se ríen hasta que lleva a cabo su viaje del héroe, con una moraleja bastante clara que se evidencia en diálogos como:

-Sólo soy un chico de un parque de caravanas.

- Si eso es todo lo que crees que eres, entonces eso es todo lo que llegarás a ser.

Aguantó un par de semanas en cartelera, pero fue rápidamente eclipsada por *Karate Kid (El momento de la verdad)* y *Purple Rain*, la película de Prince. Pese a no ser un gran éxito económico, como suele suceder con este tipo de películas, se convirtió en una obra de culto entre los fans.

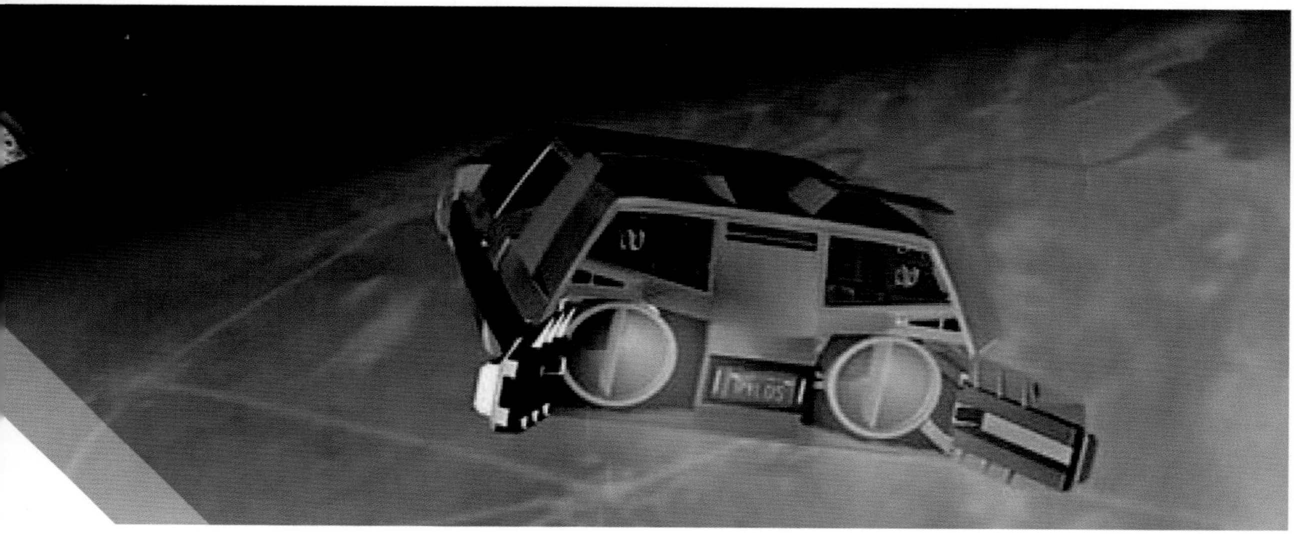

Cuando los ordenadores aún se llamaban computadoras

Prima en esta película el uso del CGI. Un CGI que a día de hoy nos parece cutre y mal envejecido –gráficos de ordenador primigenios carentes de cualquier asomo de textura–, pero que en aquel momento impactaron. Y es que fue una de las primeras películas en utilizar gráficos 3D –y hasta que se estrenó, ninguna había usado tal cantidad–, diseñados por Ron Cobb, artista conceptual que ha trabajado en *Conan el bárbaro*, *Southland Tales*, las dos primeras entregas de la saga *Alien*, *Desafío total*, *Firefly*, *Abyss* y *La guerra de las galaxias*. Pese a su terrible CGI, goza de muy buenas ideas visuales, muchas de las cuales serían muy imitadas a posteriori.

¿Me estás diciendo que has construido una nave espacial... con un DeLorean?

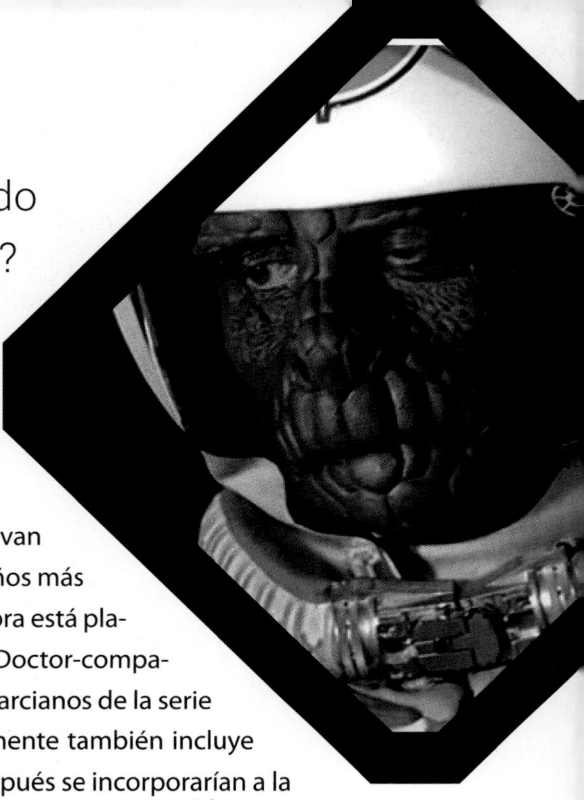

El coche futurista de Centauri –que, aunque no se explique de forma clara, parece viajar a través de un agujero de gusano– está inspirado en el clásico DMC DeLorean, aunque esta película es un año anterior a *Regreso al futuro*. Los uniformes rojos de los villanos recuerdan mucho a los que poco después llevarían los lagartos de *V* y los visores que llevan sobre un ojo son sospechosamente similares a los que unos años más tarde usaría Toriyama para sus Saiyajins en *Dragon Ball Z*. La obra está plagada de referencias a la *Doctor Who* clásica –desde la relación Doctor-companion entre Centauri y Alex hasta un personaje idéntico a los marcianos de la serie británica o incluso otro que se llama Dalecki–, pero curiosamente también incluye elementos que se parecen mucho a otros que veinte años después se incorporarían a la nueva *Doctor Who* de Russell T. Davies, como el aspecto de los míticos alienígenas Oods, que es calcado a un diseño de personaje de *Starfighter: La aventura comienza*.

«Soy de la Tierra. Y no estamos en guerra con nadie excepto con nosotros mismos.» –Alex.

CURIOSIDADES:

- La película fue adaptada en 1984 a una miniserie de tres cómics escrita por Bill Mantlo para Marvel Comics.
- Nick Castle ha trabajado con John Carpenter a menudo, no sólo como el balón de playa de *Estrella oscura*, sino también como guionista en *1997: Rescate en Nueva York* y como actor: era el mismísimo Michael Myers adulto en *La noche de Halloween* y en su remake de 2018.
- En una nota no tan positiva sobre la carrera de Nick Castle, dirigió la infame película de *Daniel el travieso* en 1993.
- El chip traductor que usan para comunicarse era en realidad el circuito extraído de un reloj digital de muñeca.
- Uno de los niños del parque de caravanas, el amigo del hermano pequeño de Alex, estaba interpretado por un jovencísimo Wil Wheaton.

EXPLORADORES

Lavadoras del espacio

PELÍCULA. *Explorers*. Joe Dante, 1985.

El preadolescente Ben Crandall –Ethan Hawke– no deja de tener extraños sueños en los que vuela entre las nubes y se topa con una colosal nave espacial llena de circuitos extraños, que luego memoriza y dibuja. Con la ayuda de su mejor amigo el genio superdotado Wolfgang Müller –River Phoenix– y el Bart Simpson local Darren Woods –Jason Presson–, utilizarán esos misteriosos diseños para construirse su propia nave espacial y visitar a una especie alienígena obsesionada con la cultura pop de la Tierra.

Niños, niños, espacio, espacio

El debut cinematográfico de Ethan Hawke y River Phoenix es una película familiar amable, fantasiosa y de nulo rigor científico. Aunque muestren circuitos y ordenadores para dar una sensación de que hay algo creíble detrás, es pura fantasía. Una aventura mágica de esa época en que los ordenadores eran mostrados en el cine como máquinas misteriosas capaces de cualquier cosa, porque aún no se tenía muy claro para qué servían. Uno de esos clásicos de los ochenta en que los niños son más listos que los adultos y pueden hacer todo tipo de alucines científicos sin supervisión. Destaca lo bien escritos que están estos niños, que se comportan como verdaderos preadolescentes y no como los guionistas adultos que los han creado, denotando un gran esfuerzo por dar credibilidad a los personajes. Aparte de eso, tenemos todo tipo de locuras ochenteras: aliens bondadosos que quieren hacerse amigos de los niños terrícolas, un perro que come chicle o niños de doce años bebiendo cerveza, porque… bueno, eran otros tiempos.

Siempre nos quedará el espacio

Joe Dante es experto en dirigir buenas películas de aventuras para disfrutar en familia y consigue siempre, gracias a su impecable dirección –y en este caso también a la banda sonora de Jerry Goldsmith–, que no se vean cutres por mucho que lo sean los efectos especiales. Ya nos demostró en *Gremlins* que es el Spielberg de la acción ligera infantil. La nave casera de los protagonistas –bautizada Thunder Road en honor a Bruce Springsteen– es muy emblemática, con ese diseño a partir de piezas recicladas de atracciones de feria, lavadoras, televisores y cubos de basura. Como no se puede esperar menos de Dante, está plagada de referencias a la cultura pop.

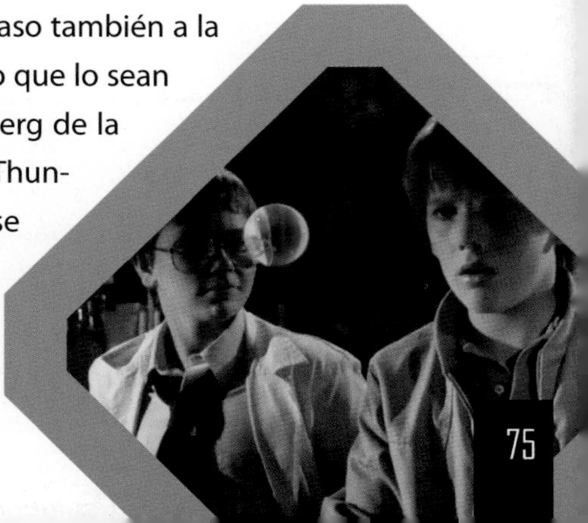

El colegio donde estudian los chicos es nombrado en honor a Chuck Jones, director de los *Looney Tunes*. La rata mascota de Wolfgang se llama Heinlein, como el escritor que inició la moda de los niños en el espacio. Los alienígenas usan frases de Bogart: «siempre nos quedará París» –*Casablanca*, 1942– y «el material del que están hechos los sueños» –*El halcón maltés*, 1941–. Las películas de ciencia-ficción que le gustan a Ben son *Regreso a la Tierra*, de 1955, y *La guerra de los mundos*, de 1953. La película ficticia que se está proyectando en el autocine en el que irrumpe la Thunder Road está protagonizada por un héroe espacial arquetípico –interpretado además por Robert Picardo de *Star Trek*– llamado Starkiller, que era el nombre de Luke Skywalker en la primera versión de guion de George Lucas.

«Mira, tuve que ver cuatro episodios de Lassie para comprender por qué no hablaba el niño peludo. Se revolcaba y lo hacía muy bien, pero no creo que merezca una serie por eso.» –Wak.

CURIOSIDADES:

- Al profesor de la escuela lo interpreta Eric Luke, el guionista de la película y más adelante uno de los guionistas de la serie *Gargoyles: Héroes mitológicos*.
- El primer director asociado al proyecto fue Wolfgang Petersen –*La historia interminable*–, por lo que le pusieron su nombre a uno de los protagonistas.
- Aparece brevemente Dick Miller, el viejo gruñón de *Gremlins*.
- Entre los variopintos cacharros del desguace en el que buscan piezas para su nave podemos encontrar multitud de guiños frikis, a destacar un trineo idéntico al Rosebud de *Ciudadano Kane*.
- Cherie Currie, cantante de las Runaways, fue considerada para un papel pero, según ella misma admitió en su autobiografía, pasaba por una época de tal abuso de drogas que jamás se presentó a las reuniones.

Sé lo que hicisteis en el último planeta

PELÍCULA. *Galaxy of Terror*. Bruce D. Clark, 1981.

Una nave de rescate aterriza en el siniestro planeta Morganthus –de verdad, el planeta tiene un nombre tan espeluznante como Morganthus, ¿cómo se os ocurre ir ahí?– en busca de los supervivientes de una expedición anterior. Nada más llegar, se quedan atrapados y algo empieza a asesinar a los astronautas uno a uno mediante la materialización de sus peores miedos, en un juego macabro del que una ancestral pirámide alienígena subterránea es la clave. Un claro ejemplo del terror *slasher* llevado al ámbito de la ciencia-ficción espacial y producido, por supuesto, por el incombustible Roger Corman –ya te he avisado de que ibas a leer este nombre a menudo–, al que nunca le bastaba con ceñirse a un género. Los actores son todos desconocidos, si exceptuamos al legendario Robert Englund, alias Freddy Krueger.

El miedo no tiene precio

La película puede parecer muy barata, pero es muy efectiva a la hora de provocar terror. Su atmósfera es ciertamente asfixiante y la superficie del planeta Morganthus pone la piel de gallina. Algunas de sus escenas de puro terror son memorables, como aquélla en que la sombra de uno de los protagonistas, Baelon, empieza a cambiar de forma espasmódicamente a sus espaldas. El clímax resulta impresionante, una verdadera bofetada mental a cualquier idea que tuviéramos ya formada de antemano, en un movimiento que recuerda bastante a la posterior *Aniquilación* de 2018.

Diseñando Morganthus

En parte, la efectividad de la película recae en su buena planificación e iluminación, que compensan su modesto presupuesto, pero a lo que hay que dar gracias es principalmente al departamento artístico: muy buenos conceptos visuales, una atmósfera muy lograda y decorados bien construidos. Las cuevas bajo la superficie de Morganthus son incluso más terroríficas que el exterior y los barrocos decorados de la pirámide recuerdan a una versión primigenia de lo que años más tarde sería la legendaria *Horizonte Final*. Las pistolas láser son muy resultonas y estilizadas, pese a que es evidente que están hechas acoplando tubos metálicos. Y, pese a que los disparos tienen un aspecto barato de

rotulador fosforito sobre negativo, la mayoría de efectos especiales son trucos de cámara realizados durante el rodaje y no en postproducción, combinando distintos *matte paintings* con decorados reales y actores, lo que le da a todo un aire mucho más creíble e interesante que cualquier posible CGI de la época.

«La mente humana sigue siendo tan oscura como Morganthus.» –Kore.

CURIOSIDADES:

- Como ya viene siendo costumbre en este tipo de obras baratas pero de buena dirección artística, James Cameron era uno de los principales responsables del departamento. Curiosamente, se encargó del arte en esta especie de *rip-off* de *Alien, el octavo pasajero* y en 1986 acabó dirigiendo su secuela *Aliens: El regreso*.
- Menos conocido es el hecho de que uno de los encargados de decoración y atrezo era un joven Bill Paxton, que por entonces aún no había triunfado como actor.
- La película contenía una escena de sexo tan explícita que le valió la calificación X. hubo que recortar mucho, eliminando planos demasiado sexuales y limitándose a un montaje rápido y frenético que sugería más que mostraba, para recuperar la calificación R.
- James Cameron ha declarado que, en su opinión, esta obra transcurre en el mismo Universo que la saga *Alien*.
- Los uniformes espaciales de los protagonistas fueron reutilizados de *Galáctica, estrella de combate* tras su cancelación.

«Si el Sol y la Luna alguna vez tuvieran dudas, se apagarían de inmediato.».

–William Blake, poeta decimonónico.

CIENCIA-TENSIÓN

Ciencia-ficción combinada con terror puro y duro.

¿Por qué a los directores de cine les gusta tanto combinar distintos géneros? Bueno, probablemente por lo mismo que a nosotros nos gusta tanto consumir esas películas que los combinan: en la variedad está el gusto. Una obra que reúna características de dos estilos distintos siempre será mucho más interesante que una que se ciña a uno solo. Y a veces, nos encontramos con dos géneros que sorprendentemente casan muy bien y dan muchísimo juego. La ciencia-ficción espacial y el terror son sin duda dos de ellos.

EL ABISMO NEGRO

Cuando a Disney le da por asustarte, lo logra

PELÍCULA. ***The Black Hole***. Gary Nelson, 1979.

Una misión de exploración espacial se topa con la nave USS Cygnus, suspendida inexplicablemente muy cerca de un agujero negro, sin ser engullida. El científico loco que vive en ella rodeado de androides de servicio –que no son lo que parece ser– ha desarrollado una tecnología antigravitatoria que mantiene la nave en la distancia de seguridad. Y entonces, todo se convierte en caos y terror puro. Una película protagonizada por los míticos Anthony Perkins *–Psicosis–* y Ernest Borgnine *–Grupo salvaje–*, con Roddy McDowall *–El planeta de los simios–* y la absolutamente carente de expresividad Yvette Mimieux *–El tiempo en sus manos–*. Y cuidadito con la banda sonora, que es nada menos que de John Barry, conocido por las primeras doce películas de *James Bond*.

En la boca del miedo

Narrativamente, terror puro y duro. Disney se esmeró en incluir temas religiosos y metafísicos mucho más oscuros que aquellos a los que nos tenía acostumbrados,

en su proceso de virar hacia cine de un contenido más adulto. La película dota al agujero negro de una cualidad de terror reverencial, como si fuese algo más lovecraftiano que un simple fenómeno astronómico. Incluso comentan que algún día los agujeros negros crecerán y devorarán todo el Universo. El científico loco que ejerce de villano está obsesionado con obtener el conocimiento definitivo y convencido de que lo hallará si cruza al otro lado del agujero, hacia «un mundo donde el tiempo y el espacio no existen como nosotros los concebimos». Toda la primera mitad es una historia de suspense muy bien narrada y, a partir del impactante giro de guion a mitad de película, es pura acción espacial, con explosiones, paranoias científicas rebuscadas, tiroteos láser y hasta rebeliones robóticas. Y la escena final, sin duda aterradora e inolvidable.

R2D-TRON

Visualmente es muy decente para su época, con naves y decorados interiores muy logrados, aunque se noten mucho las pinturas de los fondos espaciales. Los gráficos de los créditos de apertura, que costaron la friolera de 50.000 dólares para durar apenas un minuto y cuarto, son muy del estilo de *TRON*, pero están bastante bien para el momento en que se hicieron. El robot V.I.N.CENT –acrónimo de, por qué no, *Vital Information Necessarily CENTralized*– resulta ridículo, pero tiene su encanto, una clara imitación de R2-D2, con su aspecto adorable pero desbordando chulería. Y en cuanto a los robots rojos que pueblan la USS Cygnus, parecen sacados de una de las más escalofriantes pesadillas de Steven Moffat.

«¡Dios, parece salido del infierno de Dante!» –Harry.

CURIOSIDADES:

- Disney quiso alquilar el equipo de rodaje a Industrial Light & Magic, la compañía de George Lucas, pero el precio era tan elevado que decidieron diseñar sus propias cámaras de control remoto, las A.C.E.S. –Automated Camera Effects System–.
- La primera película de Disney con calificación PG en lugar de G, debido al constante uso de las palabras «*damn*» y «*hell*», además de escenas sorprendentemente violentas.
- Alan Dean Foster, que escribió la novelización de la película, declaró en una entrevista para *SFF World* que tuvo que esforzarse mucho en explicar de forma coherente todos los fallos de exactitud científica.
- Adaptada al cómic en 1980 por Whitman Comics, continuando la historia y mostrando qué había al otro lado del agujero negro. Se publicaron cuatro números en inglés y, curiosamente, los números 5 y 6 sólo salieron en castellano para el público de Méjico, que fue donde más éxito tuvo.
- La película más cara producida por Disney hasta entonces, con veinte millones de producción y seis millones en marketing.

TERROR EN EL ESPACIO

El título lo dice todo

PELÍCULA. *Terrore nello spazio / Planet of the Vampires*. Mario Bava, 1965.

Basada en el relato corto *One Night of 21 Hours* de Renato Pestriniero, el maestro Bava nos trae otra clásica película de terror italiano, pero esta vez –como indica el nada sutil título– en el espacio. Una nave se estrella en un planeta inexplorado, donde espectros incorpóreos se dedican a poseer a los astronautas muertos en el accidente y atacar a los supervivientes, con la intención de poder escapar al fin de su sistema solar moribundo.

No hemos reparado en niebla

A caballo entre este capítulo y el anterior, porque es pura serie B, si algo se le puede echar en cara es lo mucho que tarda en arrancar, tomándose su tiempo en generar una atmósfera de suspense. Pero crea dicha atmósfera de forma brillante, con ese planeta lleno de una niebla tan densa que es imposible saber qué hay en él ni siquiera observándolo desde el espacio. Casi parece que la mayor parte del presupuesto se les fuera en la máquina de humo, porque el resto de efectos especiales… bueno, son de baratillo, pero entrañables. Las naves de puro cartón y los fondos pintados tienen ese encanto de la serie B italiana y los uniformes espaciales son exquisitos, con esos diseños muy modernos para la época que recuerdan al Ronin de Marvel –aunque sus cuellos tienen pinta de resultar tremendamente incómodos y sus

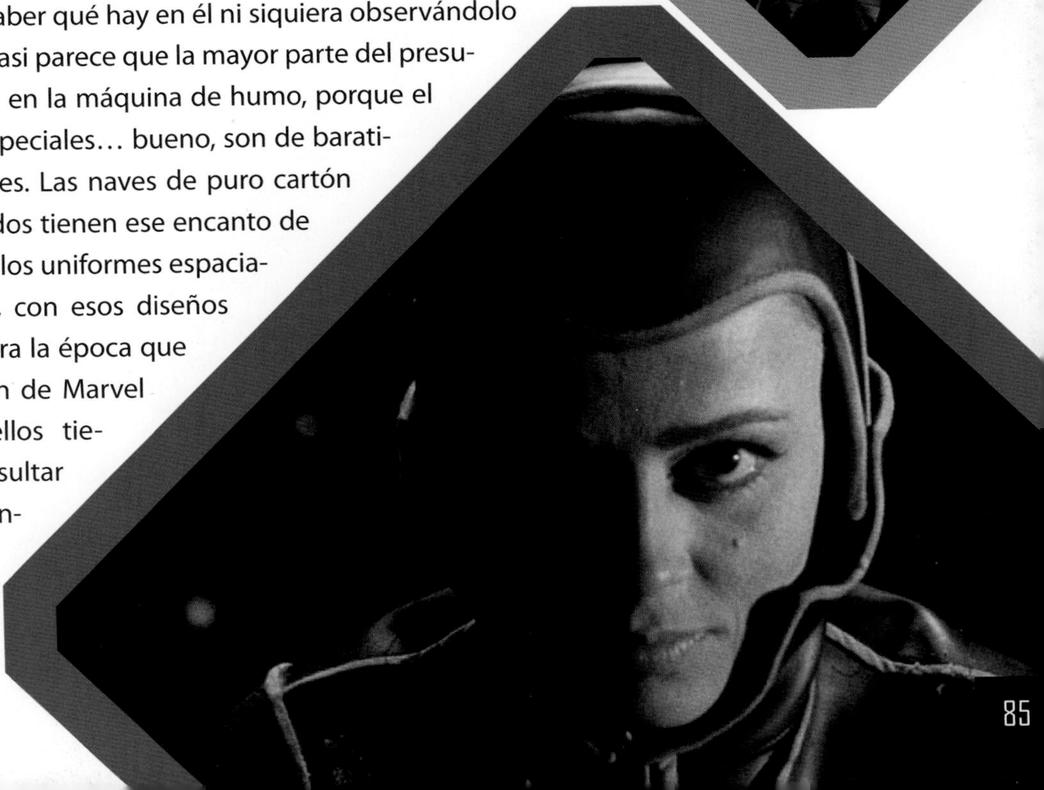

escafandras son simples cascos de motorista–. Hay ideas muy originales en los decorados, la planificación y la puesta en escena, con algunas imágenes especialmente poderosas, como esa silueta negra de la nave recortada contra los paisajes de fantasía o el hallazgo del gigantesco esqueleto deforme de una misteriosa civilización extinta.

«Si hay alguna criatura inteligente en este planeta… son nuestros enemigos.»
– Capitán Markary.

CURIOSIDADES:

- Pese al título en inglés, *Planet of the Vampires*, no hay un solo vampiro en la película.
- Estos títulos llamativos al exportar una película eran una constante en la serie B italiana: *Zombi 2* de Lucio Fulci se tradujo al español como *Nueva York bajo el terror de los zombis*, pese a que la historia transcurre en una isla tropical caribeña.
- La influencia visual de esta película es palpable en *Alien, el octavo pasajero*. Aunque en un primer momento Ridley Scott y Dan O'Bannon lo negaron, años más tarde O'Bannon acabó admitiendo que «robó» la escena del esqueleto gigante de *Terror en el espacio*.
- Por si esto no hubiera quedado lo bastante claro, los trajes de astronauta usados en *Prometheus* son un calco descarado de los de *Terror en el espacio*.
- La primera vez que Lamberto Bava trabajaba como ayudante de dirección para su padre. Lamberto dirigiría en 1985 otro gran clásico del terror italiano, *Demons*.

En el espacio, nadie podrá oír tus ia ia Cthulhu

PELÍCULA. *Event Horizon*, Paul W.S. Anderson, 1997

Probablemente, la obra más redonda del terror espacial. En el 2047, reaparece de repente la nave espacial terrícola Event Horizon, que desapareció junto a Plutón siete años atrás. Cuando una nueva misión de exploración –con Sam Neill, Lawrence Fishburne y Jack Noseworthy entre otros- se acerca a la nave para ver qué ha pasado, descubren horrorizados que la tripulación enloqueció y se mataron unos a otros. El motivo, observar lo que había al otro lado de un agujero negro que los llevó más allá de los límites físicos del universo, a lo que cada vez tienen más claro que se trata del mismísimo infierno. Lo peor de todo es que lo que sea que vieron al otro lado está dispuesto a apoderarse también de las mentes de la nueva expedición.

Vamos a necesitar un barco más grande

Esta maravilla del horror gótico ahonda en el miedo a lo desconocido, a lo infinitamente vasto. La idea básica es la misma que en cualquier relato marítimo antiguo, el peligro de aventurarse demasiado lejos en el mar y caerse por el abismo que hay donde termina el mundo, algo que causaba terror a la gente en la época –e inexplicablemente a unos cuantos aún hoy en día–. Pero esta vez ese misterioso mar desconocido es el espacio, mucho más oscuro, inmenso y enloquecedor. Resulta fascinante el mero concepto de que tenga que existir un punto físico en el que el Universo se acabe, pero a la vez la contradicción de que no puede simplemente dejar de haber espacio, que tiene que haber algo más allá de ese supuesto límite.

En la boca del espacio

Las reminiscencias lovecraftianas son más que evidentes, con una historia sobre personas que se asoman al otro lado de un portal hacia un Universo oscuro y terrorífico y son consumidas por la locura. Esto resulta especialmente divertido porque la película la protagoniza Sam Neill, que ya protagonizara *En la boca del miedo* –John Carpenter, 1994–, otra película sobre los mitos de Cthulhu en la que no se le menciona de forma explícita. No sabemos si lo que la tripulación de la Event Horizon vio al otro lado del agujero negro fue realmente el infierno, o quizás un Universo primigenio poblado por dioses imposibles plagados de tentáculos, pero precisamente es este desconocimiento del verdadero villano lo que más aterroriza. En cierto sentido, su trama recuerda a la de otra gran película de terror, *Línea mortal* –Joel Schumacher, 1990–, en la que Kiefer Sutherland y su grupo de estudiantes de medicina experimentaban la muerte durante unos minutos para ver lo que había después, pero al volver se traían algo terrible con ellos.

Terror en Eventyville

El director Paul W.S. Anderson la considera una película de casas encantadas, al estilo de *El resplandor* o *The Haunting (la guarida)*, pero ambientada en el espacio. El homenaje a Kubrick es más que palpable cuando incluso llega a imitar la legendaria escena del ascensor abriéndose y empapando la cámara en una oleada de sangre. Anderson, que se declara un gran fan del cine de terror y la ciencia-ficción, declara que le cuesta mucho encontrar historias originales y que le sorprendan en cualquiera de ambos géneros, después de haber consumido tantas. Pero asegura que cuando recibió el guion de *Horizonte Final*, por primera vez en su vida, fue incapaz de soltarlo hasta que devoró del tirón las ciento veinte páginas.

Horizonte de ciencia

Los primeros minutos de la película ya nos dan una visión muy interesante de cómo es la vida en una nave espacial, además de hacer una muy acertada descripción de sus personajes. En muchas obras de ciencia-ficción espacial se da el problema de que los personajes son muy genéricos y te lleva un buen rato llegar a distinguirlos entre ellos, pero en este caso tienen per-

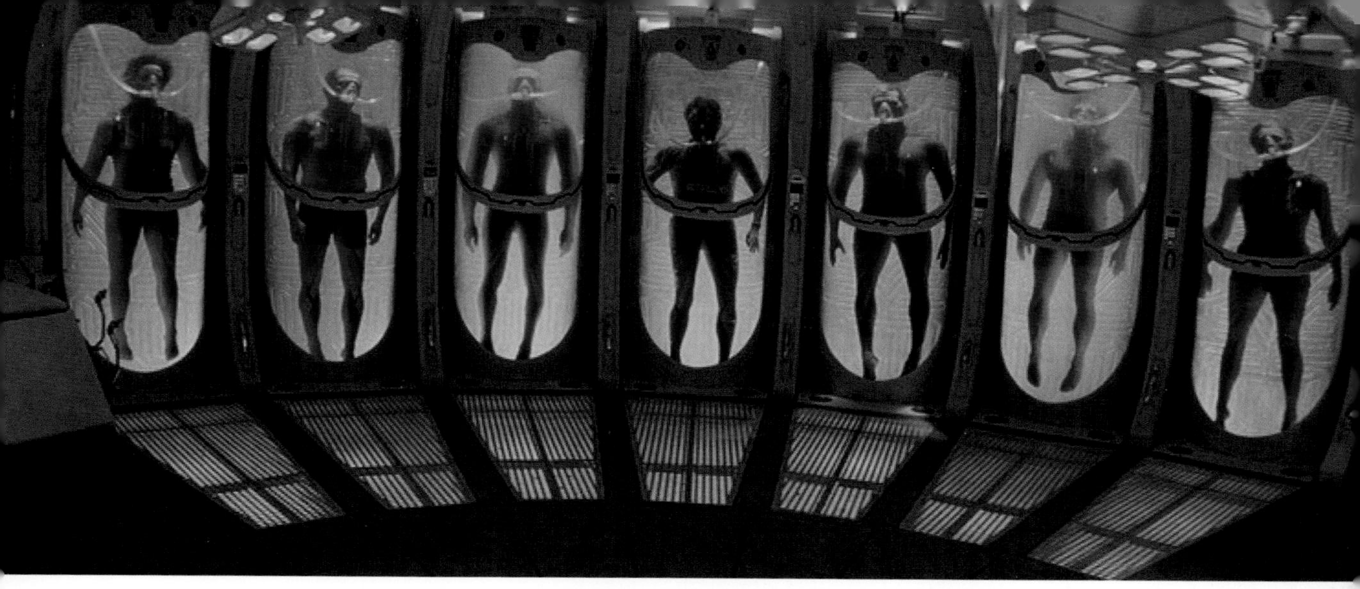

sonalidades tan marcadas que apenas tardas un minuto en habituarte y conocerlos. El guionista Phillip Eisner explicaba que al estudio le preocupaba cómo trataba a los personajes y lo inesperadas que resultan algunas muertes: hasta llegaron a decirle «un momento, nos gusta este personaje, no puedes matarlo, es como nuestro Bruce Willis, no se puede matar a Bruce Willis», a lo que él respondió tranquilamente «pues lo he hecho».

¡Arranquen motores!

El mundo de ciencia-ficción que muestra ya posee una muy avanzada exploración por nuestro sistema solar: Marte ya ha sido colonizado tiempo atrás y ahora están explorando los mundos periféricos como Neptuno o Plutón –que en nuestros corazones siempre será un planeta–. La nave consigue su viaje FTL doblando el espaciotiempo, algo que Sam Neill explica de forma brillante doblando un póster por la mitad y haciendo un agujero en él con un bolígrafo. La nave lleva un «motor de gravedad» que crea un pequeño agujero negro en su centro. En cuanto al largo viaje espacial para llegar a Neptuno, la tripulación se encuentra en estado de hibernación en hidro-tanques. Y hablando de ciencia, el fenómeno que da su nombre a la película es un concepto de la física y la relatividad que sostiene que a partir de cierta distancia un fenómeno observado ya no puede afectar al observador. La línea a partir de la cual ese fenómeno está lo bastante lejos para que no te afecte sería lo que se conoce como horizonte de sucesos o «*event horizon*».

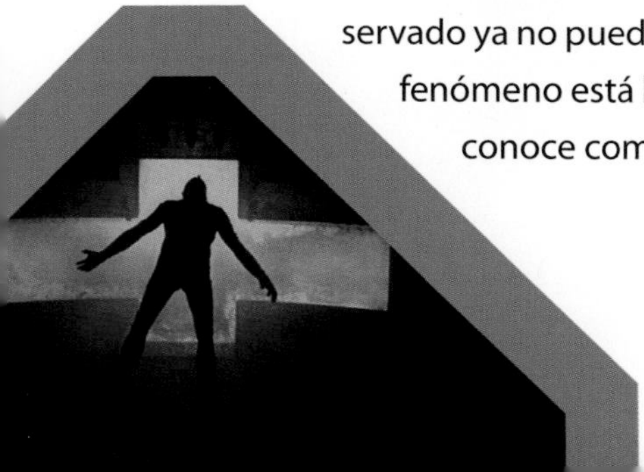

Decorando el miedo

Si hay una gran protagonista en esta obra, es sin duda la propia nave. Su atmósfera asfixiante lo es todo para esta pieza maestra del terror. Sus maravillosos decorados son tan góticos y hasta expresionistas que recuerdan a los de *Hellraiser* o a los del *Batman* de Tim Burton. El director de arte Joseph Bennett quería que la sensación subconsciente del espectador fuera que la nave está viva y nos está observando en todo momento. Basó muchos de sus diseños en equipos reales de la NASA en pos de la credibilidad –incluso los trajes espaciales parecen incómodos y aparatosos, como los de verdad–, pero sin dejar de lado la parte fantástica porque, al fin y al cabo, es una película de terror. Bennett bautiza al estilo visual que crearon como «tecno-medieval», que provoca la sensación de estar más en la mazmorra de un castillo que en una nave futurista.

«Es la oscuridad dentro de mí, que viene del otro lado.» –Justin.

CURIOSIDADES:

- Tras el inesperado éxito de su adaptación cinematográfica del videojuego *Mortal Kombat*, los estudios se rifaban a Anderson. El director tuvo que rechazar hacerse cargo de la primera entrega de *X-Men* porque prefirió dirigir *Horizonte Final*.
- La película tuvo que rodarse a toda prisa, ya que *Titanic* se retrasó en su postproducción y Paramount presionó para que *Horizonte Final* saliese antes en cines, para tener un gran estreno antes de que llegase el éxito de Cameron. Parece que en aquella época les iban las historias sobre grandes naves condenadas.
- El montaje original duraba 130 minutos. Tuvieron que recortar muchísimo metraje después del fallido primer visionado, en el que los ejecutivos del estudio se quejaron del exceso de escenas gore.
- Según declaró el ayudante de dirección Sebastian Silva al *L.A. Times*, la producción era tan grande que fue un caos y se les escapaba de las manos. A veces hasta se encontraba a los extras durmiendo en rincones inesperados del set.
- Amazon y Paramount están preparando una adaptación a serie de televisión a cargo de Adam Wingard, que dirigió el *remake* de *El proyecto de la bruja de Blair* en 2016.

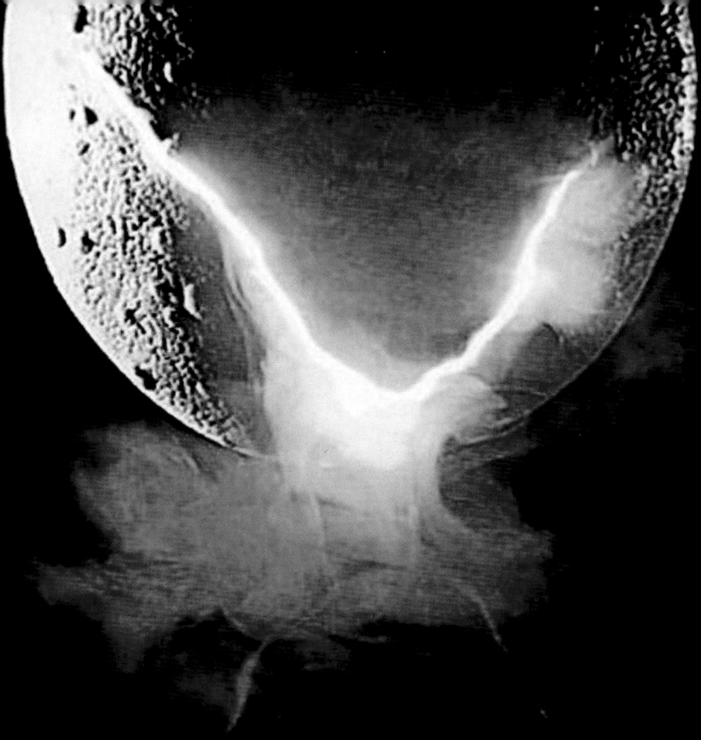

ALIEN, EL OCTAVO PASAJERO

El balón de playa ha pegado el estirón

PELÍCULA. *Alien*. Ridley Scott, 1979

A estas alturas, no debe quedar cinéfilo en el mundo que no haya visto, ya no una sino varias veces, esta joya incomparable del terror espacial, una de las obras cumbre que se estudian en cualquier libro de Historia del cine. Una historia que es, básicamente, *Estrella oscura* de John Carpenter pero con presupuesto. La nave comercial Nostromo se encuentra con una misteriosa forma de vida en una luna alienígena, una máquina de matar que convertirá las vidas de los siete pasajeros en un infierno. Una leyenda cinematográfica que, no contenta con tener a Sigourney Weaver, Ian Holm y Tom Skerritt, incluye además a dos de los mayores gigantes del cine habidos y por haber, sir John Hurt y Harry Dean Stanton.

¿Cuál es tu película de terror favorita, Ripley?

Alien, el octavo pasajero es el epítome de la película de terror espacial en la que una forma de vida misteriosa empieza a asesinar a todos los tripulantes de una nave. No fue la primera ni mucho menos la última, pero sí la más archiconocida. Y es que tiene todos los ingredientes para convertirse en un clásico instantáneo de la ciencia-ficción: aterrizajes forzosos, gente muy nerviosa discutiendo a gritos sobre problemas mecánicos que no entendemos, una corporación desalmada a la que no le importan las vidas de sus empleados y monstruos asesinos del espacio. Algunas de sus escenas inolvidables han quedado grabadas a fuego en el inconsciente colectivo: el hallazgo del esqueleto gigante, la aparición sorpresa de la cría de alien de las entrañas de Hurt, la persecución por los conductos de ventilación o la pared llena de cadáveres fosilizados. La estructura narrativa es la de un clásico *slasher*, con un asesino misterioso matando a los personajes uno por uno hasta que sólo queda la *scream queen* que se harta de huir y se lo carga a lo bestia. Curiosamente, al principio no tenemos la sensación de que Ripley vaya a ser la verdadera protagonista, sino una simple secundaria carismática que apoya a Tom Skerritt. Pero, a diferencia del típico *slasher* adolescente, en este caso los personajes son adultos para darle más credibilidad, lo que O'Bannon llama «camioneros del espacio», que no son héroes épicos sino simples trabajadores metidos en un embrollo que les supera, con los que nos podemos identificar fácilmente. Es quizás esta empatía con los protagonistas la que hace destacar a esta obra por encima de muchas de temática similar. Eso y que todos agradecemos que el gato también se salve al final, claro.

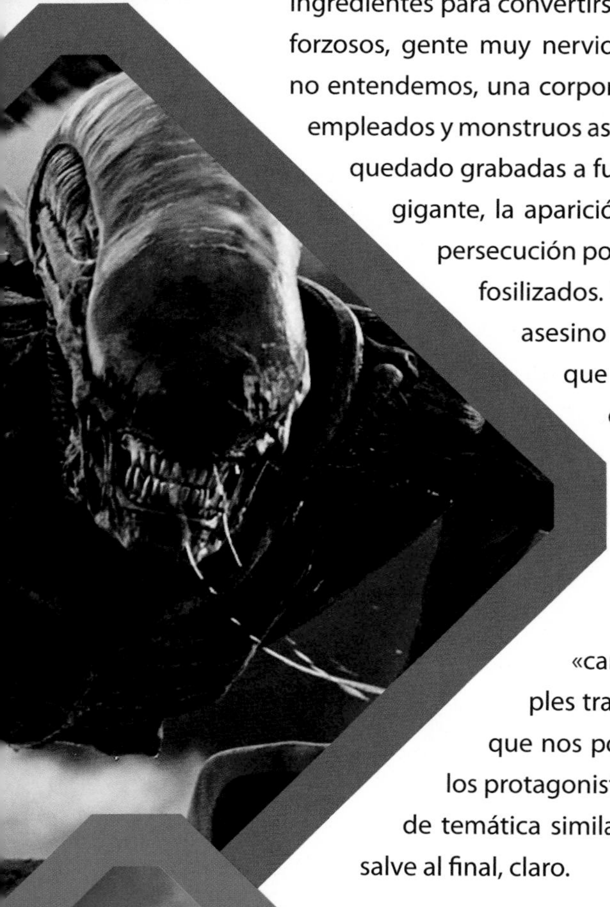

Ven a la Nostromo, estaremos juntos, lo pasaremos bien

La atmósfera está tan lograda que la tensión es físicamente palpable en cada segundo del metraje. Destacan por encima de todo los inolvidables diseños de H.R. Giger. Ron Cobb, que ya había trabajado con O'Bannon en *Estrella oscura*, se encargó de diseñar

el aspecto de todo lo relacionado con los humanos, la nave, la maquinaria y los trajes, dando lugar a diseños y decorados espectaculares. Giger se ocupó de la parte orgánica, viscosa y terrorífica del alien. La contraposición de ambos estilos artísticos potenciaba la sensación general de la película: la racional civilización moderna enfrentada al caos salvaje de la naturaleza. El xenomorfo está espectacularmente diseñado, pero casi siempre le vemos entre las sombras, aumentando el terror que provoca aun a día de hoy, en una época en que ya lo hemos visto todo. También son muy emblemáticos algunos otros conceptos, como los abraza-caras, el agonizante androide medio destruido, la sangre ácida o el villano desplazándose por los conductos de ventilación como un John McClane del espacio.

Ven conmigo si quieres vivir

Y entonces llegó la legendaria secuela, *Aliens: El regreso*, dirigida en 1986 por James Cameron. Nos alejamos un poco del terror para pasar a la acción trepidante con marines espaciales al estilo de Robert A. Heinlein. Ripley despierta de un sueño criogénico de 57 años a bordo de la también mítica nave militar USS Sulaco, que pronto será atacada por toda una familia de xenomorfos. Adiós al suspense, hola a la adrenalina desatada y los tiroteos incesantes. Con secundarios memorables como Hicks –Michael Biehn, al que Cameron se trajo de *Terminator*–, Vásquez –Jenette Goldstein, a la que luego se llevaría a *Terminator 2: El juicio final*– y el androide Bishop –Lance Henriksen, *Millenium*–. Y, sobre

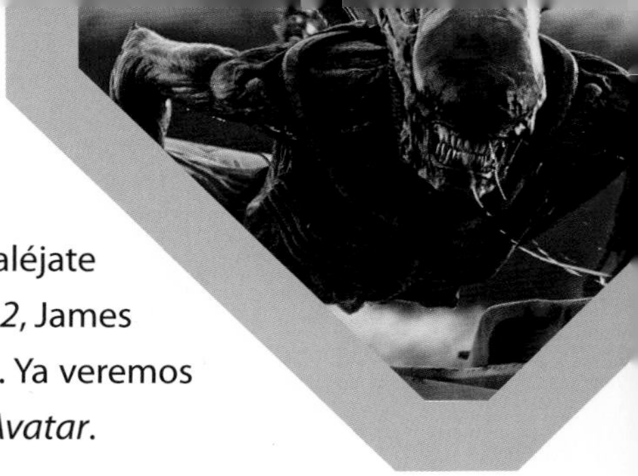

todo, con esa épica frase de chulería final de Ripley, «aléjate de ella, zorra». Ya lo decía Joshua Jackson en *Scream 2*, James Cameron siempre lo clava cuando hace una secuela. Ya veremos si es verdad cuando se estrene la segunda parte de *Avatar*.

La primera regla de Alien es que no se habla de Alien^3

En 1992 llegó *Alien^3*, probablemente el mayor despropósito de toda la saga. Ripley –acompañada por Charles Dance, Paul McGann y Pete Postlethwaite– se enfrenta de nuevo al alien en un planeta-prisión y acaba sacrificándose para salvar a la humanidad –y porque Sigourney Weaver ya estaba un poco harta del papel–. Pese al buen hacer de David Fincher en la dirección, es sin duda la más floja de la cuadrilogía original, con un impresionante apartado visual pero un guion que se nota apresurado y para salir del paso. Hubo tantos cambios durante la preproducción que el resultado final fue un pastiche inconsistente: Renny Harlin –*La isla de las cabezas cortadas*– y William Gibson –*Neuromancer*– trabajaron en una primera versión de guion, una parábola anti-comunista que se acabó desechando tras el final de la Guerra Fría. Luego llegaron Vincent Ward y David Twohy, que ambientaron su versión en un mundo medieval de madera –cuyos alucinantes artes conceptuales puedes ver en el making of en el DVD–. Al final, se optó por llamar a Fincher –*El club de la lucha*–, que hasta entonces era director de videoclips –Aerosmith, Madonna, Iggy Pop–, combinando las estructuras y elementos de las dos versiones anteriores de guion pero ambientándolo en un mundo-cárcel.

En cada generación nace una Ripley

La cuarta y última entrega de la saga original fue *Alien: Resurrección*, en 1997, dirigida por Jean-Pierre Jeunet y con guion de Joss Whedon. Combinábamos aquí el terror de la primera entrega con la acción militar adrenalínica de la segunda, pero todo en un tono mucho más psicodélico y alocado, como no se podía esperar menos del director de *Delicatessen*. Wynona Ryder, Michael Wincott, Dominique Pinon y Ron Perlman se suman a la fiesta. Aunque Ripley había muerto en la entrega anterior, unos militares la clonan siglos después, pero su ADN se combina con el de la reina xenomorfa y se lía una buena. Esta entrega tiene una calidad muy inferior a la de las dos primeras, pero fue un soplo de aire fresco después del fiasco de la tercera.

Hasta el hastío y más allá

Lejos de acabarse con la cuarta entrega, la saga Alien ha seguido en forma de cómics, libros y películas y no parece que vaya a terminar jamás. Las dos películas de *Alien vs. Predator* aparecieron en 2004 y 2007 respectivamente, intentando revitalizar ambas franquicias con un olvidable *crossover*. Y luego el propio Ridley Scott volvió para marcarse un George Lucas sacando un par de precuelas, *Prometheus* en 2012 y *Alien: Covenant* en 2017. Ambas entregas son estupendas para aquellos completistas que deseen tener todo lo relacionado con la saga, aunque no especialmente necesarias como productos cinematográficos.

«*Microcambios en la densidad del aire… y una mierda.*» –Ripley.

CURIOSIDADES:

- Las cámaras criogénicas de la Nostromo serían imitadas por Joss Whedon, guionista de la cuarta entrega, en su serie *Dollhouse* de 2009-2010.
- *Alien, el octavo pasajero* fue seleccionada en 2002 para su preservación en la Biblioteca del Congreso de Estados Unidos, debido a su importancia cultural e histórica.
- Una parte del exterior de la Nostromo fue construida a tamaño real. Para que pareciese mayor, Scott vistió de astronautas a sus dos hijos pequeños y al hijo del director de fotografía Derek Vanlint, dando una sensación de decorado mayor que si hubiera colocado allí a los actores adultos.
- En el documental *The Beast Within: The Making of 'Alien'* –Charles de Lauzirika, 2003, incluido en la caja compilatoria de la cuadrilogía– aparecen interesantes entrevistas a Ridley Scott y H.R. Giger y se muestra muy a fondo el proceso de creación.
- Una de las películas más imitadas y parodiadas. En *La loca historia de las galaxias*, Mel Brooks parodió la escena del alien saliendo del pecho, con un cameo de John Hurt.

LIFEFORCE: FUERZA VITAL

Chupando sangre y rompiendo corazones

PELÍCULA. *Lifeforce*. Tobe Hooper, 1985

Como no hay dos sin tres, Dan O'Bannon volvió al terror espacial para escribir esta adaptación de la novela *Los vampiros del espacio* –Colin Wilson, 1976–, junto al mítico director de *La matanza de Texas*. La lanzadera espacial Churchill se topa con una nave varada en pleno cometa Halley, repleta de cadáveres de murciélagos gigantes y con tres criaturas desnudas, dos hombres y una mujer, criogenizados en extraños cristales. Cuando la Churchill corta todo contacto, se envía una segunda nave, la Columbia. Sólo un astronauta logra volver con vida a la Tierra, pero también llegan los tres humanos misteriosos, que resultan ser vampiros espaciales y empiezan a matar a diestro y siniestro absorbiendo la energía vital de la gente.

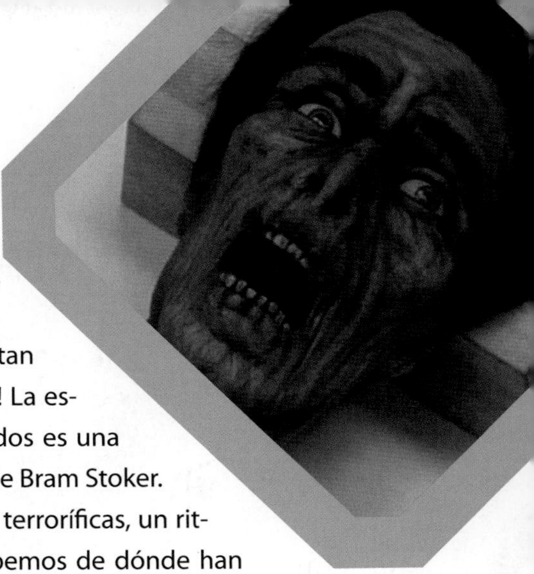

Yo no bebo... vino

Una brillante traslación de todos los clichés del cine de vampiros al ámbito de la ciencia-ficción, algo que se ha intentado repetir a menudo y que nunca se ha conseguido de una forma tan acertada. ¡Esto sí son vampiros espaciales y no los de Mario Bava! La escena con los restos de la Churchill repletos de cadáveres disecados es una adaptación perfecta de la clásica llegada del barco en el *Drácula* de Bram Stoker. Como no podíamos esperar menos de Hooper, consigue escenas terroríficas, un ritmo narrativo vertiginoso y monstruos espeluznantes. Nunca sabemos de dónde han salido esos vampiros espaciales en primer lugar ni por qué hacen lo que hacen y eso es precisamente lo que mantiene la tensión y el miedo. Todo está cargado de erotismo y escenas de desnudo, pero no de un modo excesivo –no sería la película idónea para ver con tus padres, pero tampoco vayas a pensar que es porno–. Y sobre todo hay que tener en cuenta que, pese a que la idea suene tan a serie B, es una película de primer nivel con un presupuesto de 25 millones que nada tiene que envidiar a otras grandes superproducciones de su momento.

Arrodíllate ante Zod

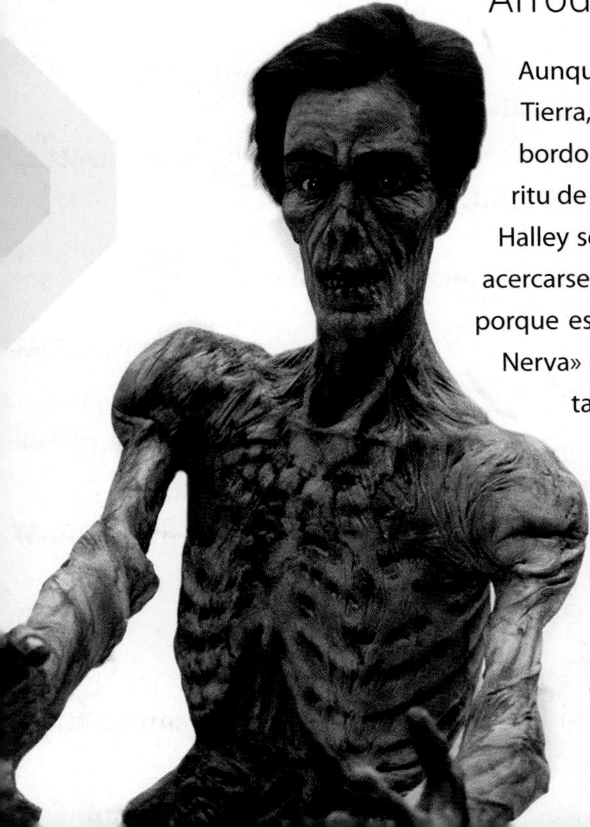

Aunque gran parte de la cinta transcurra en la Tierra, sus escenas más emblemáticas son a bordo de las naves espaciales. Parte de un espíritu de exploración espacial muy claro: el cometa Halley sólo pasa cada 76 años, así que tienen que acercarse a echar un vistazo por peligroso que sea, porque es su deber científico. Se habla del «motor Nerva» de la Churchill, con una aceleración constante que genera una gravedad artificial que imita a la de la Tierra. La misteriosa nave varada en el cometa Halley tiene un impresionante aspecto tecno-orgánico que, aunque se combine con efectos especiales que no han envejecido tan bien, goza de decorados góticos terroríficos con una muy evidente influencia de

Giger: parece un inmenso ser vivo cuyos túneles sean arterias, con paredes viscosas salpicadas de una mezcla de tuberías y huevos eclosionados. Los cristales en los que los tres vampiros están criogenizados colgando cabeza abajo recuerdan a la Fortaleza de la Soledad de *Superman*, dándole un aire más mágico a toda esa parte.

«En cierto sentido, todos somos vampiros. Drenamos la energía de otras formas de vida. La diferencia es sólo en qué grado.» –Doctor Fallada.

CURIOSIDADES:

- Aunque esté basada en la novela *Los vampiros del espacio*, Canon Films se negó a titularla así, porque buscaban un gran éxito comercial y el título original de la novela generaba una sensación de serie B muy Corman.
- El novelista de terror C.J. Henderson declaró en su libro *Encyclopedia of Science Fiction Movies: From 1897 to the Present* –Checkman Books, 2001– que es «la película de vampiros más inteligente jamás rodada».
- La villana principal a la que interpreta la espectacular actriz francesa Mathilda May no tiene nombre, aparece acreditada simplemente como Space Girl.
- El montaje original de Tobe Hooper duraba 128 minutos, pero Canon Films la recortó a 101, el único montaje que conocemos a día de hoy. Según Hooper, todo lo que recortaron fueron escenas espaciales, para dar prioridad a la parte que sucede en Londres.
- Uno de los tres vampiros está interpretado por Chris Jagger, hermano de Mick Jagger, cantante de los Rolling Stones.

SUPERNOVA (EL FIN DEL UNIVERSO)

Perdidos en la nebulosa de la máquina de humo

PELÍCULA. *Supernova*. Walter Hill, 2000

La nave de emergencias médicas Nightingale acude a una llamada de socorro en la remota luna Titán 37, pero un accidente la deja a merced de ser incinerada por la estrella más cercana. Y por si fuera poco, el hombre al que han rescatado enloquece al entrar en contacto con un misterioso artefacto alienígena y decide matarlos a todos. El reparto de lujo lo componen James Spader –*Stargate*–, Angela Bassett –*Black Panther*–, Lou Diamond Phillips –*Arma joven*–, Robin Tunney –*Jóvenes y brujas*–, Peter Facinelli –*Supergirl*– y Wilson Cruz –*Es mi vida*–.

Salto al infierno

Esta obra a la que el propio equipo apodaba *Hellraiser en el espacio* mezcla el *slasher* con el horror cósmico, en una trama que recuerda ligeramente a la de *Horizonte Final*, pero con un artefacto arcano que lleva a la novena dimensión en lugar de un agujero negro lovecraftiano. Su ritmo narrativo es de puro suspense: sabes que se está gestando algo muy malo y sólo estás esperando a que de un momento a otro se desate la violencia y el terror. Sus personajes son muy característicos e interesantes, con personalidades bien desarrolladas. Una de las ideas más interesantes que presenta es la del «salto dimensional» que utilizan para viajar largas distancias, muy traumático y doloroso para los tripulantes: uno de ellos muere al fusionarse su cuerpo con el cristal de la cápsula en la que va, otros dos están demasiado juntos cuando realizan el salto y se les intercambia el color de ojos –absurdo, pero resultón–.

El último Boy Scout del espacio

La imagen es muy característica de los alrededores del 2000, con esos planos cerrados e inclinados un tanto videocliperos que imitan el estilo visual de Tony Scott, además de las clásicas pantallas de luz flotante a lo *Minority Report* delante de las caras de los personajes. Pese a estos clichés, la planificación es muy correcta y los planos secuencia que se alternan con los momentos de montaje más frenético están muy bien calzados. Predomina el color azul en todo momento y los fondos espaciales son realmente impresionantes. Los efectos visuales no tienen pega y, aunque prima mucho más el guion que el CGI, nos deja imágenes espectaculares. El exterior de la Nightingale es fascinante, con ese aspecto casi insectoide. Aunque por dentro cuesta un poco saber si los decorados están bien o no porque, como solía pasar en la ciencia-ficción del cambio de siglo, se les fue un poco la mano con la máquina de humo.

«Me gusta el espacio profundo por el silencio. La gente tiende a respetar la intimidad.»

–Nick Vanzant

CURIOSIDADES:

- El estudio contrató a un segundo director, Jack Sholder –*Pesadilla en Elm Street 2: La venganza de Freddy*– para regrabar algunas escenas y rodar material extra.
- La película se remontó innumerables veces –una de ellas a manos de Francis Ford Coppola–, hasta que Walter Hill aseguraba que poco quedaba de su material original.
- El guion original de William Malone –director de *House on Haunted Hill* en 1999– era algo distinto: los protagonistas rescataban el artefacto misterioso y lo llevaban a la Tierra, que era donde se desataba el caos.
- H.R. Giger diseñó piezas de arte conceptual impresionantes para ayudar a Malone a vender el guion a la productora.
- La escena de sexo en gravedad cero entre Spader y Bassett hacia el principio de la cinta fue añadida a posteriori por Coppola. Para ello, cortaron una escena de sexo entre Tunney y Facinelli y añadieron digitalmente a los actores las caras de los otros dos. Hubo que oscurecer mediante ordenador el cuerpo de Robin Tunney para que se adecuara al color de piel de Angela Bassett.

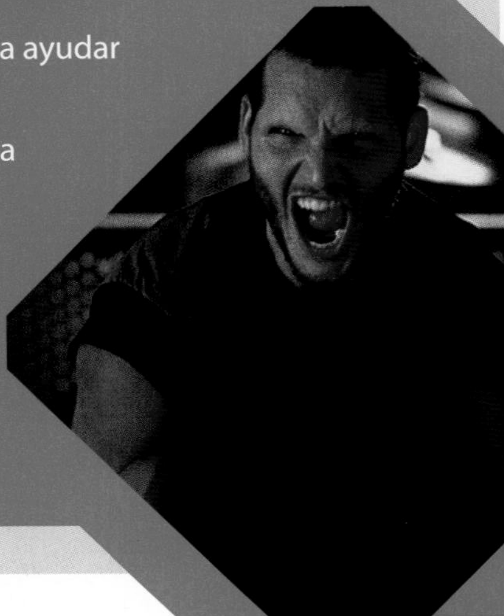

PANDORUM

Paranoia en estado puro

PELÍCULA. Christian Alvart, 2009

La Elysium es una inmensa nave espacial enviada para colonizar el lejano planeta Tanis con 60.000 pasajeros en estado de hipersueño. Dos de los tripulantes, Payton y Bower, se despiertan sin saber cuánto tiempo ha pasado, con enormes pérdidas de memoria, azotados por una profunda paranoia y sin poder encontrar a

nadie más en la nave. Lo único que saben sin lugar a dudas es que hay algo más a bordo. Dennis Quaid, Ben Foster y Antje Traue componen el elenco principal de esta extraña y fascinante película de terror.

¿Qué está pasando?

La mayor baza de esta historia es la desorientación de los protagonistas y cómo el director juega a hacernos partícipes de ella. A través del guion, la dirección y la fotografía, nos pone en la piel de los dos confusos astronautas para que compartamos su desasosiego, de forma similar a otras películas caóticas como *Cube* (1997). La paranoia llega a tales niveles que hay momentos en los que no tienes del todo claro si lo que está pasando es real o está dentro de las mentes de Payton y Bower. La narración se basa en un brutal suspense que te mantiene pegado al asiento y los momentos de terror no son para nada sustos facilones, sino que ponen la piel de gallina.

¿Dónde está el interruptor?

El ambiente es tremendamente oscuro, potenciando la desorientación sobre la que gira toda la historia. Como suele suceder en historias de terror y suspense, es más terrorífico lo que no se te muestra que lo que sí, pero en este caso los escasos momentos en que sí vemos algo no disminuyen el horror. Y por supuesto hay un potente giro de guion final, pero te prometo que es uno que no te verás venir. Sólo te advierto de que, si sufres de claustrofobia, no la veas sin una valeriana a mano. En ciertos momentos, la película recuerda a una mezcla de *Creep* (2004) y *The Descent* (2005), pero en el espacio y con una heroína de acción extremadamente carismática que parece sacada del *Resident Evil*.

«No llevamos un cargamento. Nosotros somos el cargamento.» –Payton.

CURIOSIDADES:

- El director Christian Alvart se encuentra trabajando en *Django Lives!*, una secuela de la película original *Django* de 1966, en la que se recupera a Franco Nero para su legendario papel, pero esta vez ya como anciano, combatiendo el racismo en la América de 1914.
- El mismo año que se estrenó la película, se lanzó también el videojuego homónimo, que adapta la trama de forma bastante fiel.
- Existe otro célebre videojuego de supervivencia extrema, lanzado en 2014, cuya escena inicial es casi calcada a la escena final de *Pandorum*. Pero no te voy a decir cuál es para no hacerte un spoiler del final de la película.
- La actriz Antje Traue es poco conocida fuera de Alemania, pero si has visto la serie *Dark* es probable que la reconozcas.
- Aunque la película tuvo un éxito moderado, se ha convertido en una obra de culto con una amplia base de fans e incluso grupos en redes sociales que se organizan para pedir que se hagan secuelas.

SABLES Y REVÓLVERES

Piratas y cowboys en el espacio

«Los dinosaurios se extinguieron porque no tenían un programa espacial.»

–Larry Niven, novelista de ciencia-ficción

Otros géneros que a menudo son combinados con la ciencia-ficción espacial, debido sin duda a su espíritu divertido y aventurero, son el western y el cine de piratas. A veces de una forma sutil, utilizando estructuras de películas del oeste para narrar una obra de ciencia-ficción de un modo diferente. Otras veces, simplemente se coge a un sosías de Lucky Luke o del pirata Barbanegra y se le mete en una nave espacial, para mayor regocijo del fan sin complejos.

LOS SIETE MAGNÍFICOS DEL ESPACIO

El Equipo A de los mercenarios siderales

PELÍCULA. *Battle Beyond the Stars*. Jimmy T. Murakami, 1980.

Roger Corman es algo así como un genio que siempre sabe anticiparse a lo que vende y lo que no. Eso es lo que le ha mantenido durante décadas entre los más exitosos productores de Hollywood, incluso cuando su trabajo se centra siempre en la pura serie B. Y es que tiene un don para observar las modas que imperan en cada momento en el cine y acertar cuál de ellas va a acabar arrasando, para apresurarse a lanzar versiones de bajo presupuesto de cada género. De ahí que, cuando observó el éxito de *La guerra de las galaxias* en 1977, decidiera lanzarse al mundo de la Space Opera. Y no lo hizo de cualquier manera, no, sino dándole un toque original, con un *remake* de un clásico del western que era a su vez un *remake* de un clásico de samuráis.

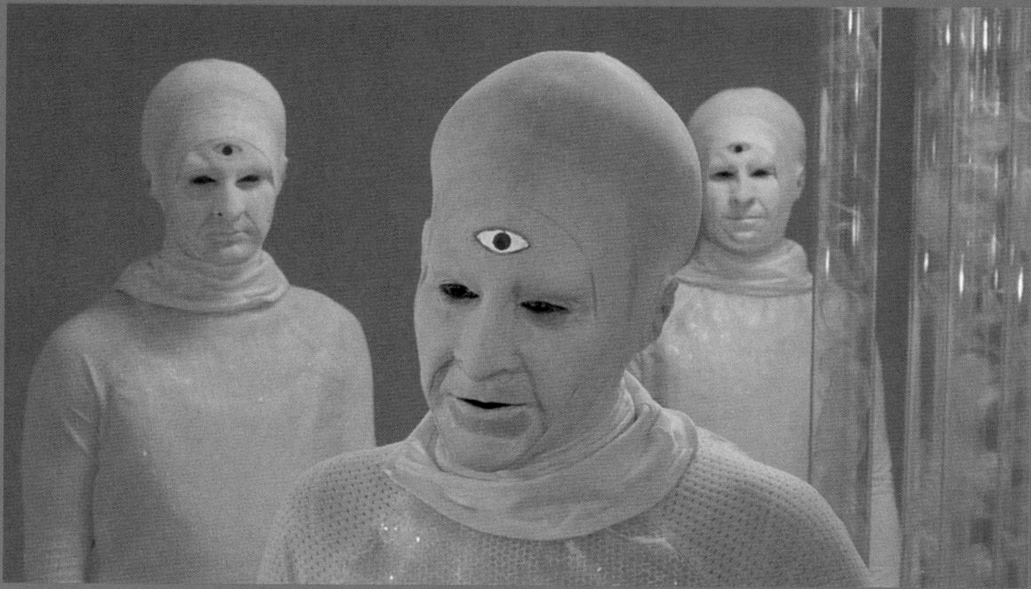

Esa nave que viene de Bonanza

La intención de Corman de rodar una nueva versión de *Los siete samuráis* y de su famosa reinvención *Los siete magníficos* nunca fue disimulada y lo admitió abiertamente. Tanto, que en España directamente se optó por traducir el título de la película de forma nada sutil, como es habitual. En esta nueva iteración, el malvado emperador Sador –John Saxon, *Pesadilla en Elm Street*– se dedica a anexionarse mundos y, si se niegan a obedecerle, los destruye con un curioso cañón que convierte los planetas en estrellas. El pequeño planeta granjero Akir decide enviar a un joven a darse una vuelta por la galaxia contratando a variopintos mercenarios para que le ayuden a hacer frente al tirano.

Algunos me llaman el cowboy del espacio

Sus personajes son emblemáticos e interesantes, empezando por Nanelia, una mujer criada en una estación espacial rodeada de androides que nunca ha visto formas de vida orgánica ni experimentado cosas como el viento o la hierba. Robert Vaughn, que ya era uno de *Los siete magníficos* originales, se come la pantalla con cada gesto y cada mirada. Pero sin duda el premio a lo mejorcito de la película se lo lleva George Peppard –*Desayuno con diamantes, El equipo A*–, que interpreta al hombre conocido solamente como Space Cowboy, un pícaro errante que se dedica a escuchar country, beber Martinis y ver viejos westerns clásicos del siglo XX en su nave espacial. Peppard está sin duda en un momento de gloria en este papel cómico. Resulta inexplicable de dónde saca tantos cigarrillos terrestres, pero mejor aún es su hebilla de cinturón con dispensador de whisky –y soda para mezclar–.

El útero volador

La película goza de algunas ideas muy interesantes, sobre todo en sus vistosas razas alienígenas y androides: la especie de los Kelvin, que se comunican entre ellos mediante ondas de calor; la Valquiria espacial interpretada por Sybil Danning; una raza de telépatas con tres ojos y piel blanca que forman una mente colmena –o incluso un «cuerpo colmena», porque en cierto momento vemos cómo uno de ellos se come un perrito caliente y todos mastican a la vez–. Los decorados de las naves son bastante decentes y los del planeta Akir resultan incluso deliciosos. Nell, la nave del protagonista, tiene una forma un tanto equina para potenciar la sensación de western –aunque los miembros del equipo bromeaban llamándola «el útero volador» –, algo que inspiraría a Joss Whedon para el diseño de la nave Serenity, que además se parece mucho a Nell en su decoración interior.

Hasta la vista, baby

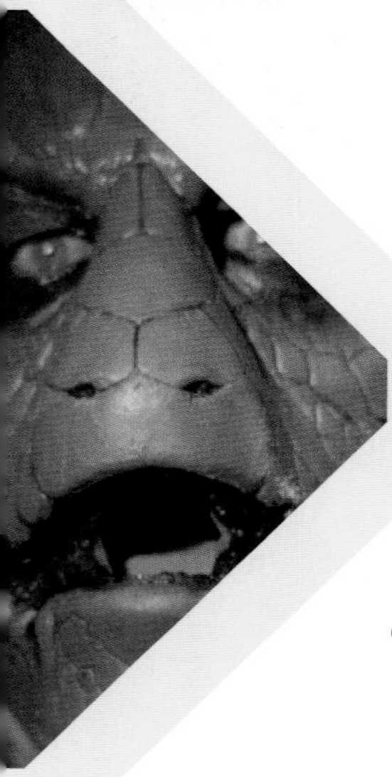

Esta obra no se ve tan barata como otras producciones de Corman, pese a que su presupuesto era de apenas dos millones y se fue casi todo a los sueldos de Vaughn y Peppard –si te fijas, apenas hay planos en los que aparezcan los actores más conocidos compartiendo pantalla, algo pensado para acelerar la grabación con cada actor y abaratar costes–. En parte, su aspecto de mayor calidad se debe a que los efectos especiales y el arte conceptual los diseñó un jovencísimo James Cameron, que antes de triunfar como director ya se encargaba del apartado artístico de varias películas de ciencia-ficción –por ejemplo, *1997: Rescate en Nueva York*–. La banda sonora, del legendario James Horner, también ayudó. Y al final, su mezcla de acción espacial trepidante con un humor nada estúpido es lo que la hace tan entretenida de ver.

«Sador nunca ha perdido una guerra. Pelea contra él y harás una triunfal entrada en el infierno.» –Space Cowboy.

CURIOSIDADES:

- En el doblaje español, la voz del Doctor Hefestos suena rarísima, ya que no es la de un doblador al uso sino la de un actor tradicional: Manuel Guitián, un entrañable señor mayor que solía aparecer en películas de Marisol.
- Cerca del minuto 19, podemos observar con estupor a uno de los androides de Nanelia que camina de un lado para otro haciendo el baile del robot.
- Sybil Danning, la Valquiria del Espacio, también protagonizó junto a Lou Ferrigno –el Hulk televisivo– otro *remake* apócrifo de la misma película, en este caso en versión peplum: *Los siete gladiadores*, de 1983.
- El planeta de granjeros en el que transcurre la película se llama Akir, en un más que evidente guiño a Akira Kurosawa.
- Para ser una película de dos millones de dólares, apenas tardó nada en recaudar otros once en taquilla.

CAPITÁN HARLOCK

El más legendario pirata espacial

MANGA. *Uchu Kaizoku Kyaputen Haarokku*. Leiji Matsumoto, 1977-1979

El Capitán Harlock es un héroe romántico y rebelde que surca el cosmos como proscrito a bordo de su nave Arcadia. Cuando la Tierra es invadida por la raza alienígena de las Amazonas, Harlock es el único dispuesto a hacer algo para evitarlo.

El héroe misterioso

Este legendario manga de los setenta fue serializado en la revista *Play Comic* y recopilado en cinco tomos, aunque probablemente te suene más por su adaptación televisiva, la serie de animación que se emitió de 1978 a 1979. Aunque el manga terminó de forma abrupta, sin un final cerrado, Matsumoto trabajó como consejero para el estudio que la adaptó, dando pistas de cómo quería que terminase la historia, con lo que a la serie de anime sí acababa de forma cerrada y completa. Vivimos la aventura desde los ojos de Tadashi, un chico de 14 años que se enrola en la Arcadia para pedir ayuda al Capitán Harlock contra la invasión de las Amazonas. Es a través de él que descubrimos el fascinante mundo de la nave y sus secretos. Gracias a ello, el personaje titular puede seguir siendo misterioso, siempre cargado de un aire melancólico y profundo.

¡Al abordaje!

El diseño de la Arcadia, a medio camino entre un buque acorazado y un barco pirata, es fantástico. Pese a ser un objeto inanimado, percibimos la nave como un protagonista más, rodeada de misterio y conectada al oscuro pasado del Capitán Harlock. El aspecto del protagonista, más tirando al pirata clásico que al de ciencia-ficción, es muy emblemático. El diseño estilizado y elegante de los personajes y las naves sería ampliamente imitado en el manga y anime de la época. La serie goza de una amplia variedad de secundarios imaginativos, de los que cabría destacar a Mime, una alienígena de piel azul, ojos amarillos y pelo lila que se alimenta exclusivamente de alcohol –una especie de antepasada no confesa de Bender de *Futurama*–.

«No lucho en nombre de nadie. Sólo lucho por lo que hay en el fondo de mi corazón.»

–Harlock.

CURIOSIDADES:

- En 1982 se estrenó *El Capitán Harlock en la Arcadia*, película de animación que servía como precuela y mostraba cómo perdió el ojo el protagonista. La seguiría una serie de 22 episodios, *Endless Orbit SSX*.
- En la precuela, Harlock luce el número 99 en uno de los parches de su chaqueta, como homenaje a uno de los primeros mangas del autor, *Submarine Super 99*, que tenía una trama muy similar pero estaba ambientado en un submarino.
- En 2002 se lanzó una nueva serie de anime, *Space Pirate Captain Harlock: The Endless Odyssey*, de 13 capítulos, y en 2013 la película de animación 3D, llamada simplemente *Capitán Harlock*, que tuvo una buena acogida y fue muy elogiada por James Cameron.
- En algunos países de Latinoamérica se le cambió el nombre por *Capitán Raimar*.
- En 1985 se estrenó una serie rarísima, *Captain Harlock and the Queen of a Thousand Years*: un bizarro experimento en el que remontaron el material de dos series no relacionadas del mismo autor –*Capitán Harlock* y *Exploradores del espacio*, de 1981– para combinarlas en una sola, con un sentido narrativo prácticamente inexistente.

COWBOY BEBOP

Cazarrecompensas espaciales a ritmo de jazz

SERIE DE ANIMACIÓN. *Kaubôi bibappu*. Shinichirō Watanabe, 1998-99

Uno de esos raros casos en que una serie japonesa de anime no está adaptada de un manga, sino que fue creada directamente para televisión. En el 2071, el crimen está desatado por todo el sistema solar y los cazarrecompensas registrados, apodados Cowboys, tienen licencia para capturar a criminales buscados. Seguimos las aventuras del trío principal de Cowboys a bordo de la nave Bebop: el misterioso pistolero Spike Spiegel, el viejo duro de pelar Jet Black y la estafadora y femme fatale Faye Valentine.

Hasta la vista, cowboy del espacio

Una mezcla de géneros que no se ciñe solamente al western, sino que incluye elementos de Space Opera, de ciberpunk e incluso de puro cine negro de los años cuarenta. Aunque se trate de una historia de aventuras y acción por un tubo, también es una profunda

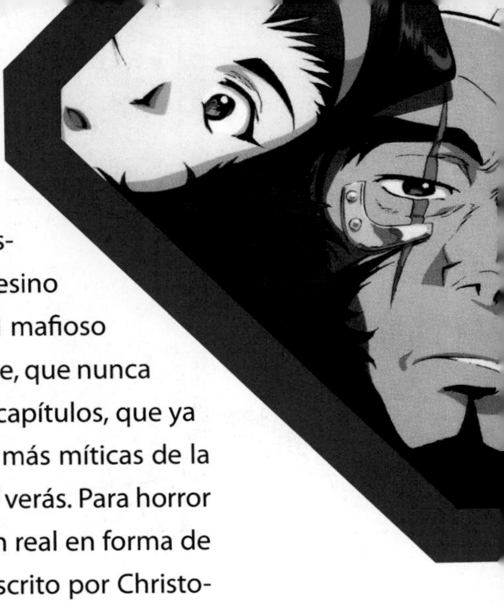

reflexión sobre cómo nos enfrentamos al amor y a la pérdida. Cada capítulo es una aventura autoconclusiva con tramas clásicas de western, pero hay una trama de fondo, la del pasado de Spike como asesino a sueldo de la mafia, su huida de ésta al enamorarse de la novia del mafioso Vicious –líder del sindicato criminal Dragón Rojo– y la venganza de éste, que nunca dejará de perseguirle. La serie consta de una única temporada de 26 capítulos, que ya se ha vuelto legendaria y ha encumbrado a la obra como una de las más míticas de la historia del anime. Su espectacular final, uno de los más emotivos que verás. Para horror de la inmensa base de fans, se está preparando un *remake* de imagen real en forma de miniserie, protagonizado por John Cho –*2 colgaos muy fumaos*– y escrito por Christopher Yost, guionista habitual de Marvel Comics.

Bang

Sin duda, uno de los mejores aspectos de la serie es su desarrollo de personajes, que lejos de ser simples estereotipos como en obras similares, resultan enormemente complejos y profundos. Su autoimpuesto aislamiento les lleva a no abrirse jamás los unos a los otros, pese a ser amigos, y eso hace sus caminos mucho más difíciles. Y es que los creadores de la serie quisieron relacionar a cada uno de los tres con una corriente filosófica incompatible con las otras dos: Spike con el existencialismo, Jet con el absurdismo y Faye con el nihilismo. Los villanos a los que cazan son a menudo demasiado similares a ellos mismos, abriendo el debate moral de en qué momento se cruza la línea roja que separa al marginado que roza el límite de lo legal y al verdadero delincuente. Y aunque la trama de desarrollo personal que más seguimos sea la de Spike, el turbio trasfondo de Faye no tiene nada que envidiarle.

«I think it's time we blow this scene...»

El apartado estético es maravilloso, con su cuidada animación y sus preciosos diseños: la navecilla personal Swordfish –puro *Star Wars*, pero de aspecto estilizado y color rojo vibrante– o la propia Bebop son una gozada. En el capítulo final de la serie se nota una muy fuerte influencia de *El cuervo* de Alex Proyas, en la escena de la pelea final y en el propio Vicious, que es puro Michael Wincott. En el universo de *Cowboy Bebop* no hay alienígenas verdes con tentáculos, todo el mundo es humano y eso hace mucho más crudo y real su tratamiento, pero sin dejar de lado el aspecto de ciencia-ficción más fan-

tasioso: las naves pueden permitirse viajar por todo el sistema solar sin que sus pilotos mueran de viejos gracias a puertas estelares colocadas aquí y allá. Quizás lo más legendario de la serie sea su canción de introducción, esa melodía jazzera titulada *Tank!* combinada con unos llamativos e inolvidables créditos. La banda sonora combina distintos géneros de igual modo que lo hace el guion.

«*Bang*» –Spike Spiegel.

CURIOSIDADES:

- Watanabe asegura que Spike es una mezcla entre Bruce Lee en *Operación dragón* y Clint Eastwood en *Harry el sucio*.
- En 2001 se estrenó *Cowboy Bebop: La película* –de animación, por supuesto–, una aventura más del equipo Bebop que sucedía antes de los hechos del último capítulo y que no guardaba relación con la trama central de la serie.
- El creador decidió escribir un final cerrado e imposible de continuar, porque no quería que la serie se alargara años y años hasta perder la gracia. Prefería un producto breve e inolvidable que uno largo y decadente.
- La compositora Yoko Kanno formó la banda de jazz Seatbelts para tocar las canciones para la banda sonora.
- En el doblaje español, la voz de Spike la ponía el mismísimo Joan Pera.

FIREFLY

Hora de portarse mal

SERIE. Joss Whedon, 2002-2003.

En un futuro lejano en que la Tierra ya no existe y el ser humano ha colonizado el espacio, toda la galaxia está bajo el control de la corrupta Alianza, que ganó una guerra civil contra los Independentistas o Browncoats. Uno de los combatientes del bando perdedor, el capitán Malcolm Reynolds -Nathan Fillion-, malvive ahora con el transporte de mercancías y pasajeros junto a la tripulación de su nave Serenity. Y tal vez uno de cada diez negocios que hace es legal.

El bueno, el feo y el Malcolm

La franquicia más emblemática y completa del western espacial, que combina elementos de *Los siete magníficos del espacio*, *Farscape* y otra obra anterior del propio Whedon, *Titan A.E.* Traslada al espacio muchos de los clichés del cine del oeste, los moderniza y los homenajea sin complejos: asaltos a trenes, robos de bancos, guerras por el ganado, duelos de pistolas bajo el sol del desierto y hasta peleas de cantina que terminan con alguien atravesando una ventana –holográfica, en este caso– y cayendo a un abrevadero. Una serie muy corta, demasiado –apenas trece capítulos–, que Fox torpedeó desde el primer momento, estrenando sus capítulos en un orden completamente aleatorio. Esto destruyó sus posibilidades de renovación, pero el fenómeno fan generado a su alrededor pocas veces se ha dado en tal magnitud.

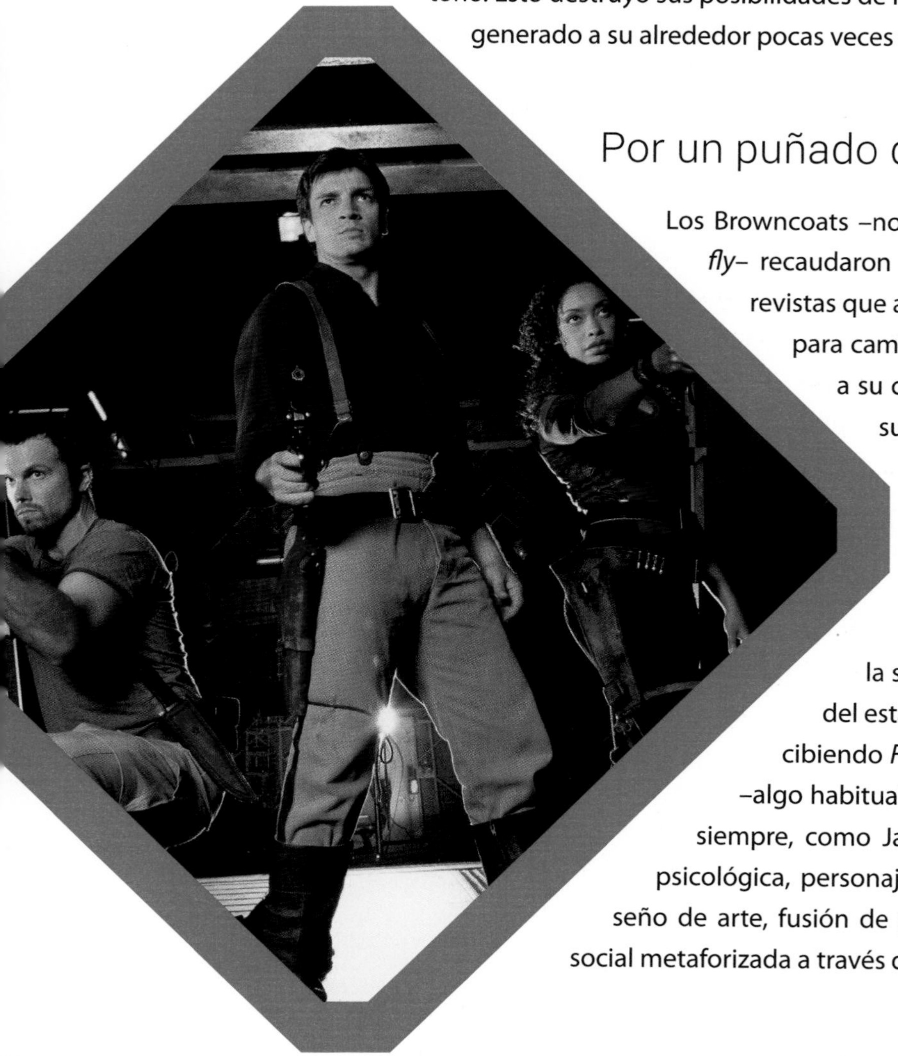

Por un puñado de Browncoats

Los Browncoats –nombre oficial de los fans de *Firefly*– recaudaron dinero para poner anuncios en revistas que atrajeran más audiencia a la serie, para cambiar la opinión de Fox en cuanto a su cancelación. No lo lograron, pero su presión contribuyó a que la cadena lanzara la serie en DVD –con un apabullante éxito de ventas– y a que Whedon pudiera rodar en 2005 la película *Serenity* para cerrar la saga. Los motivos más probables del estatus de culto que ha acabado recibiendo *Firefly* son sus brillantes diálogos –algo habitual en Whedon y sus guionistas de siempre, como Jane Espenson–, su profundidad psicológica, personajes carismáticos, excepcional diseño de arte, fusión de géneros y, por supuesto, crítica social metaforizada a través de la ciencia-ficción.

Los ocho magníficos

Los protagonistas de la serie están tremendamente bien escritos, con un aire muy característico e inolvidable: una ecléctica tripulación compuesta por dos ex militares, un mercenario de escasa inteligencia, una mecánica adorable, un médico, una psicótica con superpoderes, un cura y una prostituta. Personajes icónicos que suelen vencer a enemigos muy superiores valiéndose de su infinito ingenio –aunque tampoco es que les tiemble el pulso a la hora de usar la violencia–. Malcolm Reynolds es probablemente el único protagonista de una saga espacial cuyo carisma rivaliza con el del mismísimo John Crichton. Según Nathan Fillion, la variopinta tripulación de la Serenity representa los aspectos de la personalidad de Malcolm que perdió cuando quedó desencantado de la vida tras la derrota en la guerra: el pastor Book es su fe, Kaylee su inocencia, Wash su humor, Zoë su capacidad de amar.

Centauros del espacio

El trasfondo del universo *Firefly* es rico y vasto, pero se nos da con cuentagotas a lo largo de la serie y no lo conocemos bien hasta la película. Las dos grandes potencias que sobrevivieron a la destrucción de la Tierra fueron Estados Unidos y China, fusionadas ahora en la Alianza Anglo-Sino –fíjate cada vez que aparezca la bandera de la Alianza, una fusión entre las banderas china y estadounidense–. De ahí que los protagonistas suelan cambiar al chino a la hora de decir tacos, una idea de Whedon para que sus personajes puedan ser malhablados sin tener conflictos con Fox por el uso de lenguaje obsceno. La multinacional detrás de la Alianza se llama Blue Sun y puedes ver su publicidad por todas partes a lo largo de la serie –incluso en esos escalofriantes ejecutivos con las manos azules que aparecen en ciertos momentos–. Aunque, más como guiño friki que otra cosa, también aparece el logo de la corporación Weyland-Yutani de la saga *Alien* en las armas de los soldados. Como ya hizo en su obra magna *Buffy cazavampiros*, Whedon ha creado todo un lenguaje coloquial inventado, con la intención de que las expresiones usadas no suenen pasadas de moda si vuelves a ver la serie cinco, diez o cincuenta años después. Destaca por encima de todo la expresión «*shiny*» como sinónimo de algo guay.

Hasta que llegó su nave

La correspondencia del universo ficticio con la era de la Reconstrucción de postguerra en Estados Unidos es más que evidente, con excesiva pobreza y los pioneros buscándose la vida en negocios ilícitos para subsistir. Lo apoya la estética de puro western: largos abrigos marrones, pistolas láser con forma de revólver clásico, planetas desérticos. Hasta la nave, aunque se supone que es una luciérnaga, tiene cierta forma de caballo. El diseño interior de la nave era esencial para Whedon: quería darle un aspecto usado pero acogedor, ya que es donde vamos a ver a los héroes más en su elemento. La canción de los créditos, *The Ballad of Serenity*, es puro country, escrita por el propio Whedon e interpretada por Sonny Rhodes.

Grupo casi salvaje

La mayoría de los actores tuvieron en *Firefly* su catapulta a la fama. Sobre todo Nathan Fillion, que acabó protagonizando *Castle*, pero que afirmaba en una entrevista para *Entertainment Weekly* en 2011 que *Firefly* fue el mejor trabajo de su vida y que volvería sin dudarlo. Whedon tiene tendencia a reciclar a sus actores y la mayoría de los de *Firefly* volverían en sus otras series: Nathan Fillion como villano final de *Buffy cazavampiros* y en *Dr. Horrible's Sing-Along Blog*; Gina Torres y Adam Baldwin como villanos de temporada de *Angel*; Alan Tudyk y Summer Glau en *Dollhouse*. También hay secundarios de lujo: el delincuente habitual Badger estaba interpretado por Mark Sheppard, que ha aparecido en la mayoría de las series frikis que se te puedan ocurrir. La timadora Saffron, que se casa con Malcolm, era una por entonces desconocida Christina Hendricks. El pequeño Simon Tam está interpretado en *flashbacks* por un jovencísimo Zac Efron. Whedon fichó en

un primer momento a Rebecca Gayheart –*Leyenda urbana*– para interpretar a Inara, pero no le acababa de convencer y la sustituyó por Morena Baccarin –*Deadpool*–.

La conquista del cine

La película *Serenity* de 2005 fue la conclusión perfecta a la saga, un cierre épico por todo lo alto, que consiguió atar todos los cabos sueltos dejados por el precipitado corte de la serie. Nada que envidiar a las mejores entregas de *Star Wars*: escenas inolvidables, efectos espectaculares, acción por un tubo y ni un segundo de aburrimiento. Ahonda por fin en el origen de los terroríficos Reavers, se deja de trabajitos esporádicos de la tripulación y pone de nuevo a Malcolm en el camino de la venganza. Además, introduce a un magnífico villano, El Operativo –Chiwetel Ejiofor–, un antagonista mucho más complejo y lleno de capas que los habituales arquetipos de la Space Opera, que nos da una escena tan maravillosamente escrita como la de «define escapado»: una clase magistral de guion sobre cómo condensar en tres segundos la típica escena en que Darth Vader asesina a sus ayudantes por frustración.

Dos cómics y un destino

El impacto popular de *Firefly* es tal que numerosas revistas de ciencia-ficción, cultura pop e incluso científicas siguen colocándola a día de hoy en el primer puesto de sus rankings de series del género. La historia siguió adelante en otros medios: De 2005 a 2017, Dark Horse publicó varias miniseries de cómic canónicas escritas por los guionistas de la serie y, en 2018, Boom! Studios lanzó una serie regular de cómic. También se han publicado dos novelas –y otras dos que están en preparación– editadas por Whedon para incidir en el trasfondo de su Universo y ser consideradas parte del canon. En 2005, la compañía de Margaret Weis –autora de las *Crónicas de la Dragonlance*- publicó un juego de rol de *Firefly*. Alan Tudyk creó y coprotagonizó con Fillion la serie *Con Man* en 2015, sobre los actores de una serie de ciencia-ficción injustamente cancelada que van de convención en convención, muy obviamente basada en sus propias experiencias.

El Operativo: -*¿Sabes cuál es tu pecado, Mal?*

Malcolm: -*No sé, soy fan de los siete.*

CURIOSIDADES:

- El astronauta Steven Swanson es un gran fan y llevó los DVDs de la serie y la película a la Estación Espacial Internacional, donde siguen para disfrute de todo astronauta.
- Whedon planeaba introducir en futuras temporadas a Spike de *Buffy cazavampiros* como último superviviente de la Tierra, con lo que *Firefly* habría sido parte del Buffyverso.
- Jayne llama Vera a su fusil. Un guiño a que Adam Baldwin es uno de los protagonistas de *La chaqueta metálica* –Stanley Kubrick, 1987–, donde los marines tratan a sus fusiles como si fueran sus esposas, durmiendo con ellos y poniéndoles nombres de mujer.
- El primer papel de la carrera de Summer Glau fue en un capítulo de *Angel* –3x13 *Waiting in the Wings*–, interpretando al fantasma de una bailarina.
- Los uniformes de los oficiales de la Alianza eran los mismos de *Starship Troopers (Las brigadas del espacio)* –Paul Verhoeven, 1997–.

CIENCIA-RISIÓN

Cuando la ciencia-ficción se encuentra con la comedia

«Me gustaría morir en Marte. Pero no en el impacto.»

–Elon Musk, empresario tecnológico

La comedia no es un simple género, sino un estilo que se puede aplicar a cualquier otro, creando infinidad de subgéneros. Puedes hacer una comedia noir, de acción o de fantasía medieval. Y, por supuesto, puedes llevarte las risas enlatadas a una nave espacial y reírte en la cara de Urano, peinar el desierto con un peine gigante o descubrir que [illegible]

FUTURAMA

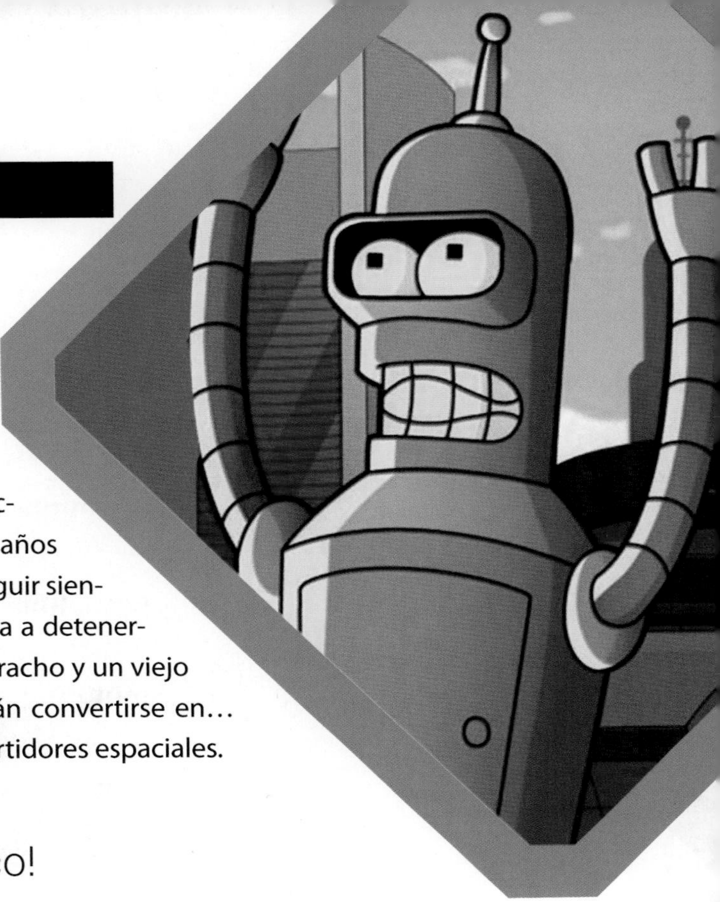

¡Calla y toma mi dinero!

SERIE DE ANIMACIÓN. Matt Groening y David X. Cohen, 1999-2013.

Fry, un repartidor de pizzas no especialmente brillante, resulta criogenizado por accidente la nochevieja de 1999 y despierta mil años después. En el año 3000, intentan obligarle a seguir siendo repartidor, pero él y Leela, la oficial asignada a detenerle, deciden huir al espacio junto a un robot borracho y un viejo chocho descendiente de Fry. Allí por fin podrán convertirse en... bueno, en repartidores. Pero, al menos, en repartidores espaciales.

¡Besa mi brillante culo metálico!

El año 3000 es una época de conformismo social y burocracia extrema, en la que todos se resignan a hacer lo que les ordenan, excepto nuestros protagonistas. Un tema que Groening ya adelantaba en *Futurama* y que años más tarde sería la base de su maravillosa *(Des)encanto*. Como siempre, el creador de la familia amarilla más famosa del mundo critica nuestra sociedad mediante una historia de humor alocado y casi absurdo, exagerando al máximo los fallos del presente, pero en este caso ambientándolos en un futuro con viajes espaciales y ciencia-ficción a raudales. Groening, al igual que hacía Terry Pratchett, suele utilizar a un protagonista extremadamente estúpido para burlarse de la condición humana: Homer Simpson, Fry o Elfo. Pero Fry provoca cierta ternura, lo ve todo con emoción, con los ojos del espectador que también acaba de llegar a ese fascinante nuevo mundo, mientras que los demás personajes que ya han vivido ese futuro lo encuentran tan aburrido como nosotros a nuestra época.

Muerte por kiki

La imaginación de Matt Groening nunca deja de sorprender. Pese a seguir una estructura de sitcom, paradójicamente el trabajo de los protagonistas nos lleva a visitar todo el Universo. Podemos ver multitud de planetas disparatados en los que

se parodian todos los clichés de la ciencia-ficción y a la vez todos los problemas de nuestra sociedad, sin dejar títere con cabeza. Un museo que conserva cabezas de famosos en tarros, como excusa para un sinfín de cameos. Parques temáticos en la luna –con vecinos rednecks incluidos–. Distopías de robots ultra-religiosos. Una siniestra fábrica de refrescos que aterrorizaría a Willy Wonka. Un Santa Claus robótico que siembra el terror. Amazonas gigantes feministas. Mutantes en las cloacas que albergan los restos de Nueva York. Ballenas tetradimensionales. Balleneros que llevan arpones –pero como en la Luna no hay ballenas, cantan canciones–. Paradojas temporales. El destino del perro de Fry, que nos hace ir corriendo a abrazar a nuestros perros cuando lo vemos. Y, por supuesto, la lata de anchoas más cara del Universo –nada menos que un gritón de dólares–.

Obedece al hipnosapo

Los créditos iniciales de la serie son ya legendarios. Igual que *Los Simpson* tenían su gag del sofá que cambiaba en cada episodio, en *Futurama* tenemos siempre una frase graciosa distinta bajo el título y un fragmento de dibujos animados clásicos en la pantalla contra la que se estrella la icónica nave verde del Planet Express. En el último capítulo de la serie, el subtítulo sólo decía «Vénganos». La serie está cargada de ideas geniales, tanto visuales como conceptuales: esa cámara criogénica que funciona como un microondas; ese fantástico minuto del capítulo piloto que muestra en stop-motion qué ha pasado en estos mil años; los tubos de transporte para ir de un sitio a otro que parecen toboganes de parque acuático; el precioso diseño tanto de la nave como del edificio del Planet Express; la bebida de moda Slurm, una clara parodia de la Coca-Cola. Y para parodias, las de *Star Trek*, con ese Zap Brannigan que es un clarísimo Kirk o incluso la ley de la Orden Democrática de Planetas que prohíbe intervenir en mundos menos evolucionados.

«*Sabes, Fry, de todos los amigos que he tenido... tú eres el primero*». –Bender Rodríguez.

CURIOSIDADES:

- Aunque a la mayoría de los personajes les ponen la voz dobladores habituales de animación, a Leela la dobla Katey Sagal –Peg de *Matrimonio con hijos*– y a Amy la dobla Lauren Tom –Julie de *Friends* o la madre de Kevin en *Sobrenatural*–.
- Algunas celebridades que han hecho cameos de voz: Al Gore, Leonard Nimoy, Lucy Liu, Stephen Hawking, Pamela Anderson, William Shatner, Conan O'Brien, Sergio Aragonés, Adam West, Claudia Schiffer, Sarah Silverman, Coolio, John Goodman, Sigourney Weaver, Parker Posey, Patton Oswalt, Emilia Clarke o el propio Groening.
- Matt Groening suele poner una J misteriosa como inicial del segundo nombre de algunos de sus personajes –Homer J. Simpson, Abraham J. Simpson, Bart J. Simpson, Phillip J. Fry, Hubert J. Farnsworth–, como homenaje al creador de *Rocky y Bullwinkle*, Jay Ward, y por supuesto a su personaje Bullwinkle J. Moose.
- En el piloto, puedes ver la sombra proyectada de Mordisquitos cuando Fry se cae al tubo de criogénesis. Más adelante se descubriría que la mascota fue quien le empujó, en una de esas paradojas temporales de la serie –como la de que Fry es su propio abuelo–.
- Groening es un gran fan de *El club de los cinco* –John Hughes, 1985–. Siempre que puede parodia a sus personajes, con Seymour Skinner imitando claramente al director Vernon –Paul Gleason–, Nelson Muntz imitando al macarra adolescente John Bender –Judd Nelson, de ahí el nombre– y el robot Bender copiando el nombre de este último.

HÉROES FUERA DE ÓRBITA

Entre el homenaje y el metalenguaje

PELÍCULA. *Galaxy Quest*. Dean Parisot, 1999

Los actores venidos a menos de una vieja serie de ciencia-ficción tienen que ayudar a una especie alienígena –los Thermianos de la nebulosa Klatu–, que no comprenden la diferencia entre realidad y ficción, enfrentándose al terrible tirano reptiliano Sarris a bordo de una nave espacial copiada de la que aparecía en su serie. Como sucedía en *Tres amigos* –John Landis, 1986– o en *Posesión demencial –My Name is Bruce*, Bruce Campbell, 2007–, una historia metalingüística sobre actores que son confundidos con sus personajes.

Por el martillo de Grabthar, serás vengado

Una mezcla muy bien equilibrada entre la comedia más hilarante y la ciencia-ficción más salvaje, cargada de risas pero sin dejar de lado la parte más aventurera del cine espacial: batallas de naves, huidas por campos de minas magnéticas, tiroteos con pistolas de rayos muy retro y hasta un asalto a una mina alienígena de berilio custodiada por bebés con colmillos. Pero sobre todo es un homenaje muy cariñoso, tanto a las estrellas de las grandes franquicias de la Space Opera como a sus olvidados secundarios –con ese excelente Sam Rockwell interpretando a un «*camisa roja*» – y, más que a nadie, a los fans. Al final, el mensaje de la historia es que nunca hay que olvidar a los fans, que son los que permiten que una obra y sus estrellas sigan estando en la cumbre.

Esta no es la Enterprise que estáis buscando

Aunque prime su aspecto de parodia nada disimulada de *Star Trek*, es también un homenaje cargado de cariño, una especie de antecedente en espíritu de lo que mucho después sería *The Orville*. No en vano fue votada como la séptima mejor película de *Star Trek* por los propios Trekkies en la convención de Las Vegas de 2013. La nave N.S.E.A. Protector es una clara copia de la U.S.S. Enterprise y hasta lleva escritas las siglas N.T.E. –«*Not The Enterprise*» –. La melodía de la serie ficticia es tan pegadiza e icónica como la de la serie original de los sesenta. Los actores de la franquicia real alabaron la película casi al unísono, a excepción de William Shatner, al que no le hizo mucha gracia la imitación que hacía Tim Allen de él. Wil Wheaton, George Takei y Patrick Stewart la elogian especialmente, con este último asegurando que nadie se rio tan fuerte como él en la sala de cine y que le enamoró la idea de que los Trekkies fueran tan expertos en la serie que puedan salvar a sus héroes televisivos. Y no sólo tiene referencias Trekkies, sino a muchos más iconos de la ciencia-ficción clásica –no olvidemos que los Thermianos vienen de la Nebulosa de Klatu, un claro guiño a *Ultimátum a la tierra* y su mítico «*Klaatu barada nikto*»–.

¡Nunca retroceder, nunca rendirse!

Cuando se muestran imágenes de la supuesta serie de televisión *Galaxy Quest*, los efectos especiales son intencionadamente ridículos, para parodiar la ciencia-ficción clásica. En todo lo demás, el apartado visual puede ser deliberadamente kitsch, pero es muy decente para los veinte años que han pasado. El diseño de la nave Thermiana es puro *Star Trek* y los impresionantes planos son cien por cien de ciencia-ficción. La tecnología está muy bien representada, aunque todo tienda mucho más hacia lo fantástico que hacia lo plausible. La nave de Sarris es genial, con su aspecto orgánico y sucio, llena de vegetación y roña, mucho más salvaje que la limpia y elegante nave Thermiana. El propio villano recuerda a una piraña, con lo que todo su entorno tiene reminiscencias visuales a lo subacuático. Y la película está repleta de criaturas alienígenas de aspecto interesantísimo, pasando por aquellos terroríficos bebés mineros y haciendo especial hincapié en ese gólem de rocas flotantes que recuerda a los del *World of Warcraft*.

«¿Cómo he llegado a esto? Yo interpreté a Ricardo III»

El elenco de actores es un verdadero lujo, con Tim Allen, Sigourney Weaver, Alan Rickman, Tony Shalhoub –más conocido como *Monk*–, Sam Rockwell, Enrico Colantoni, Justin Long y especial mención a Robin Sachs –Ethan Rayne de *Buffy cazavampiros*– como el villano Sarris. Alan Rickman, como siempre, destaca por encima de todos los demás y se come la pantalla en todo momento, en esta actuación que es la apoteosis de su clásica expresión facial de estar harto de todo lo que le rodea. Tim Allen interpreta de forma brillante a un personaje tan odioso que resulta graciosísimo. Sigourney Weaver, venida de una de las franquicias más importantes de la ciencia-ficción espacial, no decepciona en ningún momento. Un adolescente Justin Long hace aquí su primer papel como fan acérrimo de *Galaxy Quest*. Y quizás el que más brilla en su vertiente cómica es Enrico Colantoni –el padre de *Veronica Mars*– como Mathesar, líder de los Thermianos, un papel en el que está simplemente espléndido, con su tronchante forma de hablar, de andar y su perenne sonrisa. Fue él mismo quien improvisó esa

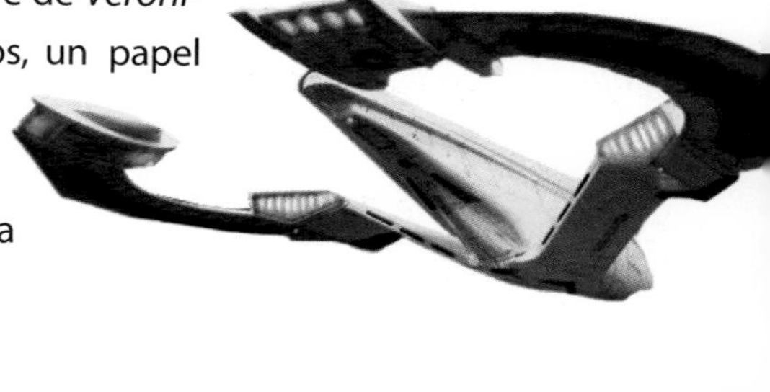

ridícula forma de expresarse durante el casting y al director le fascinó tanto que decidió construir toda la cultura Thermiana en torno a ello.

El Ministerio de Andares Estúpidos Espaciales

Uno de los grandes aciertos del filme es mostrar a unos personajes tan variopintos y sus diversas reacciones ante la gran sorpresa de la vida extraterrestre, con la mayoría de ellos en shock, Sam Rockwell chillando de terror y Tony Shalhoub pasándoselo pipa. El tranquilo pasotismo de este último, contrapuesto a los comentarios irónicos y despectivos de Rickman y a la absurda forma de moverse y expresarse de los Thermianos –que parecen creados por los Monty Python–, resultan en una combinación hilarante. ¡Hasta la campaña de promoción de la película fue un hartón de reír! Se realizó un falso documental sobre la serie antigua de *Galaxy Quest*, como si esta hubiese existido de verdad, y además fue una de las primeras películas que tuvo su propia web. Una web de aspecto deliberadamente cutre y anticuado, como si fuera un foro creado por fans de la serie que discutían sobre sus capítulos favoritos y los agujeros de guion.

«*Quienquiera que escribió este capítulo, debería morir.*» –Gwen DeMarco.

CURIOSIDADES:

- Sigourney Weaver era la única de todo el reparto que ya venía de la ciencia-ficción, los demás venían todos de la comedia o acabarían instalándose en ella: Tim Allen protagonizaba *Un chapuzas en casa*, Enrico Colantoni *Dame un respiro*, Tony Shalhoub *Stark, loco de atar*, Daryl Mitchell aparecía a menudo en *El secreto de Verónica* y Rainn Wilson, que debutó aquí, acabaría siendo Dwight en el *remake* americano de *The Office*.
- Uno de los guerreros alienígenas que servían a Sarris estaba interpretado por un irreconocible Joel McKinnon Miller, más conocido como Scully en *Brooklyn Nine-Nine*.
- En 2008, IDW publicó una miniserie de cinco cómics que servía de secuela a la película.
- La escena en que Tim Allen le cuenta al ultra-fan Justin Long que todo era real fue parodiada años después en *Sobrenatural*, cuando Sam y Dean Winchester le cuentan a Becky –Emily Perkins– que los libros de los que es tan fanática están en realidad basados en ellos y ella reacciona exactamente igual que Long en la película.
- El aspecto de la estación Thermiana está inspirado en la portada del disco de 1973 *Yessongs*, del grupo de rock progresivo Yes.

LA LOCA HISTORIA DE LAS GALAXIAS

Que la Suerte te acompañe

PELÍCULA. *Spaceballs*. Mel Brooks, 1987

El mercenario estelar Lone Starr y su fiel ayudante Vomito, mitad hombre y mitad perro –su propio mejor amigo–, son contratados para rescatar a la princesa Vespa, que ha sido raptada por el tirano galáctico Casco Oscuro como parte de un maléfico plan para robar todo el oxígeno del planeta Druidia. Una descarada parodia de *Star Wars* con el siempre extremado humor de Mel Brooks y las actuaciones estelares de Bill Pullman,

Ayúdame, Lone Starr, eres mi única esperanza

La trama principal y sus personajes son copias humorísticas de la trilogía original de *Star Wars*, sí. Sólo hay que ver esas letras que se alejan al principio –que terminan con un «si puedes leer esto, no necesitas gafas» – o los interminables planos de naves imperiales pasando por delante de cámara. Pero Brooks no se corta de dar caña también a otros clásicos de la ciencia-ficción, como *Star Trek*, la saga *Alien*, *El planeta de los simios* o *2001: Una odisea del espacio*. Además, aprovecha para reírse de la industria del cine, del vídeo doméstico y sobre todo de toda la locura en torno al merchandising de *Star Wars*. George Lucas dio permiso para una parodia tan similar al material original, a condición de que no sacaran figuras de acción como las suyas. Fue su propia empresa la que se encargó de la postproducción y Lucas acabó admitiendo que se lo había pasado en grande. La primera aparición de Lone Starr vestido a lo Indiana Jones es otro guiño muy evidente a Lucas y al propio Harrison Ford.

«El mal siempre triunfa, porque el bien es tonto.»

El humor es tan pasado de vueltas que es sencillamente genial, como cabe esperar en cualquier obra de Brooks. La sobreactuación extrema, los comentarios mirando a cámara para reírse de las inconsistencias de guion de *Star Wars*, los juegos de palabras estúpidos –ese «*peinad el desierto*» o el «*jam the radar*» que no tenía traducción al castellano y se obvió– y el humor visual –la princesa quitándose los moños, que resultan ser auriculares–. Esta comedia tan exagerada ha adquirido ya un estatus de culto, gracias a sus gags inolvidables: la Velocidad Absurda, los villanos reproduciendo la cinta VHS de la película y viéndose a sí mismos, la captura de los dobles de acción de los protagonistas, el desfile de Jawas cantando la melodía de *El puente sobre el río Kwai*, el botón de autodestrucción –«no pulsar a no ser que de verdad, de verdad quieras hacerlo»- o el mítico momento del alien saliendo de John Hurt –«no, otra vez no»-.

En busca de más dinero

La película que lanzó a la fama a Bill Pullman en la comedia. Rick Moranis, tan espléndido como siempre, es el más memorable de todo el elenco y el primero en quien pensamos

cuando alguien nos menciona esta obra. En 2008 se lanzó una serie de animación –con unos dibujos terribles– llamada *Spaceballs: The Animated Series*, que no cosechó demasiado éxito. Pero lo que Brooks siempre ha querido hacer es lo que su propio personaje Yogurt menciona al final de la película, lanzar una segunda entrega titulada *Spaceballs 2: La búsqueda de más dinero*. En 2017, el director dijo en una entrevista para el podcast de Adam Carolla que, con el renovado fenómeno *Star Wars*, quizás ha llegado el momento de retomar el proyecto, siempre y cuando Rick Moranis acepte volver, porque no piensa hacerla sin él. ¿Veremos la secuela próximamente?

«¡No sé tomar decisiones, soy presidente!» –Presidente Skroob.

CURIOSIDADES:

- Mel Brooks interpreta a dos personajes, Yogurt –parodia de Yoda– y el presidente Skroob –parodia de Palpatine–. Su nombre es Brooks al revés.
- No se pudo lanzar merchandising de la película, pero a día de hoy se venden mucho los auriculares con forma de moños de la princesa Leia, no como merchandising de *La loca historia de las galaxias* sino de *Star Wars*.
- Mel Brooks lo pasó muy mal con el maquillaje dorado que usaba para hacer de Yogurt, que resultó ser tóxico, le provocó sarpullidos, ardor de ojos y estuvo cerca de la asfixia.
- La marca de coches Tesla ha homenajeado a la película basándose en ella para nombrar a sus distintos modelos de aceleración, incluyendo, por supuesto, la Velocidad Absurda.
- Hay más cameos: Michael Winslow –el hombre de los ruiditos de *Loca academia de policía*–, Stephen Tobolowsky –el rey Midas de *Héroes*– e incluso Michael York –el protagonista de *La fuga de Logan*– como uno de los simios en el gag final de la playa.

THE ORVILLE

Las risas, la última frontera

SERIE. Seth MacFarlane, 2017 en adelante

En el siglo XXV, Ed Mercer –MacFarlane–, un mediocre oficial de la Unión Planetaria, consigue su sueño de comandar una gran nave explorando el espacio, pero al llegar allí descubre que su segunda al mando es su exmujer Kelly Grayson –Adrianne Palicki–, a la que ha estado intentando olvidar. Los viajes de la nave *USS Orville* les llevarán a contemplar multitud de fascinantes culturas alienígenas y enfrentarse a todo tipo de paradojas. Una especie de parodia de *Star Trek* que ha acabado convirtiéndose en su propia historia, mucho más profunda e interesante de lo que en un principio parecía que fuera a ser.

Mira siempre el lado brillante de la vida

Seth MacFarlane siempre se ha declarado un fan acérrimo de *Star Trek* y uno de sus mayores sueños era ser showrunner de la serie. Como nunca lo consiguió, decidió crear su propia versión. El propio creador afirma que está cansado de que la ciencia-ficción actual se encamine siempre hacia la vertiente distópica y que echa de menos la parte optimista y bienintencionada de

los clásicos. Es por eso que se ha decantado a hacer un producto que no parezca de esta década, en la que priman guiones más oscuros y deprimentes, sino uno que parece de los noventa, más alegre y esperanzador, «al estilo del *Star Trek* de la vieja escuela».

Esto no es Quahog

Pese a ser de MacFarlane, no es para nada un *Padre de familia* en el espacio con incesante humor pasado de vueltas, sino que se basa en tramas serias y fascinantes, salpicadas de gotas de humor aquí y allá. Es prácticamente una exploración metafórica de los problemas sociales actuales y MacFarlane lo define como «un drama de ciencia-ficción con ciertos toques de comedia». Lo que lamenta es que Fox centrase su campaña publicitaria en torno a los gags de comedia y obviase su drama, lo que pilló desprevenidos a los fans de sus otras series que esperaban encontrarse una sucesión de chascarrillos intrascendentes. Afortunadamente, la sorpresa fue positiva, resultando en una gran aceptación y suculentos índices de audiencia.

Un viaje estelar

The Orville es una serie brillante e incisiva, de una crítica social muy inteligente. Sus personajes están tremendamente bien escritos, destacando por encima de todos la inolvidable jefa de seguridad Alara Kitan –la serie, admitámoslo, perdió un poco de gracia cuando la actriz se fue en la segunda temporada–. Visualmente muy conseguida, con una calidad de imagen de primer orden, además de unas ideas tecnológicas muy interesantes. Incluso la melodía orquestal de los créditos es muy *Star Trek*, pero no parece una copia, sino que se vuelve icónica por sí sola. *Star Trek: Discovery* se estrenó casi a la vez, pero *The Orville* cosechó un mayor éxito de audiencia y mucho más impacto entre los Trekkies de toda la vida que la serie más «oficial» de la franquicia.

Historias memorables

Lo que más importa a MacFarlane es escribir buenas historias autoconclusivas muy variadas, que impacten y sean recordadas por separado como si fueran películas, que es a lo que debería aspirar cualquier serie de temática fantástica o de ciencia-ficción. ¡Y vaya si lo consigue! Algunos de sus episodios son inolvidables: esa nave inmensa cuyos habitantes no saben que están en una nave ni que existen otros mundos allá afuera; el planeta que funciona como una red social y la gente tiene tanto valor como los *likes* que les hayan dado los demás; ése otro en el que el tiempo transcurre de forma distinta y se funda una religión en torno a Kelly; el planeta que está a punto de ser devorado por el Sol y sólo pueden salvar a unos pocos de sus habitantes; y, sobre todo, ese fascinante episodio con el juicio para determinar si la hija de Bortus puede seguir siendo mujer, una brutal y desgarradora crítica sobre el derecho a la identidad de género.

«*La historia del progreso moral se puede medir en base a la expansión de los derechos fundamentales para aquellos a quienes les habían sido negados.*» –Heveena.

CURIOSIDADES:

- El capítulo piloto fue dirigido por el siempre espectacular Jon Favreau –*Iron Man*–.
- Adrianne Palicki ya tiene experiencia en series de temática fantástica y nerd en general: *Sobrenatural*, el piloto de *Wonder Woman* de 2011, *Agentes de S.H.I.E.L.D.* y su spin-off *Marvel's Most Wanted*, que tristemente no cuajó.
- Algunas estrellas que han pasado por la serie son Liam Neeson, Charlize Theron, Ted Danson, Rob Lowe, Tony Todd, Bruce Willis, Jason Alexander –al que recordarás como George Costanza en *Seinfeld*–, Brian Thompson o Robert Knepper.
- Ha sido renovada para una tercera temporada debido a sus buenos índices de audiencia.
- Halston Sage, que interpretaba a Alara Kitan, aparece en el único fragmento decente de la olvidable *X-Men: Fénix Oscura*, marcándose un número musical en la piel de una de las mutantes más queridas por todos, Dazzler.

GUÍA DEL AUTOESTOPISTA GALÁCTICO

No te olvides la toalla cuando vayas al espacio

PELÍCULA. *The Hitchhiker's Guide to the Galaxy*. Garth Jennings, 2005

El humilde Arthur Dent es llevado al espacio por su amigo extraterrestre Ford cuando la Tierra es destruida por burócratas alienígenas para dejar sitio a una autopista intergaláctica. Arthur, Ford y un nuevo grupo de amigos estrafalarios viajarán por toda la galaxia en busca de la pregunta definitiva –que no la respuesta- sobre el sentido del Universo.

«Debe ser jueves. Nunca me acostumbraré a los jueves»

La película adapta la primera de las seis novelas escritas por Douglas Adams de 1979 a 2009 –en realidad, sólo escribió cinco y murió en 2001, pero la sexta se compuso a partir de su material inédito-. Éstas adaptaban a la vez una comedia radiofónica del propio Adams para la BBC en 1978. Ha sido objeto de numerosas versiones –teatro, cómic, audiolibros, videojuegos y hasta una miniserie de televisión inglesa en 1981. Y casi siempre con Douglas Adams detrás, cambiando cuanto hiciera falta su propio material para adecuarlo. La película de 2005 también varía elementos del original, pero respeta la trama central y es un muy buen punto de partida para que, si te gusta, te decidas a dar una oportunidad a la saga literaria. Además, su impresionante reparto incluye a Martin Freeman, Sam Rockwell, Zooey Deschanel, Warwick Davis, Stephen Fry, John Malkovich, Bill Nighy y Alan Rickman.

La respuesta a la gran pregunta es... 42

Esta obra puede parecer absurda y alocada al primer vistazo pero, como suele suceder con el humor británico, en realidad es enormemente ácida y aguda. El protagonista, Arthur Dent, casi parece sacado de una novela de Neil Gaiman, es su clásico héroe tímido y autoproclamado inútil pero que acaba salvando el mundo. Algunas de sus escenas son desternillantes: los dos protagonistas convertidos en sofás, el monólogo de la ballena, el fusil del punto de vista –cuando le disparas a alguien, en vez de morir, te comprende– o ese súper-ordenador que descubre que el sentido de la vida es 42. Además, la película incluye la voz en off de Stephen Fry ejerciendo de narrador que explica datos tronchantes como si fuera el propio Douglas Adams redactando el libro. A lo largo de la historia, nos va dando consejos muy útiles por si se diera el caso de que nos apetece hacer autoestop por la galaxia: no entres en pánico, no dejes que un Vogon te recite poesía y, sobre todo, lleva siempre una toalla.

«En el comienzo, el Universo fue creado. Esto hizo enfadar a mucha gente y ha sido considerado en general como una mala decisión.» –Narrador.

CURIOSIDADES:

- Algunas voces adicionales de los soldados Vogon fueron dobladas por Mark Gatiss.
- Douglas Adams fue guionista del *Doctor Who* clásico durante la era de Tom Baker y reconvirtió un guion rechazado de la serie en la cuarta entrega de su saga literaria. En el especial de Navidad de 2005, *The Christmas Invasion*, el recién regenerado David Tennant comenta como guiño que conoce a Arthur Dent y que es un tipo majo.
- En las novelas, el robot Marvin es llamado a menudo Marvin, el Androide Paranoide.
- Adams aseguraba que se le ocurrió la idea cuando era joven y viajaba por Austria usando una *Guía del Autoestopista de Europa*.
- La otra célebre saga literaria de Douglas Adams es nada menos que *Dirk Gently: Agencia de investigaciones holísticas*, adaptada a una serie de televisión con Elijah Wood.

ENANO ROJO

Pasotas del espacio

SERIE. *Red Dwarf*. Rob Grant y Doug Naylor, 1988 en adelante

Las absurdas aventuras de la nave minera Red Dwarf a través del Universo, protagonizadas por Lister, el reparador oficial de la máquina expendedora de sopa de pollo de la nave y pasota a tiempo completo. Debido a un accidente radiactivo, toda la tripulación muere y Lister se despierta de una crioestasis tres millones de años después, pero no está solo: le acompañan un holograma de su fallecido compañero de habitación Rimmer –un cadete espacial demasiado obsesionado con su trabajo– y un hombre-gato llamado simplemente Gato.

Los vagos de las galaxias

Esta sitcom británica logró lo que muy pocas series han logrado, ser a la vez un fenómeno *mainstream* y una obra de culto. Tuvo ocho temporadas de 1988 a 1999 y luego fue revivida a partir de 2009 hasta día de hoy. Parte *Monty Python's Flying Circus* y parte *Los jóvenes*, es principalmente una sitcom centrada en sus personajes, pero incorporando muchos elementos de ciencia-ficción al más puro estilo *Star Trek*: universos alternativos, viajes FTL, paradojas temporales, mutantes o virus asesinos. Curiosamente, jamás aparece ningún alienígena, sino que cualquier rareza mutante con la que nos topamos viene siempre de la Tierra. Sus personajes destacan por ser siempre vagos, egoístas, ofensivos y cobardes, en oposición a los héroes arquetípicos de ciencia-ficción que tienden a ser demasiado perfectos.

¡Cállate, cabeza de smeg!

La serie está basada en el show radiofónico de sketches de los mismos creadores, *Dave Hollins – Space Cadet*, sobre un hombre perdido en el espacio profundo sin más compañía que su antipático ordenador. El humor de la serie pasa también por sus efectos especiales, deliberadamente cutres para parodiar la ciencia-ficción de toda la vida. Comenzaban ya a usar lenguajes coloquiales inventados para ahorrarse el lenguaje obsceno, con palabras pintorescas de entre las que destaca siempre «*smeg*», cuyo significado nunca queda muy claro, pero que los personajes usan a veces como insulto –«cabeza de smeg» – y a veces como blasfemia. El extenso fandom de la serie se hace llamar, precisamente, *Smegheads* y se organizan convenciones anuales multitudinarias que nada tienen que envidiar a las de *Star Wars* o *Doctor Who*.

El giro de guion ya desde el comienzo

En una entrevista para la *Red Dwarf Smegazine* –la revista oficial de la serie–, los creadores aseguraban que su primera intención era que el episodio piloto estuviera lleno de actores famosos y de repente murieran todos, dando paso a los desconocidos que protagonizan la serie. Al final lo descartaron para no hacer enfadar al público, pero las locuras narrativas de la serie no distaban mucho de este tipo de impactos, empezando por matar a todos los protagonistas excepto a uno ya en el primer capítulo.

No temas al Segador

Algunas de las escenas más inolvidables de la serie, que cualquier Smeghead te mencionará: cuando Rimmer muere y se libra de la Parca dándole una patada en los testículos y huyendo al grito de «sólo los buenos mueren jóvenes», mientras la Muerte se dobla dolorido sobre sí mismo gimiendo «¿pero por qué todavía los conservo?» –una escena que sería homenajeada años después en un capítulo de *Galavant*–. O el momento más surrealista de toda la serie, cuando Lister se queda embarazado de gemelos después de acostarse con su yo femenino de un universo alternativo. Así de locas llegan a ser las situaciones en *Enano rojo*. Los propios Rob Grant y Doug Naylor escribieron dos novelas canónicas bajo el seudónimo conjunto Grant Naylor y luego, por separado, cada uno sacó una secuela alternativa de la segunda novela, como dos posibles finales.

«Arqueólogos cerca del monte Sinaí han encontrado lo que se cree sea una página perdida de la Biblia. De ser auténtica, pertenecería al comienzo de la Biblia y se supone que dice así: 'A mi querida Candy. Todos los personajes que aparecen en este libro son ficticios y cualquier semejanza con personas vivas o muertas es pura coincidencia'.»
–Presentadora de las noticias.

CURIOSIDADES:

- Los autores rodaron un piloto para una versión estadounidense, en la que Hinton Battle –Sweet del capítulo musical de *Buffy cazavampiros*– interpretaba al Gato.
- Aprovechando que los creadores de efectos visuales eran los mismos que los de *Doctor Who*, la TARDIS aparece de fondo en un capítulo de la tercera temporada.
- El capítulo de la sexta temporada *Gunmen of the Apocalypse* ganó un Emmy.
- Una anécdota famosa es la del productor Gareth Gwenlan, que rechazó la serie «porque en el lugar en que sucede no había ningún sofá». Cuando consiguieron que la BBC la produjese, comenzaron a utilizar la palabra Gwenlan como insulto en algunos capítulos.
- Las temporadas más recientes se empezaron a emitir en 2009 en el canal Dave, antes llamado UKTV G2, pero renombrado así en 2007 porque, según los ejecutivos de la cadena, «todo el mundo conoce a un tío que se llama Dave».

GUARDIANES DE LA GALAXIA

Si te gusta la piña colada...

PELÍCULA. *Guardians of the Galaxy*. James Gunn, 2014.

Un grupo de criminales de poca monta deben unirse para salvar la galaxia de la amenaza del fanático Ronan el Acusador, evitando que se haga con una de las superpoderosas Gemas del Infinito. Partiendo de esta premisa, nace la más hilarante y alocada de las adaptaciones modernas de Marvel, un western espacial plagado de risas, acción y… ¿superhéroes? Para cualquiera que no hubiera leído el cómic original creado en 2008 por Dan Abnett y Andy Lanning, resultó una agradable sorpresa encontrarse con una comedia tan loca combinada a la vez con acción espectacular dentro del MCU.

Sonrisas y lágrimas

La primera escena de la película goza de un dramatismo tan intenso y desgarrador que nos deja con la boca abierta, para pasar de repente a esos créditos hilarantes con Chris Pratt bailando de forma ridícula, lo que ya indica desde el comienzo que el humor más divertido se va a alternar de forma brillante con las escenas dramáticas durante toda la película, casi como si estuviera Whedon de por medio. Nos deja una sucesión de escenas inolvidables: el baile del inicio, la fuga de prisión, Yondu matando a todo un batallón con una sola flecha en una escena que es puro western, el «*we are Groot*», el duelo de bailes o la primera aparición de Seth Green en el MCU como Howard el Pato. Sus verdaderas estrellas son un mapache y un árbol que ejercen de Han Solo y Chewbacca, sólo eso ya debería bastar para aplaudir lo atrevido de esta película. En cuanto a acción, tiroteos, naves espaciales chulísimas y mundos alienígenas interesantes, no tiene nada que envidiar a *Star Wars*.

Los Vengadores de la Alianza Rebelde

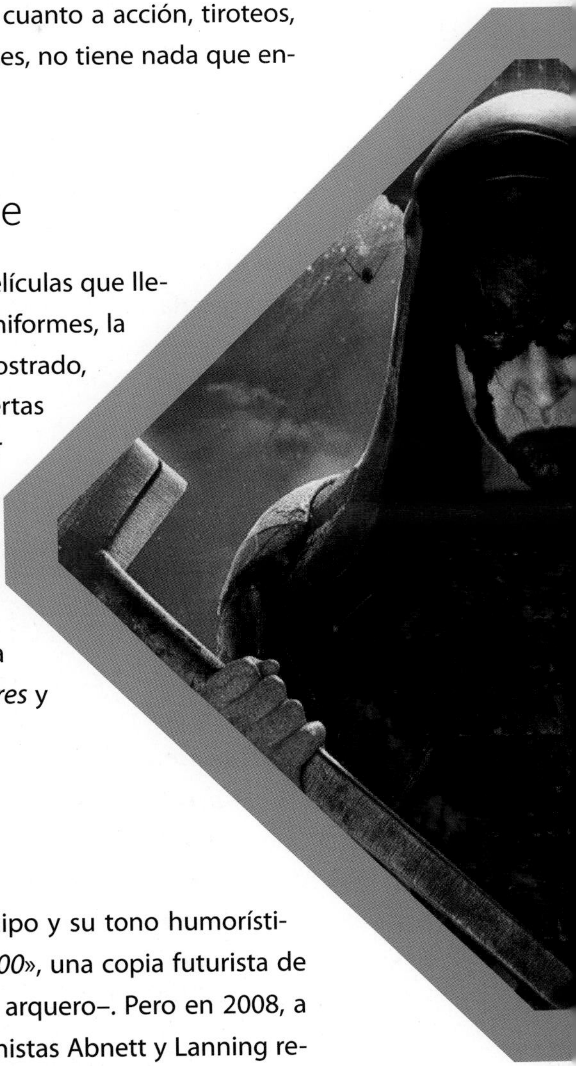

Su apartado visual es de los mejores de las más de veinte películas que lleva el MCU. La dirección de arte es magnífica: el diseño de uniformes, la tecnología, el estilo y personalidad que tiene cada planeta mostrado, la nave de Ronan, todo está excelentemente trabajado. Ciertas escenas, como en la que Star-Lord salva a Gamora de morir asfixiada en el espacio, tienen un aspecto que homenajea muy claramente a la ciencia-ficción clásica de los cincuenta, pero con mucho más presupuesto y preciosismo visual. La banda sonora se compone de canciones retro tan bien colocadas que resultan épicas, mientras que la parte instrumental está a medio camino entre *Los Vengadores* y *Star Wars*, algo que define el producto a la perfección.

Todos somos Groot

El cómic original de 1969 poco tenía que ver con este equipo y su tono humorístico. La idea consistía en crear unos «*Vengadores del año 3000*», una copia futurista de los originales –un supersoldado con escudo, una espía, un arquero–. Pero en 2008, a raíz del magnífico evento *Aniquilación: Conquista*, los guionistas Abnett y Lanning reunieron a un grupo de personajes variados de la historia clásica de Marvel y crearon la nueva encarnación del equipo, ambientada en el presente, con personajes que irían variando como Mapache Cohete, Star-Lord, Adam Warlock, el rey Groot –villano de un cómic de terror de 1960–, Gamora, Drax el Destructor, la segunda y mejor Capitana Marvel –Phyla-Vell, hija de Mar-Vell–, Dragón Lunar –Heather Douglas, hija de Drax–, Nova, Mantis y Bicho. Su líder era Cosmo el perro espacial y su base de operaciones, la cabeza flotante de un Celestial, llamada Knowhere –Sapiencial en castellano–.

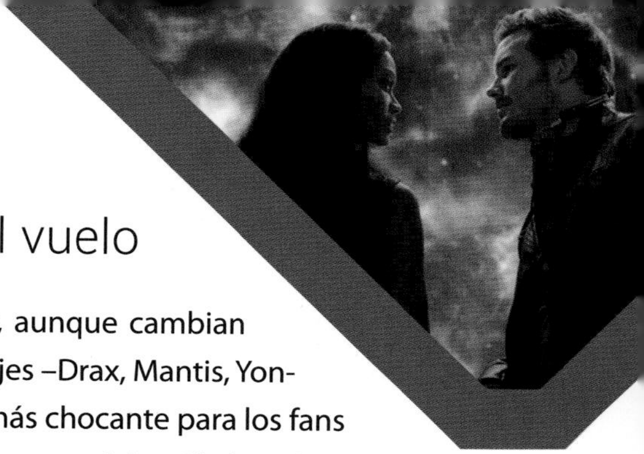

Quién detiene guardianes al vuelo

Ambas películas respetan el tono del cómic, aunque cambian drásticamente el carácter de algunos personajes –Drax, Mantis, Yondu, Gamora o Ronan–. Quizás lo que resultó más chocante para los fans del cómic fue la ausencia de sus dos miembros esenciales: Phyla-Vell y Dragón Lunar. Quién sabe, quizás incluir a una pareja lesbiana interespecie como personajes centrales les pareció un poco adelantado a su tiempo. Como adaptación, cuesta decidir si es buena o mala, pero como película es un verdadero disfrute. La idea de la flecha voladora controlada por los silbidos es mucho más interesante que el Yondu original, un simple Ojo de Halcón del futuro. Hay muchísimos guiños a los cómics en la galería del Coleccionista, casi como en la escena final de *La cabaña en el bosque*, en la que tienes que pulsar pausa y mirar cada detalle: la larva de Adam Warlock, un gigante de hielo, un Chitauri, un elfo oscuro, Howard el Pato o Cosmo gruñendo a Rocket cuando se cruzan –un guiño a su absurda enemistad en los cómics–.

«No existe nada como yo, excepto yo.» –Rocket Raccoon.

CURIOSIDADES:

- Hay una escena alternativa en los extras del DVD en la que Ronan acepta el duelo de bailes de Star-Lord y todos se ponen a bailar de forma ridícula y ochentera.
- En la sala del Coleccionista se pueden ver las babosas asesinas de la película *Slither: La plaga*, también de James Gunn.
- La escena en la que Ronan le dice a Drax que ni siquiera recuerda haber matado a su familia alude enormemente al mítico «para mí sólo fue un martes» de Raúl Juliá en *Street Fighter: La última batalla*, de 1994.
- La película que lanzó a Chris Pratt al estatus de estrella *mainstream*, hasta entonces secundario cómico habitual en series como *Parks and Recreation*.
- Entre la primera y la segunda película, James Gunn aumentó el hype de los fans colgando en redes una nota en la que listaba a los candidatos a revelarse como padre de Star-Lord en la secuela. La lista incluía al emperador J'Son de Spartax –su padre en los cómics–, Tony Stark, Kevin Bacon, Galactus, Kim Jong-Un, Luke Skywalker, Ben Parker, Martinex y Howard el Pato. Al final, evidentemente, no fue ninguno de ellos.

GUARDIANES DE LA GALAXIA VOL. 2

Más grande, más caro y sin cortes

PELÍCULA. *Guardians of the Galaxy Vol. 2*. James Gunn, 2017

En esta ocasión, mientras huyen de una raza de seres dorados que están ahí para presagiar la llegada de cierto miembro fundador en la tercera entrega, los Guardianes conocerán por fin al verdadero padre de Star-Lord: nada menos que Ego, el Planeta Viviente, un villano clásico de Marvel. Esto convierte a Peter en un semidiós y llevará a los «héroes» a enfrentarse al todopoderoso planeta para evitar que convierta a todo el Universo en una mente colmena.

«¿Taserface? ¿Cuál era tu segunda opción de nombre, Sombrero de Escroto?»

Puede que la primera entrega tuviese algunas escenas más memorables, pero sin duda la secuela tiene una historia mucho más emotiva e interesante, en la que ya no tenemos que presentar a los personajes y podemos profundizar en sus relaciones.

La reinvención del origen de Star-Lord fue totalmente inesperada, pero muy agradecida, con una historia mucho más redonda que en la versión original. Lo mismo sucede con el nuevo origen que ideó Gunn para Adam Warlock, mucho más interesante que en los cómics. Y tampoco es que le falten escenas emblemáticas: Rocket enfrentándose a las tropas de Yondu en el bosque es uno de los mejores momentos de todo el MCU, aunque tampoco se quedan atrás la huida de la celda de Yondu y Rocket –el dúo con más química de la película– y la consiguiente matanza de piratas con la flecha voladora, o la escena de Groot intentando recordar qué botón activa la bomba.

«Mi vida, mi amor, mi dama es el mar.»

La imagen es incluso mejor que en la primera entrega, tiene planos que parece que hayan sido pensados directamente para hacerte fondos de pantalla para el ordenador –yo ya lo he hecho, por supuesto, no sé a qué esperas tú–. La nave de Ego es pura psicodelia de los sesenta y algunas ideas visuales, como el aspecto de los

Soberanos o sus naves a control remoto, son verdaderamente llamativas. Pero lo que hay que aplaudir hasta romperse las manos es todo el aspecto del planeta de Ego, una verdadera delicia para los sentidos, con imágenes que dejan la boca abierta, como ese teatrillo esférico en que representa holográficamente las historias que cuenta o esa escena de las burbujas de pintura que flotan por el aire –y qué genial es cuando al final de la película vemos ese planeta con rostro humano, tal como se representaba a Ego en los cómics clásicos–. La banda sonora es si cabe más épica que en la primera parte y encima tenemos un par de apariciones estelares: la de los Vigilantes acompañados de Stan Lee y la de los Guardianes de la Galaxia originales de 1969, interpretados por Sylvester Stallone y compañía.

«*Yo no uso la cabeza para lanzar la flecha, chico, uso el corazón.*» –Yondu.

CURIOSIDADES:

- El segundo al mando de los Soberanos está interpretado por Ben Browder. Y es que las dos entregas de *Guardianes de la galaxia* son puro *Farscape*, desde su concepción y su estilo hasta sus personajes –Peter, Gamora, Drax y Rocket son puramente John, Aeryn, D'Argo y Rygel–, así que este cameo, más que una opción, era una obligación moral.
- No es el único cameo, tenemos a Rob Zombie, Sylvester Stallone, Seth Green, Michael Rosenbaum, David Hasselhoff, Ving Rhames, Michelle Yeoh…
- …y casi volvemos a tener a Nathan Fillion como en la primera, pero esta vez habría interpretado a Wonder Man. Gunn decidió eliminarlo, pero tienes por internet un par de pósters muy divertidos realizados para la película: Wonder Man es un superhéroe conocido por ser actor de Hollywood, así que se prepararon pósters en los que Nathan Fillion interpretaba a otros personajes de Marvel como el bárbaro Arkón o Tony Stark.
- Es evidente la referencia visual y temática a *Starman: El hombre de las estrellas* –John Carpenter, 1984– en los *flashbacks* del joven Ego, sustituyendo a Jeff Bridges por su gemelo apócrifo Kurt Russell.
- En la escena en la que Rocket hace que la nave vaya dando saltos cuánticos desencajados, podemos ver por primera vez a Korg, que luego aparecería en *Thor: Ragnarok*. Y parece que le está dando una buena paliza a ROM el Caballero Espacial.

SPACE OPERA

La épica espacial en estado puro.

«Cuando un lugar está lo bastante poblado como para necesitar carnets de identidad, el colapso social no está lejos. Es hora de irse a otro sitio. Lo mejor del viaje espacial es que ha hecho posible irse a otro sitio.»

–Robert A. Heinlein, novelista de ciencia-ficción–

El capítulo que estabas esperando, ¿verdad? La expresión Space Opera proviene de un término despectivo estadounidense para referirse a productos de ficción excesivamente melodramáticos y exagerados. "Soap Opera" –ópera del jabón– es lo que nosotros llamamos culebrones, un nombre que surgió de que los primeros melodramas radiofónicos estaban patrocinados por marcas de jabón y llenos de anuncios de éstas. A raíz de ahí, se empezó a añadir la palabra ópera a cualquier vertiente exagerada de un género, por ejemplo "Horse Opera" para referirse a westerns tópicos y con un intento de drama que quedaba forzado. En ese sentido, sería un poco como cuando aquí decimos que algo es "de opereta". Con el paso de las décadas, el término aplicado a la ciencia-ficción espacial ha perdido su sentido despectivo, utilizándose para referirse a grandes obras espaciales que mezclan elementos de la fantasía medieval, drama y guerras intergalácticas, en las que prima la épica por encima de todo.

ANDROMEDA

Los viajes espaciales de Hércules

SERIE. Gene Roddenberry y Robert Hewitt Wolfe, 2000-2005

El capitán Dylan Hunt ha quedado congelado en el tiempo en su nave, la Andromeda Ascendant, por su proximidad a un agujero negro. Cuando es rescatado 300 años después, descubre que la utópica civilización intergaláctica a la que servía, la Commonwealth de Sistemas –en algunas traducciones, «*Mancomunidad*»– fue destruida en una guerra contra los temibles Nietzscheanos y ahora se vive un periodo de horrores conocido como La Larga Noche –vaya vaya, George R.R. Martin–. El capitán Hunt, atrapado en un futuro que no comprende, recluta una nueva tripulación para intentar restaurar la Commonwealth.

La verdadera heroína

Una serie creada a partir de material inédito de Gene Roddenberry –creador de *Star Trek*–, combinado con las tramas de dos fallidos episodios pilotos de televisión que desarrolló –ambos protagonizados por héroes llamados Dylan Hunt–: *Génesis II* en 1973, y *Planeta Terra* en 1974. El por entonces superventas Kevin Sorbo interpreta al carismático capitán Dylan Hunt, aunque la estrella de la serie es sin duda Lexa Doig interpretando a Andromeda –Rommie para los amigos–, la inteligencia artificial con forma de mujer que ejerce de cerebro de la nave. Un personaje tremendamente malote y memorable en la línea de las heroínas televisivas de la época –Xena, Max Guevara, Buffy Summers o Aeryn Sun–.

Ángeles y demonios

La idea básica ya la hemos visto muchas veces, la del humano atrapado en una época y lugar que no le corresponden intentando salvar el Universo. Sus villanos principales, los Nietzscheanos –una evolución genética de los humanos empeñada destruir a toda forma de vida inferior–, son la clásica parábola poco sutil de la Alemania nazi que suele imperar entre los villanos de la ciencia-ficción, de los Daleks a Darth Vader. Pero lo que hace interesante a esta serie es su inmensa imaginación, su mezcla de ciencia-ficción con lo fantástico, lo divino y lo demoníaco. Las razas alienígenas son muy originales, desde esos semidioses llamados Avatares de los Soles –estrellas que han tomado forma humana– hasta los villanescos Pyrian –terroríficas esferas con tentáculos salidas de una pesadilla de H.P. Lovecraft–. Destacan los Magog, una especie de vampiros espaciales que viven en un mundonave formado por veinte planetas y un sol artificial que puede desplazarse por el Universo. A veces la serie puede llegar a convertirse en un verdadero culebrón, haciendo honor al Opera de su Space Opera, pero es muy entretenida y fantasiosa.

Bienvenidos al siglo XXI

La imagen es muy de principios de los 2000, con uniformes y peinados llamativos, decorados muy impresionantes y estética un tanto videoclipera –pero en el buen sentido, no como en los ochenta–. Los uniformes de la tripulación original de la Andromeda eran puro *Rocketeer*. El elenco protagonista es muy variopinto, incluyendo hasta a una alienígena de piel lila y cola prensil que actúa como alivio cómico, pero que más adelante evoluciona volviéndose dorada, más seria y feroz, como en una de esas transformaciones de los villanos de *Dragon Ball Z*. Las naves también son muy curiosas, todas incluyen a una inteligencia artificial como Rommie, pero necesitan a un piloto orgánico, porque su capacidad para ir más rápido que la luz –a través de unas corrientes localizadas en puntos estratégicos del cosmos– depende de su intuición, de un modo un tanto místico y confuso.

«Soy una nave de guerra y no me gusta huir de una lucha.» –Andromeda.

CURIOSIDADES:

- Lexa Doig no apareció durante los dos primeros tercios de la quinta temporada debido a su baja por maternidad, lo que obligó a los guionistas a reescribir gran parte de la trama para justificar su ausencia, pero volvió para los episodios finales.
- Otro piloto fallido de Roddenberry que sirvió como base a *Andromeda* también fue adaptado a una serie de cinco temporadas de 1997 a 2002, *La Tierra: Conflicto final*.
- Las dos protagonistas femeninas de la serie coincidieron también en la infame película *Jason X*, pero con roles invertidos: Lexa Doig como humana y Lisa Ryder como androide.
- En el primer capítulo, cuando la nueva tripulación se encuentra a Hunt, un secundario cómico comenta que «es grande y fuerte como una especie de dios griego». Un evidente guiño al papel que lanzó a la fama a Kevin Sorbo, el de *Hércules: Sus viajes legendarios*.
- Los dos protagonistas aparecen en el Arrowverso de la cadena CW: Kevin Sorbo es el padre de Mon-El en *Supergirl* y Lexa Doig es Talia Al'Ghul en *Arrow*.

LOS CANTOS DE HYPERION

Enredos filosóficos

SAGA LITERARIA. *Hyperion Cantos*. Dan Simmons, 1989-1997

Una saga compuesta por cuatro novelas: *Hyperion*, 1989; *La caída de Hyperion*, 1990; *Endymion*, 1995; *El ascenso de Endymion*, 1997.

Un sistema galáctico con más de 200 planetas bajo el mando de la Hegemonía del Hombre. A cambio del conocimiento para conquistar las estrellas, el ser humano ha vendido su alma a la mente-colmena de inteligencias artificiales TecnoNúcleo que, como en Matrix pero una década antes, ahora pretenden reciclar a los humanos y convertirlos en material para su hardware. La única esperanza de redención está en el misticismo del planeta Hyperion y sus Tumbas del Tiempo, lugares de paradoja cuántica que permiten el viaje al pasado.

¡Nadie se espera a la Inquisición española!

Resulta imposible capturar en una descripción breve una historia tan enrevesada, que a veces tira más hacia lo filosófico que hacia lo narrativo, pero cargada de aventuras y de las locuras más fascinantes. El primer libro sigue a siete peregrinos viajando a las Tumbas del Tiempo en busca del ser místico llamado Alcaudón y contando sus historias a modo de *flashbacks*. A partir del segundo volumen se dejan de lado las historias-marco y pasamos a una más lineal, aunque con caóticos viajes en el tiempo. Las últimas dos entregas transcurren 300 años más tarde, con la galaxia dominada por la temible Iglesia católica, a la que en este caso no se le ha puesto un nombre metafórico como en *Star Wars* y derivados, sino que se llama así tal cual.

El Hyperion contraataca

Cuatro libros verdaderamente adictivos con los que corres el riesgo de echar un vistazo a una página y, cuando te quieras dar cuenta, habértelos leído enteros –y eso que cada tomo es como una guía telefónica–. Muchísima magia mezclada con la ópera galáctica, viajes tanto espaciales como temporales, aliens, robots, misticismo, combates medievales, dioses, paradojas cuánticas y hasta árboles que dan electricidad. Plantea temas filosóficos sobre la evolución, la supervivencia del más apto, la necesidad de los humanos de construir religiones, la diversidad o dónde termina la inteligencia artificial y empieza la vida humana. Según Simmons, lo que de verdad le interesaba con Hyperion era hablar sobre lo sagrado, no de una forma religiosa sino más filosófica. Y sobre todo hablar del amor como una fuerza mágica que mueve el Universo: «Quería trabajar en la idea de que el amor es algo más que una mera emoción que existe durante un tiempo y luego se disipa: es algo sólido, entretejido en la urdimbre del Universo. Esto es, probablemente, tan serio como la filosofía».

«Dios es la criatura, no el creador.» –Narrador.

CURIOSIDADES:

- El título proviene del poema épico que escribe uno de los protagonistas de la saga.
- Simmons acumula la friolera de 25 premios literarios distintos a lo largo de su carrera.
- El autor tiene tendencia a incluir referencias a la literatura y poesía en los títulos de sus libros y a veces en sus personajes: el poeta John Keats aparece como personaje –bueno, un ciborg que tiene la apariencia y los recuerdos del verdadero Keats–.
- De momento, *Los Cantos de Hyperion* no ha sido adaptado al cine, aunque Warner compró los derechos y anunciaron que iban a poner a Scott Derrickson –director del *remake* de *Ultimátum a la Tierra*– al frente de una adaptación.
- Hyperion es también el nombre de un personaje de cómic, la parodia marvelita de Superman, creado por Roy Thomas durante un rifirrafe que tuvo con DC en 1969.

SAGA

Shakespeare, Tolkien y Jesucristo entran en un bar

CÓMIC. Brian K. Vaughan y Fiona Staples, 2012 en adelante.

Una interminable guerra entre el planeta tecnócrata Landfall y su luna de fantasía medieval Wreath, que afecta a toda la galaxia. En el centro de todo, Alana y Marko, una mujer de Landfall y su amante de Wreath, que desertan de ambos bandos y huyen con su bebé mestizo que supuestamente no debería existir y al que todas las fuerzas de la galaxia consideran una abominación a la que hay que aniquilar. Una alucinante mezcla de conceptos shakespearianos con fantasía medieval y un leve regusto mesiánico.

«No te creas todo lo que aprendiste en la escuela: la mayoría de trabajos son imposibles de hacer sin drogas.»

Vaughan es simple y llanamente un genio del guion. Uno de los pocos nombres en el cómic y la televisión que están indisolublemente asociados al éxito y a las historias brillantes, cuya presencia en una portada ya te vende una historia aunque ni sepas de qué trata. Uno de sus secretos es que, incluso cuando parte de una idea muy espectacular y de alcance global –como aquí o en *Y: El último hombre*-, se centra en el impacto emocional de un grupo de personas con las que nos podemos identificar. Su imaginación, de todos mo-

dos, no parece tener límites, creando mundos hipnóticos y razas alienígenas fascinantes que parecen sacadas de mitologías clásicas. Si te gustan los giros de guion potentes pero que no resulten gratuitos ni vergonzosos, las vueltas de tuerca a todo lo que jamás se haya escrito, los personajes bien construidos, las formas de narrar adictivas con una imaginación desbordante, entonces te gusta Vaughan.

«Todo el mundo pierde algo en una guerra, pero la primera baja siempre es la verdad.»

Saga es una *road movie* altamente poética y preciosista en su observación romántica de los mundos que aparecen, pero combinada con oleadas de violencia y giros de guion *vaughanescos*, culminando en *cliffhangers* que te obligan a devorar el siguiente capítulo. Muchos cómics que utilizan la voz en off de un narrador se hacen pesados y no aportan nada, con lo que acabamos saltándonos las parrafadas –te estoy mirando a ti, *Witchblade*–, pero este no es el caso: Hazel, el bebé de Alana y Marko, es quien nos cuenta la historia, ya de adulta pero sin que la veamos –como, salvando las distancias, el niño de *Cuéntame cómo pasó*–. Lejos de hacerse anodina, su narración es divertida y aporta muchísimo, siendo en ocasiones lo más adictivo de la obra.

«No se puede detener la guerra más de lo que se puede detener la lluvia, lo único que podemos hacer es ayudarnos unos a otros a permanecer secos.»

Se hace uso de elementos de nuestra sociedad, trasladados a esa galaxia imaginaria, para poder observarlos fuera de contexto y recapacitar sobre lo absurdos que son –las novelas románticas, por ejemplo–. Nos habla de temas profundos y controvertidos como el racismo, el militarismo, la manipulación mediática o el fundamentalismo religioso. La obra hace gala de un mensaje de tolerancia, diversidad –hay personajes de todas las razas, orientaciones sexuales e incluso una coprotagonista transexual- y, pese a ambientarse en un universo de fantasía, es realista en su cruda representación del drama social en tiempos de guerra: «La violencia en la vida real es universalmente estúpida, inmoral y fea», comentaba Vaughan al respecto en una entrevista. Una de las primeras frases en off de Hazel es «Era una época de guerra. ¿Acaso no lo es siempre?»

«La mayor parte de mi infancia la pasé agarrada a las plumas de una flecha roma lanzada a ciegas a través de una noche sin estrellas.»

¿*Guardianes de la galaxia* tenía un árbol parlante? ¿*Farscape* tenía una nave viviente? Bueno, lo siento mucho, pero *Saga* tiene una nave espacial que es un árbol gigante y está vivo. Y eso es sólo el principio de un sinfín de ideas enloquecidas que nunca dejan de sorprender: tiburones voladores, gusanos que reaniman esqueletos para atacar a la gente, una gata que detecta las mentiras, una raza de robots con televisores en lugar de cabezas, unas flores llamadas Violentas que crecen allá donde se haya derramado sangre… Y, por encima de todo, Izabel, la niñera fantasma: si tienes corazón, te enamorarás del personaje. El dibujo indie de Fiona Staples resulta simplemente precioso. Es fantástico cuando la voz en off actúa como el texto de un libro infantil, mezclándose con las imágenes, una parte que se encarga de rotular la propia dibujante.

«*Cualquiera que crea que un solo libro tiene todas las respuestas, es que no ha leído suficientes libros.*» –D. Oswald Heist.

CURIOSIDADES:

- Vaughan ha trabajado en multitud de editoriales –Marvel, DC, Dark Horse, Wildstorm, entre otras–, pero su favorita siempre ha sido Image, por la libertad creativa que le dan.
- El idioma que se habla en Wreath se llama Azul –y sus diálogos se imprimen en tinta azul–, pero en realidad está escrito en esperanto.
- El autor ha estado construyendo los distintos mundos del universo Saga desde que era niño, como posibles escenarios de distintas historias, hasta que en 2012 al fin se decidió a escribir una saga épica ambientada en todos ellos.
- Hasta el momento, *Saga* ha recibido 34 premios, entre ellos 12 Eisner, el más prestigioso galardón del mundo del cómic.
- Según los autores, la serie tendrá 108 números. Hasta la fecha, se han publicado 54 –justo la mitad– y se están tomando un descanso de un año antes de continuar.

LAS ESTRELLAS SON LEGIÓN

Lesbianas en el espacio

NOVELA. *The Stars Are Legion*. Kameron Hurley, 2017

En un extrañísimo sistema solar llamado La Legión, en el que sólo existen las mujeres, los mundos vivientes que lo componen se están deteriorando inexorablemente. La muerte del sistema parece inevitable, pero Zan y Jayd tienen un enloquecido plan para salvar millones de vidas, un plan que pasa necesariamente por la conquista del planeta más extraño de todos, El Mokshi. Lástima que Zan haya perdido todos sus recuerdos y no tenga ni idea de cuál es el plan, de en quién puede confiar, ni de quién diablos es ella misma.

Tan raro como brillante

¿Es este el libro de ciencia-ficción más rematadamente raro jamás escrito? No lo sé, no he leído los millones de libros que se han escrito en la historia. Pero es el más raro que he leído. Y también uno de los más brillantes. La historia comienza en pleno caos, llenándote de preguntas a las que tardarás en encontrar respuesta. Está sensación caótica está perfectamente definida por la protagonista al principio: «Como volver a ser una cría, metida en una habitación con personas que comparten un pasado profundo, demasiado insondable y complicado para que una niña lo entienda». Una forma perfecta de definir la forma de narrar de Hurley y por qué nos atrapa tanto.

(S)in memoriam

La información nos llega con cuentagotas, narrada por gente que conoce el contexto y por lo tanto no se molesta en explicarlo en voz alta, como en la vida real. Por eso todo es raro y sorprendente, siendo imposible entender la imagen general hasta el final. Se alternan los puntos de vista de las dos protagonistas: Zan es amnésica y no recuerda cómo ha llegado hasta ahí, mientras que Jayd sabe mucho pero no te lo cuenta, lo que hace que el lector esté tan confuso y maravillado por toda esa extrañeza como la propia Zan. Aunque salte de un punto de vista a otro, nunca narra el mismo hecho dos veces, sino que la trama sigue avanzando a toda velocidad.

Los problemas son legión

Kameron Hurley tiene por costumbre reinventar como nadie, dando la vuelta a los clichés de la fantasía y la ciencia-ficción para crear algo inaudito y sorprendente, atacando las cuestiones de género y con una ácida crítica social, dentro de un mundo tan alucinante que te atrapa y no te deja soltar el libro ni para irte a dormir. *Las estrellas son legión* es una lucha contra la endogamia, en un sistema de mundos aislados donde unas pocas intentan desesperadamente relacionarse con otros mundos para frenar la degeneración. Pero también es un análisis de lo pequeños que somos y lo poco que entendemos de lo que nos rodea y de las culturas ajenas: se muestran creencias muy distintas dependiendo del lugar en el que nos encontremos, desde las habitantes del centro del mundo que no creen en la existencia de la superficie hasta las de los niveles intermedios, que creen que el mundo es un aro y si llegas arriba del todo volverás a estar abajo.

Sistema neuronal intergaláctico

El sistema solar en el que transcurre la historia, La Legión, es el más extraño que te puedas imaginar: planetas vivientes que son inmensas esferas de carne con tentáculos, orbitando en torno al Núcleo, un sol artificial semicircular envuelto en neblina que sólo alumbra hacia un lado como un faro. El Mokshi no se ciñe a una órbita y parece ser capaz de abandonar La Legión cuando quiera e internarse en el espacio profundo, por lo que todas intentan conquistarlo. Sólo Zan parece capaz de entrar a ese mundo, pero cada vez que lo hace pierde la memoria. A ratos, el funcionamiento y aspecto de ese sistema solar recuerda a las neuronas de un cerebro humano.

Videodrome en el espacio

Las imágenes que crea son muy poderosas y no puedes evitar visualizarlo todo de una forma muy orgánica y cruda, al estilo del cine de David Cronenberg. Desde el Mundonave que es un ser vivo hecho de carne, arterias y sangre hasta todos sus componentes, incluso los vehículos y armas, también carnosos. Hay pistolas que disparan pulpos que pudren la carne de la víctima, trajes espaciales rociados en aerosol –un líquido pringoso muy fino y translúcido que se ciñe al cuerpo, permite respirar y absorbe el sudor–, ropa viviente que al ponértela se come los restos del traje rociado o gusanos que te metes en la oreja para poder comunicarte a distancia.

«Quizá cada sociedad es una utopía cuando no consigues retirar todas las capas y ver qué hay debajo.» –Zan.

CURIOSIDADES:

- Kameron Hurley define el subgénero como «Wombpunk», que podríamos traducir como «Úteropunk».
- La autora considera *Farscape* su principal fuente de inspiración a la hora de crear una historia sobre naves vivientes –además del obvio guiño en el nombre de la protagonista– así como la película *Pandorum*.
- Hurley dijo en una entrevista que, si algún día se adapta la novela al cine, quiere a Angela Bassett –casualmente, la protagonista de *Pandorum*– interpretando a Zan.
- La historia está narrada en presente, un recurso narrativo poco habitual.
- El libro ha sido apodado por los ejércitos de fans de Hurley como «*Lesbianas en el espacio*» y la propia autora admite que le encanta este título alternativo.

EL QUINTO ELEMENTO

¡Verde, súper-verde!

PELÍCULA. *The Fifth Element*. Luc Besson, 1997

Un mal primigenio, el Señor Sombra, ha despertado dispuesto a engullir el Universo y se abre paso mediante el ejército privado del magnate industrial Zorg –Gary Oldman–. La única forma de detenerlo es la unión de cuatro piedras místicas que representan los elementos y una quinta con forma humana: Leeloo –Milla Jovovich–, una diosa caótica y adorable que puede canalizar la energía necesaria para salvar el Universo. En medio de todo se encuentra un taxista que ya se está arrepintiendo de haber metido las narices, Korben Dallas –Bruce Willis–.

Regreso a la Plavalaguna azul

Una genial mezcla de acción trepidante –de ahí la presencia de Bruce Willis, por supuesto–, Space Opera al nivel más espectacular y alta fantasía épica que gira en torno a lo divino y lo apocalíptico. Una obra verdaderamente redonda que, en el campo de la acción desenfrenada y fantástica, rara vez ha sido igualada, mezclando el blockbuster con el clásico de culto instantáneo. Curiosamente, para ser una película de acción, el héroe y el villano jamás llegan a coincidir en una escena ni, de hecho, conocen siquiera la existencia el uno del otro. Besson volvió a contar con Gary Oldman, el villano de su primera masterpiece *El profesional (Léon)*, cuya mera presencia engrandece aún más la obra. Plagada de momentos emblemáticos que todos recordamos –como tiene que ser una buena aventura espacial–, primando por encima de todo la actuación musical de Plavalaguna, la diva de la ópera –perdón, de la Space Opera–.

Multipase

Una maravilla visual que cuesta creer que ya tenga más de veinte años, con una magia del color como sólo Luc Besson sabe hacerla. La mayor parte de sus efectos y sus alucinantes criaturas alienígenas consiste en animatronics y efectos prácticos, lo cual ha hecho que envejezca mucho mejor que si se hubiera abusado del primitivo CGI de la época. Si no fuera por la camiseta Imperio naranja fluorescente que lleva Bruce Willis, podríamos creer que la película se ha estrenado este mismo año. El principal referente visual de Besson era el legendario ilustrador Jean Giraud, alias Moebius, al que por supuesto contrató para contribuir con algunos llamativos diseños. Del vestuario se encargó otro francés célebre, Jean-Paul Gaultier.

El gran genio europeo

Luc Besson empezó a escribir el primer borrador cuando tenía apenas 16 añitos. Se fue abriendo paso en el cine europeo con películas como *El gran azul*, de 1988, o su primer gran éxito, *Nikita, dura de matar*, en 1990. El blockbuster *El profesional (Léon)* de 1994 le abrió las puertas de Hollywood, pero no consiguió vender una producción tan compleja

como *El quinto elemento* a las grandes compañías americanas, que no se acababan de fiar. Al final encontró casa en la productora francesa Gaumont y, paradójicamente, acabó siendo una coproducción entre Francia y Estados Unidos, aunque se rodó en Inglaterra y Mauritania. Su presupuesto en torno a 90 millones de dólares la convirtió en la película más cara del cine europeo hasta entonces.

«Sólo hablo dos idiomas, inglés e inglés con tacos.» –Korben Dallas.

CURIOSIDADES:

- La muerte del villano es idéntica a la de *El profesional (Léon)*, probablemente un guiño interno teniendo en cuenta que a ambos los interpretaba Gary Oldman.
- Había que teñir tan a menudo a Milla Jovovich que se le estropeó el pelo y tuvo que utilizar peluca en varias escenas. Si te fijas bien, se nota cuándo la lleva y cuándo no.
- Luc Besson y Milla Jovovich perfeccionaron juntos el «Lenguaje divino» inventado para el personaje de Leeloo, llegando a dominar su gramática y hablarlo con fluidez.
- Gary Oldman improvisaba mucho su personaje, especialmente sus tics y expresiones.
- En el apartado artístico colaboraba también Jean-Claude Mézières, ilustrador del cómic *Valérian and Laureline*. En 2017, Luc Besson dirigiría una adaptación al cine de dicho cómic, visualmente insuperable, pero con un guion más aburrido que ver secarse la pintura. Aunque la escena en la que aparece Rihanna por primera vez es magnífica.

BABYLON 5

Si te gusta, haremos las 4 primeras

SERIE. J. Michael Straczynski, 1994-1998

Tras una devastadora guerra intergaláctica, la última esperanza para la paz es la estación Babylon 5, ideada para resolver las diferencias entre civilizaciones galácticas de forma pacífica en un lugar neutral. Allí se suceden conspiraciones políticas, misterios y mucho, mucho drama. Una obra creada por el legendario novelista y guionista de cómic J. Michael Straczynski.

Horizontes narrativos

La gran novedad que trajo esta interesante serie es que fue concebida al completo desde su creación, como si se tratase de una novela, con inicio, nudo y desenlace ya planificados: un arco narrativo completo en cinco temporadas. Algo que, según Straczynski, era muy arriesgado e hizo que le costase mucho venderla, porque los ejecutivos de la época no creían que los espectadores tuvieran la capacidad de atención para seguir una historia lineal. A diferencia de otras series de la época, prima la trama horizontal sobre la vertical, la historia es un río en la que no hay un estatus

quo que se resetee cada semana, sino que las acciones que suceden en un capítulo afectan al mundo de ficción y a lo que pasará después, con lo que no te puedes perder ni un capítulo.

Espacio Profundo 5

Visualmente es puro *Star Trek*, aunque narrativamente no se le parece en nada. Precisamente, Straczynski asegura que intentó vender el concepto a Paramount y fue rechazado, pero entonces, a la vez que se estrenaba *Babylon 5*, el estudio lanzó *Star Trek: Espacio Profundo Nueve*, con un argumento y personajes sospechosamente similares. Como suele pasar en la ciencia-ficción bien hecha –y sobre todo en la obra de Straczynski–, hay una gran crítica social de fondo, tocando a veces temas muy controvertidos como la adicción a las drogas o la religión.

Internet, divino tesoro

Una de las primeras obras en emplear marketing online, en una época en que no era nada común y los estudios lo consideraban una pérdida de tiempo. Se hacía a través de los primeros proto-blogs y de charlas del propio Straczynski con sus lectores habituales en foros. Además de la serie principal, se llegaron a lanzar seis telefilmes y en 1999 una serie spin-off, *Crusade*, que fue cancelada tras apenas trece episodios. La gran cantidad de novelas y cómics canónicos –muchos de ellos escritos por el propio creador de la

serie– ayudaba a profundizar en la gran y compleja historia del Universo *Babylon 5*, añadiendo capas y conceptos.

«*El entendimiento es una espada de triple filo*». –Kosh Naranek.

CURIOSIDADES:

- El objetivo de Straczynski era que fuera «buena televisión y buena ciencia-ficción», porque en su opinión las series del género sólo conseguían uno de ambos aspectos.
- La mayoría de capítulos los escribe el propio Straczynski. Para los pocos que no, contó con otros célebres guionistas de cómic, nada menos que Peter David y Neil Gaiman.
- Uno de los protagonistas era Bill Mumy, más conocido por interpretar al pequeño Will Robinson en la serie original de *Perdidos en el espacio* en los sesenta.
- Straczynski ya había trabajado en la serie de ciencia-ficción espacial para niños *Capitán Power y los soldados del futuro*, de 1987-1988.
- El creador es también un prolífico novelista y autor de cómic, con aclamadas obras como *Rising Stars* y *Midnight Nation*, además de largos recorridos en Marvel y DC. Para televisión, empezó de guionista en las series de dibujos de *He-Man y los masters del Universo*, *Los auténticos Cazafantasmas* y *She-Ra*, además de *Se ha escrito un crimen*. Su más célebre obra reciente es la maravillosa serie *Sense8*.

LEXX

El Farscape alemán

SERIE. Jeffrey Hirschfield y Paul Donovan, 1997-2002.

En mitad de una guerra interdimensional entre humanos e insectoides, un grupo de fugitivos roba la nave viviente Lexx, la mayor arma de destrucción masiva del Universo. El héroe principal, Kai, es el último superviviente de la raza de los Brunnen-G, del que un profeta predijo que sería responsable de la destrucción absoluta de los insectos. A bordo de la Lexx, se internarán en la temible Zona Oscura mientras son perseguidos por la orden religiosa de la Sombra Divina, protectores de la Liga de los 20.000 Planetas.

Una obra exxcelente

Una Space Opera de producción alemana y canadiense que se ha convertido en obra de culto, con mucho humor y aventura, pero también mucha épica y misticismo, desgranando poco a poco una compleja historia de fondo. Puede parecer de bajo presupuesto para los estándares estadounidenses, pero para Alemania fue todo un blockbuster. La primera temporada constó de cuatro telefilmes de entre hora y media y dos horas, pero a partir de la segunda ya se convirtió en una serie de formato *dramedia* –en torno a los 45 minutos por episodio–.

La máxxima exxpresión

Las ideas de fondo son muy originales: para empezar, el protagonista muere nada más empezar y se pasa toda la serie siendo un cadáver andante. Suele combinar la ciencia-ficción con lo místico y espiritual, hasta el punto en que la tercera temporada sucede en gran parte en un planeta llamado Fuego, que es al que van a parar las almas pecadoras y está regido por el Príncipe, una representación muy obvia del diablo judeocristiano. La historia gira en torno a la existencia de dos universos paralelos que están en guerra, el normal y la Zona Oscura, habitada por insectoides –si eres lector de Marvel esto te sonará mucho, porque es idéntico al concepto de la Zona Negativa, hogar de Annihilus y sus legiones de insectos–. La serie encierra una profunda crítica al fanatismo religioso y hacia dónde nos lleva.

Exxtremadamente noventero

Los efectos digitales no están muy allá, pero para ser televisión de la época son aceptables. Los fondos conceptuales están muy logrados, así como el vestuario y arte, aunque los colores sean muy de finales de los noventa, cuando nos volvía locos todo lo histriónicamente colorido, dando la sensación de estar en un videoclip de Faith No More. Como solía pasar por entonces, las partes con muñecos son muy dignas, pero las hechas con CGI chirrían horrores. Si no te molestan esos detalles, la historia es interesante y engancha. Además, el aspecto del villano Sombra Divina es tan aterrador como carismático –el de Kai y su peluca ya no tanto, para qué engañarnos–.

«En el Universo luminoso he sido oscuridad. Tal vez en la Zona Oscura pueda ser luz.» –Kai.

CURIOSIDADES:

- Algunas estrellas invitadas fueron Tim Curry, Malcolm McDowell o Rutger Hauer.
- Hay un capítulo musical en la segunda temporada, titulado *Brigadoom*.
- Kai sólo se ríe una vez en toda la serie y es en el último capítulo.
- Al robot 790, uno de los cuatro protagonistas habituales, le pone voz el propio Jeffrey Hirschfield, cocreador de la serie.
- Eva Habermann interpretaba a Xev en la primera temporada pero, ante la incertidumbre de si la serie iba a ser renovada, aceptó un papel en otra serie. Al renovarla, ya comprometida en otro contrato, sólo llegó a aparecer en dos episodios de la segunda temporada y luego cambiaron de actriz con una excusa fantasiosa de nivel *Doctor Who*.

DUNE

Tu especia morena sobre la arena

PELÍCULA. David Lynch, 1984

En un futuro lejano, el bien más preciado del Universo es una especia llamada Melange, que prolonga la vida y aumenta las capacidades mentales. El problema es que sólo crece en un planeta, Arrakis, también conocido como Dune. El imperio feudal galáctico se divide en diversas casas nobiliarias, siempre en conflicto entre ellas por el control de Arrakis. La historia se centra en la enemistad entre las casas Atreides y Harkonnen.

Ya no estamos en Kansas

Basada en el libro de Frank Herbert de 1965 –el primero de una muy, muy larga saga–, la película cuenta con Kyle MacLachlan, Sting, Brad Dourif, Virginia Madsen, Max von Sydow y Sean Young. Los efectos digitales pueden provocar la risa a día de hoy, pero por todo lo demás es muy decente. La dirección artística es admirable, rebosando maquinaria y criaturas de ciencia-ficción altamente llamativas. Y Sting, por supuesto, que se come la pantalla en las pocas escenas en las que sale. La banda sonora, para que nos quede claro en que década estamos, es de Toto.

Sting contra el Vaquilla

Pese a ser de Lynch, el argumento se entiende bien. En las novelas, Herbert obvió la tecnología para centrarse más en el conflicto humano y la evolución de las civilizaciones en

el futuro en lugar de la evolución de la ciencia, lo que la acerca más a la fantasía medieval en el espacio. Luchas nobiliarias a lo *Juego de Tronos*, gente con poderes mentales, una pelea a navajazos entre Kyle MacLachlan y Sting que parece sacada de *Perros callejeros* y muchos, muchos tripis. Eso sí, es David Lynch, así que ten paciencia porque todo pasa despacio, muy despacio.

Una saga infinita

La saga literaria no parece tener fin: Frank Herbert ya escribió seis novelas entre 1965 y 1985, añadiendo luego las catorce de su hijo Brian Herbert junto a Kevin J. Anderson entre 1999 y 2016. Marvel adaptó a cómic la película de Lynch en 1985 y también se han hecho videojuegos, juegos de mesa y de rol. En el 2000, SyFy estrenó una miniserie llamada *Dune, la leyenda* –con William Hurt– y en 2003 su secuela *Los hijos de Dune*. Actualmente, Denis Villeneuve –*Blade Runner 2049*– está preparando una nueva versión cinematográfica con un reparto estelar: Oscar Isaac, Zendaya, Jason Momoa, Dave Bautista, Josh Brolin y Javier Bardem. Además, Abrams Books está preparando una novela gráfica que adapta la primera entrega de la saga literaria y que estará guionizada por el propio Brian Herbert.

La versión que nunca vimos

El mítico guionista Alejandro Jodorowsky ya intentó llevar a cabo en los setenta una adaptación al cine de la historia de *Dune*. Estuvo tanteando a H.R. Giger y Moebius para

los diseños, a Peter Gabriel y Pink Floyd para la banda sonora y a gente tan variopinta como Mick Jagger, David Carradine o Salvador Dalí. La película no llegó a hacerse debido a la inmensa suma que habría costado, que echó para atrás a todos los estudios a los que la ofreció –la primera versión de guion tenía material para catorce horas de película–. Jodorowsky y Moebius reaprovecharon los diseños que ya habían realizado para crear su cómic más legendario, *El Incal*.

«Aquel que puede destruir algo, controla ese algo.» –Paul Atreides.

CURIOSIDADES:

- Kyle MacLachlan volvería a ser protagonista en otra obra mítica de Lynch, la serie *Twin Peaks* de 1990-1991 y su secuela de 2017.
- El libro fue rechazado por 23 editores antes de que lo aceptase una pequeña editorial de Filadelfia llamada Chilton.
- La secuela *Hijos de Dune* fue el primer libro en ser *un best seller* del *New York Times* tanto en tapa dura como en tapa blanda.
- Más de 1.700 personas trabajaron en la película, incluyendo a obreros que tuvieron que limpiar el desierto para que se pudiera rodar en él, como los esbirros de Casco Oscuro.
- Los soldados visten unas bolsas de cadáveres encontradas en un parque de bomberos de los años veinte. Nadie les dijo hasta que acabó el rodaje que estaban usadas.

KILLJOYS

Los aguafiestas del espacio

SERIE. Michelle Lovretta, 2015-2019

En el sistema solar Quad, tres cazarrecompensas se esfuerzan tanto por ganarse la vida con un trabajo implacable como por mantenerse neutrales en la guerra de clases interplanetaria que se avecina. Son la letal Dutch –Hannah John-Kamen, *Ant-Man 2*–, el entrañable John –Aaron Ashmore, *X-Men*– y el insufrible D'Avin –Luke Macfarlane, *Cinco hermanos*–, a bordo de la nave auto-consciente Lucy.

Risas, aventuras y mucha, mucha acción

Coproducción de la cadena canadiense Space con SyFy, dos de las compañías que más están haciendo por la ciencia-ficción en la actualidad. Cinco temporadas que mezclan la Space Opera con el western y la comedia que no se toma demasiado en serio a sí misma, como una especie de *Wynonna Earp* en el espacio. Un ritmo trepidante, con mucha diversión y aventura. Pese a haber una leve trama de fondo, la serie se centra sobre todo en historias auto-conclusivas muy cañeras, pero con la cantidad justa y suficiente de misterio de fondo para seguir viéndola y disfrutando de estas aventuras episódicas.

Un poquito de temática social tampoco hace daño a nadie

El sistema Quad está regido por nueve familias nobiliarias y una poderosa corporación capitalista, mientras que el RAC, un organismo autónomo de la ley, mantiene el lugar a raya empleando a los cazarrecompensas sindicados llamados «*Killjoys*», que podría traducirse como aguafiestas. Con este pretexto, la serie se centra en la lucha de clases y el conflicto social, en el individuo enfrentado al grupo. Los personajes son egoístas e intentan no involucrarse, pero poco a poco van adquiriendo conciencia y se ven impelidos a ayudar. Pese a que los protagonistas sean tres, la creadora Michelle Lovretta se niega a que la historia gire en torno a un triángulo amoroso, como lo hizo su anterior serie *La reina de las sombras –Lost Girl*, 2010-2016– y lo deja claro desde el comienzo: «Es un triángulo de relaciones personales, no amoroso», dijo en una entrevista para *The Hollywood Reporter* en 2015.

Hora de pasarlo bien

La serie se deja de toda esa ominosa oscuridad a la que nos ha acostumbrado la narrativa de hoy en día y vuelve a una época en que la ciencia-ficción era divertida y aventurera sin más complicaciones. Y es que no todas las series tienen que ser *Breaking Bad*. Su mayor defecto es lo insoportable que resulta el personaje de D'Avin, dificultando mucho que nos podamos identificar con él. Por suerte, tenemos a Dutch y John, que son mucho más interesantes y caen bien desde el primer momento. No es profunda, ni existencial, ni te cambiará la vida a un nivel filosófico y molecular, pero pasarás un buen rato viendo tiros, persecuciones y personajes que sueltan incesantes pullitas chulescas. Además, es una de las muy pocas series que se ha esforzado en contratar a actores y actrices con discapacidades físicas, algo de agradecer.

«*Asesina. Killjoy. Poeta. Soy una chica ocupada.*» –Dutch.

CURIOSIDADES:

- Las principales influencias de Lovretta son *Aliens: El regreso* y *Atmósfera*.
- Emily Andras, la principal responsable de *Wynonna Earp*, también ha trabajado en múltiples capítulos de *Killjoys*, lo que explica su tono divertido, alocado e inclusivo tan similar al de la otra serie.
- A la creadora le encanta inventar nuevos insultos y blasfemias imaginativas, algo que vemos cada vez más en la serie y que es uno de sus puntos más divertidos.
- Rob Stewart, alias el detective Nick Slaughter de *Calor tropical,* perece haberse reciclado en la ciencia-ficción espacial, porque aparece como secundario tanto aquí como en *Dark Matter.* Además, hay un papel episódico de Stephanie Leonidas, coprotagonista de *Defiance*.
- Aaron Ashmore improvisa muchas de sus bromas.

STAR WARS

Que el merchandising te acompañe

«Un efecto especial es una herramienta, un medio para contar una historia. Un efecto especial sin una historia es algo bastante aburrido.»

–George Lucas

Hace mucho tiempo, en una galaxia muy, muy lejana… George Lucas escribió su propia historia de ciencia-ficción espacial mezclada con fantasía épica, al no conseguir los derechos para poder adaptar *Flash Gordon*. Mezcló en ella todos los referentes de la cultura pop que se te puedan pasar por la cabeza, consiguiendo así una de las obras más emblemáticas de la narrativa posmoderna. La historia creció, hubo secuelas, la mitología interna del Universo que había creado comenzó a expandirse hasta lo inimaginable, se rodaron precuelas, *spin-offs,* se publicaron nove-

LA TRILOGÍA ORIGINAL (1977-1983)

Un granjero se embarca en una aventura para rescatar a una princesa –que, no nos engañemos, es tan *badass* que no necesita que la rescaten– y salvar la galaxia de las garras de la organización fascista El Imperio. Así empieza una de las sagas más grandes jamás contadas, que mezcla la ciencia-ficción espacial, con sus naves y sus pistolas láser, con la magia de la épica medieval, con esos legendarios guerreros Jedi que pueden aprender a utilizar la energía mística del Universo conocida como la Fuerza, basándose en los antiguos mitos druídicos de los celtas.

Diversión por doquier

La trilogía original –*La guerra de las galaxias, El imperio contraataca* y *El retorno del Jedi*– consiste básicamente en películas de aventuras para todos los públicos, con mucha acción, mucho humor, mucha emoción y sobre todo muchas criaturas alienígenas divertidas de las que sacar toneladas y toneladas de merchandising. Y nos encanta. En parte, porque muchos las vimos de niños y las tenemos en un pedestal, pero en parte también por la inmensa riqueza del trasfondo creado para un Universo complejo y lleno de detalles originales. Y porque una buena película de aventuras que puedan disfrutar tanto niños como adultos nunca pasa de moda –que le pregunten a Íñigo Montoya, si no–. No me malinterpretes, no le estoy restando épica a la historia de Lucas, lo digo desde el mayor respeto y devoción por su obra: es una saga de aventuras ligeras para disfrutar, pero una muy, muy bien hecha y con un *lore* de fondo que se merece todos los aplausos.

Tengo un buen presentimiento sobre esto

La banda sonora de John Williams es probablemente la más legendaria jamás compuesta por este genio y los efectos de la época estaban logrados de forma impresionante, mediante maquetas y animatronics a mansalva. Pero la franquicia debe su éxito sobre todo a sus personajes, entrañables y repletos de carisma, con ese héroe arquetípico pero icónico que es Luke Skywalker, esa heroína autosuficiente que es Leia Organa, esos cómicos y carismáticos Han Solo y Obi-Wan Kenobi, secundarios que todos adoramos como Lando Calrissian, Chewbacca o R2-D2 –la verdadera estrella de la función para muchos de nosotros– y uno de los villanos más grandes de la Historia del cine, Darth Vader.

«Lo sé.»

La saga original nos dejó escenas memorables, como la del compactador de basuras, la destrucción de la Estrella de la Muerte –dos veces–, la batalla de Hoth, la gran revelación de Vader a Luke, la congelación de Han Solo en carbonita o toda la subtrama de Jabba el Hutt al principio de la tercera entrega que, pese a ser una historia lateral que nos aleja de la trama central de la trilogía, resulta una de las partes más brillantes de toda la saga.

LA TRILOGÍA JAR JAR (1999-2005)

Y entonces, llegaron las precuelas. Tres películas que narraban torpemente los orígenes de Anakin Skywalker y su paso del niño inocente al tirano megalómano. Lucas volvió a dirigir, después de que *El imperio contraataca* y *El retorno del Jedi* hubieran sido dirigidas por otros. En este caso, decidió que los efectos digitales del cambio de siglo serían la base de todo. *La amenaza fantasma*, *El ataque de los clones* y *La venganza de los Sith* marcaron a una generación de niños, pero no tanto a los que ya pasaban de los diez años. Su calidad era claramente menor que en la saga original, principalmente por lo mucho que se alejaba del espíritu de la obra.

Una película de juicios en el espacio

Ya no eran películas de aventuras emocionantes, sino de política. *Star Wars* siempre ha sido una obra política, con ese Imperio tan evidentemente basado en el nazismo –puede que *Star Wars* no fuera la primera obra de ciencia-ficción en basar a sus villanos en los nazis, pero está claro que todas las Space Operas posteriores imitaron este aspecto– y esa Alianza Rebelde luchando para acabar con la opresión y devolver la libertad al pueblo, pero en la trilogía inicial esto enriquecía a la historia principal de aventuras, mientras que en las precuelas la entorpecía. En esta segunda trilogía destacaban las largas escenas de charla diplomática entre dirigentes hablando de sus cosas, mientras nos mordíamos las uñas esperando a que alguien sacara una espada láser de una vez. Sus protagonistas carecían del carisma de los originales, incluso aunque aparecieran varios actores muy buenos –Ewan MacGregor, Natalie Portman, Liam Neeson o Christopher Lee–, pero cuyos personajes estaban escritos de forma poco interesante y los pobres no podían sacar más de donde no había.

«¡Odio la arena!»

Algunos diseños de personajes son muy emblemáticos, como Darth Maul, pero apenas se aprovechan, prevaleciendo siempre las discusiones jurídicas y los efectos digitales gratuitos. Y encima Lucas decidió despojar a la obra del carácter mágico de fantasía épica que él mismo había creado en un principio, postulando que la Fuerza no tenía nada que ver con la magia, sino con nano-robots inteligentes llamados Midiclorianos. De esta forma, conseguía cambiar por completo el carácter de su obra, relegando a un segundo plano la aventura y eliminando todo atisbo de fantasía, además de llenarla de agujeros de guion incomprensibles. Aun así, nos dejó un par de buenas escenas, como la muerte de la madre de Anakin en la segunda entrega y el duelo final entre los dos protagonistas en la tercera. Lástima que existiera Jar Jar Binks. No me hagas hablar de Jar Jar Binks.

LA NUEVA Y MEJORADA TRILOGÍA (2015-2019)

Ya en la era actual, gracias a la adquisición de los derechos de *Star Wars* por parte de Disney, la saga volvió por todo lo alto con una tercera trilogía de una calidad infinitamente mayor que la segunda. El polémico –y con razón– J.J. Abrams resucitó la franquicia con su séptimo episodio, *El despertar de la Fuerza*. Un refrito de la trilogía original, sí, pero un refrito hecho con gracia y encanto, igual que en su día *La guerra de las galaxias* remezcló mil referencias populares que iban desde *Los siete samuráis* hasta *El señor de los anillos* o *Flash Gordon*. La obra recuperaba el espíritu aventurero de la original, sus grandes escenas de acción trepidantes, sus criaturas divertidas y llamativas –la mayoría, de nuevo, muñecos en lugar de CGI, algo de agradecer– y, sobre todo, ignorando la existencia de los Midiclorianos y volviendo a la magia de lo fantástico. Su trío protagonista –Rey, Finn y Poe– derrocha carisma por todos los poros y, para los nostálgicos, hay *fan service* por un tubo, pero colocado de forma cuidada, que no resta sino que suma. *Star Wars* había vuelto. Por todo lo alto.

Escoria rebelde

Luego llegó Rian Johnson con el octavo episodio, *Los últimos Jedi*, que logró incluso superar al anterior. Si Abrams ya era polémico, Johnson se llevó la medalla de honor al respecto. Se atrevió a incluir imprevisibles giros de guion dignos de aplauso, dentro de una franquicia que es maravillosa pero que a la vez cuenta con uno de los fandoms más tóxicos y negativos habidos y por haber, deseosos de atacar siempre a quien se atreva a aportar algo un poco distinto. Muchos de los nostálgicos más conservadores atacaron la película por ser más moderna, por incluir a actores de otras razas e incluso por una escena en la que Leia usa la Fuerza por primera vez –¡qué escándalo, la hija de Darth Vader tiene poderes!–.

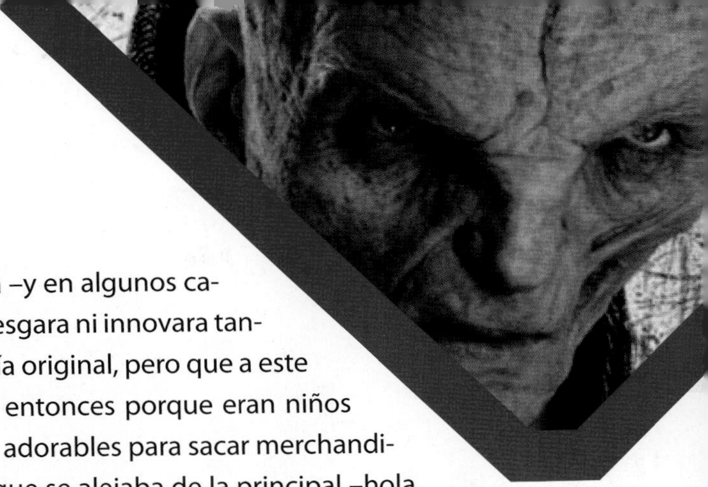

Bullying Wars

La mayoría de las quejas dirigidas a esta entrega –y en algunos casos también a la anterior, aunque aquella no arriesgara ni innovara tanto– se debían a cosas que ya estaban en la trilogía original, pero que a este grupúsculo de «fans» no les habían molestado entonces porque eran niños cuando las vieron: que hubiera muchos bichitos adorables para sacar merchandising –hola, Ewoks–, que hubiera una subtrama que se alejaba de la principal –hola, Jabba–, que la protagonista aprendiera a usar la Fuerza demasiado rápido –hola, Luke–, que un Jedi se escondiera en un lugar alejado de la sociedad tras haber cometido un error –hola, Obi-Wan y Yoda– y un largo etcétera. Lo peor fue que incluso una de las actrices de la película, Kelly Marie Tran, sufrió tal cantidad de ciber-acoso por haberse atrevido a salir en la película siendo asiática que se vio forzada a abandonar sus redes sociales por culpa de los mal llamados «fans de verdad».

El héroe somos todos

En realidad, *Los últimos Jedi* arriesga como ninguna otra entrega de la saga, con ideas rompedoras que ahondan en interesantes aspectos del universo de Lucas que nunca se habían tocado –como quién provee las armas a los rebeldes y la dualidad de la guerra, aportando interesantes tonos grises a la lucha entre el bien y el mal– y que gira en torno a una nueva idea: la democratización de la Fuerza. La idea de que Rey no sea hija de ningún Jedi famoso y aun así sea enormemente poderosa sirve para reforzar la idea de que todos tenemos derecho a convertirnos en grandes héroes de fantasía épica, no sólo los que pertenezcan a una pequeña élite familiar –algo que se acentúa en esa emotiva escena final del niño que mueve la escoba con la mente–. Pese a la inevitable reacción negativa de los sectores más tóxicos del fandom, la película fue un gran éxito de taquilla y crítica y muchos la consideramos la mejor entrega de toda la saga. Y es que al final, si diriges algo relacionado con una franquicia tan importante como *Star Wars*, da igual lo que hagas, siempre va a haber alguien que se queje.

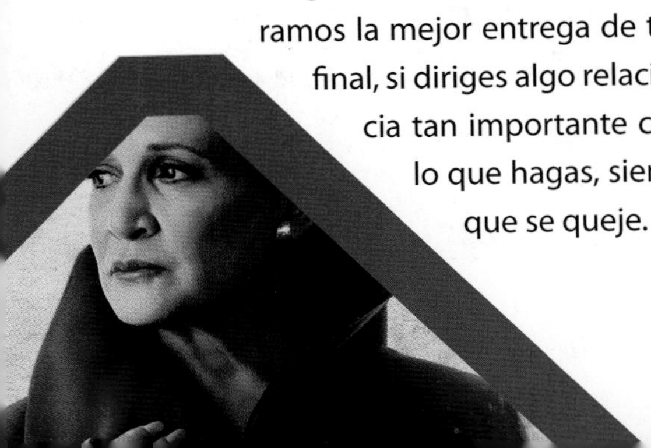

La caída del hype

Pero Abrams volvió a la franquicia para el noveno episodio y, como siempre que se queda demasiado tiempo en un mismo trabajo, se marcó un Abrams. Como en *Perdidos* o *Star Trek*, le puso muchas menos ganas que en su primera aproximación y creó un supuesto cierre de saga que no estaba a la altura ni de ser un episodio suelto de una temporada intermedia de una serie. Abrams es la viva imagen de la filosofía «hazlo muy bien mientras estás a prueba en el trabajo y en cuanto te hagan fijo relájate y haz el vago».

Ahora me enfado y no respiro

El ascenso de Skywalker, más que una película, es una pataleta infantil en la que el director pone toda su energía en negar todo lo sucedido en la entrega anterior y deja de lado cualquier esfuerzo en escribir un guion sensato o, cuanto menos, comprensible. Las escenas de acción están muy bien rodadas y tiene momentos visuales maravillosos, pero la historia de fondo no los acompaña. Es como ver el *showreel* de un director que ha rodado planos preciosos y los ha puesto en un orden al azar para ir a buscar trabajo en productoras. La película se limita a repetir una y otra vez «todo lo que dijo Johnson es mentira, yo tengo razón», sin aportar nada nuevo, crear una mínima estructura en tres actos, preocuparse por los agujeros de guion –por los que podría pasar limpiamente la Estrella de la Muerte sin tocar los bordes–, escribir diálogos con un mínimo de chispa ni estar a la altura del que podría haber sido el cierre épico de una saga legendaria.

LOS SPIN-OFF (2016-2018)

A la par que la nueva trilogía, se han estrenado dos películas que funcionan de forma autónoma. *Rogue One: Una historia de Star Wars* trata sobre cómo se consiguieron los planos de la Estrella de la Muerte y su final enlaza con la primera entrega de 1977. Una película muy bien rodada, de imagen espectacular y acción trepidante, que huye de la parte fantástica de la saga y se sumerge en la trama bélica y de espionaje. Su mayor defecto es la carencia de corazón en su historia: sus personajes son planos e intercambiables –pese al excelente trabajo de los actores–, lo que dificulta muchísimo que podamos identificarnos con ellos o preocuparnos por si viven o mueren.

Han Solo: Una historia de Star Wars también es una precuela, en este caso sobre la juventud de uno de los personajes más queridos por todos los fans, Han Solo. Una divertidísima película de aventuras, persecuciones, tiros, explosiones y emoción, la pura esencia de *Star Wars*. El actor que da vida al protagonista carece de todo atisbo de carisma y no llega a la suela de los zapatos de Harrison Ford, pero esto no estropea la película, ya que está rodeado de secundarios geniales como Emilia Clarke o Woody Harrelson, con especial mención a Donald Glover –*Community*– interpretando de forma magistral a un joven Lando.

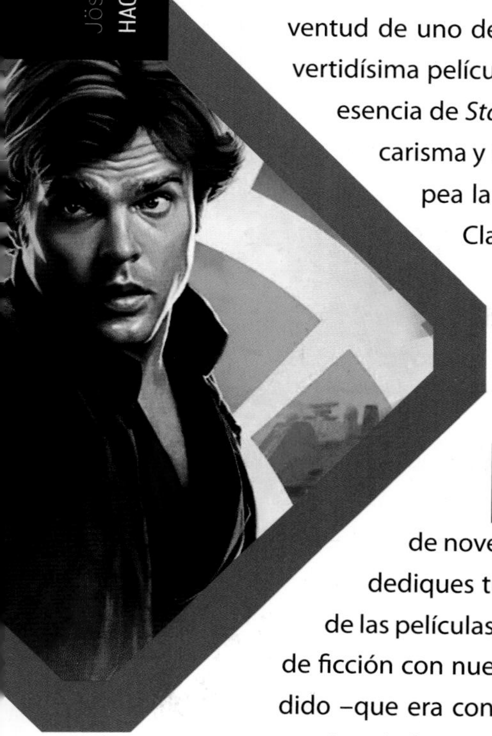

STAR WARS NUNCA SE ACABA

Además de las once películas, el universo *Star Wars* se expande hasta el infinito, sin dejar de crecer año tras año. Existen cientos de novelas, tantas que es prácticamente imposible leerlas todas a no ser que dediques tu vida exclusivamente a ello. Algunas son adaptaciones novelizadas de las películas, otras son continuaciones de sus historias y otras amplían el universo de ficción con nuevas tramas y personajes, lo que se conoce como el Universo Expandido –que era considerado canónico hasta que llegó la nueva trilogía y lo sacó de la continuidad para pasar a ser considerado una versión alternativa–. Entre ellas, las que más arrasan entre los fans son las que siguen las historias de los personajes de la trilogía original, con Leia entrenando para ser Jedi o Luke siendo padre.

Expandiendo lo expandido

También se han publicado cómics, tanto canónicos como «*expandidos*», desde los años setenta hasta la actualidad, la mayoría del tiempo bajo el sello Marvel. Existen numerosos videojuegos, destacando siempre el legendario *Caballeros de la Antigua República* o «*KOTOR*», de 2003. También series de televisión, como las clásicas series de animación *Droids: Las aventuras de R2D2 y C3PO* (1985-1986) y

Star Wars: Los Ewoks (1985-1986) o las más modernas *Star Wars: The Clone Wars* (2008-2020) y *The Mandalorian* (2019 en adelante). Y no parece que la cosa vaya a terminar nunca.

Ya es navidad en una galaxia muy, muy lejana

Mención aparte se merecen los productos menos reivindicados de la franquicia. Por una parte, los telefilmes de 1984 y 1985 respectivamente, *La aventura de los Ewoks* y *La batalla del planeta de los Ewoks*, en los que nuestro querido Warwick Davis repetía su papel de Wicket. Dos productos destinados a un público infantil, cargados de magia y aventuras.

La otra es, por supuesto, *The Star Wars Holiday Special* de 1978, una maravilla del kitsch más absurdo y fantástico de la época. Agárrate: la familia de Chewbacca le espera en casa para celebrar el Día de la Vida –la navidad de los Wookies– mientras él y Han Solo intentan evitar un bloqueo imperial para llegar al planeta, terminando con un emotivo discurso navideño de Leia. George Lucas se avergonzó años después e intentó destruir todas las copias que existían, pero la cosa se había hecho viral –mucho antes de la invención del término– y a día de hoy puedes verla incluso en YouTube si te apetece echarte unas risas con espíritu festivo. Puede que no sea una gran película, pero sin duda tiene más coherencia que el episodio nueve.

«*Tu carencia de fe resulta molesta*» –Darth Vader.

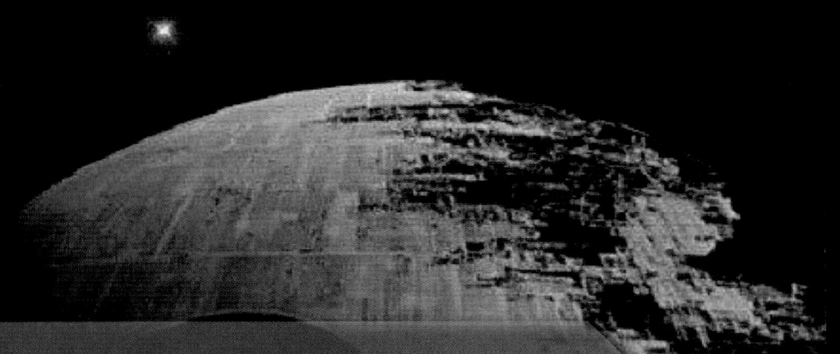

CURIOSIDADES:

- George Lucas ya intentó rodar una escena en un compactador de basura en *THX 1138*, pero los productores desecharon la idea. Lucas se quedó con ese comecome dentro y reutilizó la idea en la primera entrega de su saga.
- La isla en la que se encuentra Luke en *Los últimos Jedi* es Skellig Michael, en Irlanda. Está tan infestada de pájaros chillones que se decidió colocar encima digitalmente a esos bichitos adorables llamados Porgs, para tapar a los pájaros –demasiado realistas para el universo Star Wars– y justificar el incesante piar que se colaba en las tomas de audio.
- El nombre original de Luke iba a ser Starkiller y en una de las versiones previas de guion iba a ser una chica. Al final, el nombre fue homenajeado por Abrams en *El despertar de la Fuerza* mediante la nueva y mejorada Estrella de la Mue… digooo, base Starkiller.
- También hubo un cambio de nombre en cuanto a Yoda, que en una primera versión se iba a llamar Buffy. Lucas no llegó a utilizar este nombre, pero cuando Joss Whedon se enteró de ello decidió reaprovecharlo.
- La canción que suena al final de *El retorno del Jedi* cuando los Ewoks celebran la victoria fue compuesta por el cantante de Toto, Joseph Williams. Estaba claro que los Ewoks bendecían las lluvias en Endor.
- El nombre de Kylo es una broma de Abrams hacia el nombre Kyle, que en Estados Unidos se suele usar para referirse a los «*niños-rata*», jóvenes que actúan de forma tóxica –insultan a desconocidos en videojuegos *online*, montan plataformas para que se rehaga una película que no les ha gustado, etc.–, algo así como los matones de colegio del mundo friki. El personaje de Kylo es precisamente una crítica a esos fans nocivos, con su obsesión por renegar de todo lo novedoso y aferrarse a lo antiguo, además de sus pataletas de niño malcriado que tantas risas provocaron en la primera entrega.

ESPACIO PROFUNDO

Ciencia-ficción dramática y existencialista.

«Sólo somos una variedad avanzada de monos en un planeta menor de una estrella del montón. Pero podemos entender el Universo. Eso nos convierte en algo muy especial.»

–Stephen Hawking, físico

No todo en el espacio van a ser aventuras locas, terror o comedia. También existen algunas muy buenas historias ambientadas en el espacio cuyo contenido es principalmente dramático, en las que prima lo humano, desde lo bello hasta lo desgarrador. Y si hay cabida para ello, forzosamente debe haber también espacio –broma no intencionada… bueno, quizá un poco– para el cine más serio, contemplativo y existencial. Y eso es lo bueno de la ficción cósmica, que tanto puede albergar a los decorados de cartón de Roger Corman y los robots-aspiradora de Mel Brooks como a los personajes atormentados y filosóficos de Christopher Nolan o Alfonso Cuarón.

MARTE

Salvar al soldado Damon

PELÍCULA. *The Martian*. Ridley Scott, 2015

Una misión enviada a explorar Marte resulta fallida y uno de sus astronautas, Mark Watney, es dejado por muerto en la superficie del planeta. Este ingeniero botánico se las apaña para sobrevivir durante una larga temporada mientras intenta comunicarse con la Tierra para que vayan a recogerle. Con un reparto de lujo que incluye a Matt Damon, Jessica Chastain, Jeff Daniels, Sean Bean, Michael Peña o Donald Glover.

Posiblemente improbable, que no probablemente imposible

No es una obra de fantasía, con alienígenas o portales místicos, sino un exhaustivo trabajo de realismo científico. No hay salvaciones milagrosas traídas por un imposible giro de guión: las soluciones a los problemas del protagonista son imaginativas, sí, pero todas se basan en la ciencia, están muy bien pensadas y dentro del ámbito de lo plausible –*briconsejo* para guionistas: en toda historia que no sea del género fantástico, el truco está en crear escenas que sean físicamente posibles, pero muy improbables–. Es muy importante notar que no sólo se basa en principios científicos, sino que además los explica de una forma accesible al público, lo que es probablemente la clave del éxito de la película: acercar conceptos científicos complejos al espectador curioso pero no experto en el tema es algo que todos agradecemos.

El indomable Mark Watney

La temática de la obra gira en torno a la soledad y la supervivencia, pero también al optimismo y al tomarse las desgracias con buen humor. Pese a ser una historia de náufrago solitario, se hace amena de principio a fin gracias al buen humor del protagonista y a la magnífica interpretación de Matt Damon, que fue nominado al Oscar por su papel y se merecía ganarlo –bueno, ya tiene uno como guionista de *El indomable Will Haunting*, tampoco se puede quejar–. Es muy divertido ver cómo el personaje va buscando tecnicismos legales rebuscadísimos para poder hacer afirmaciones grandilocuentes sobre sí mismo y que técnicamente sean ciertas, como haber colonizado Marte o ser un pirata espacial. Una película muy emocional, visualmente increíble y con una espectacular representación de la superficie de Marte.

«He colonizado Marte. En tu cara, Neil Armstrong.» –Mark Watney.

CURIOSIDADES:

- El escritor de la novela original en 2014, Andy Weir, afirma que echa de menos las historias de ciencia-ficción en las que se muestra el futuro de forma optimista, con ilusión, y por eso decidió escribir una. Subía los capítulos uno a uno a su blog, logrando tal nivel de fandom que la acabó autopublicando en Kindle. Weir es ese escritor de éxito que todos los que comenzamos autopublicándonos en Amazon aspiramos a ser.
- La cómica escena en que Donald Glover resbala y se cae al suelo fue improvisada: el actor se cayó de verdad, pero se levantó y siguió actuando como si nada, algo que a Ridley Scott le pareció tan divertido que lo incluyó en el montaje final.
- Se instaló en el plató una pequeña granja real de patatas, para poder ir filmándolas en sus diferentes fases de crecimiento.
- Apenas cuatro días después del estreno, la NASA confirmó la presencia de agua en Marte.
- El proyecto secreto de la NASA al que apodan Elrond es un guiño al Concilio de Elrond de *El señor de los anillos*. Lo más gracioso es que el Proyecto Elrond en *Marte* lo lidera Sean Bean, que interpretó al mítico Boromir, con lo que el guiño es auto-referencial.

PASSENGERS

Síndrome de espaciocolmo

PELÍCULA. Morten Tyldum, 2016

Una nave de la Tierra con todos sus tripulantes y pasajeros en hipersueño se dirige a la colonia espacial Homestead II, a 60 años luz. Pero un fallo mecánico hace que uno de ellos –Chris Pratt– se despierte 90 años antes de lo previsto y se encuentre en una inmensa nave, sin más compañía que la de un androide-camarero –Michael Sheen–. La soledad le llevará a cometer un acto abominable: despertar a una desconocida –Jennifer Lawrence– para tener a alguien que le haga compañía, aunque eso signifique condenarla a morir de vejez antes de llegar a su destino.

Soledad espacial

Un drama sobre las secuelas de la hibernación, la soledad y la claustrofobia. Abarca de forma desgarradora el dilema de si está bien atrapar contigo a otra persona para sentirte mejor. Como espectadores, nos repugna sobremanera lo que hace el personaje de Chris Pratt, pero a la vez nos lleva a preguntarnos si no haríamos lo mismo de estar en una situación tan desesperada como la suya. Lawrence Fishburne resume muy bien el debate moral sobre si hay que sufrir en soledad para evitar arrastrar a otros contigo lo: «El que se ahoga siempre trata de arrastrar a alguien con él. No está bien, pero el hombre se estaba ahogando». También se nos plantea la duda de si lo que siente ella es puro síndrome de Estocolmo o más bien se trata de conformismo porque no tiene a nadie más con quien estar.

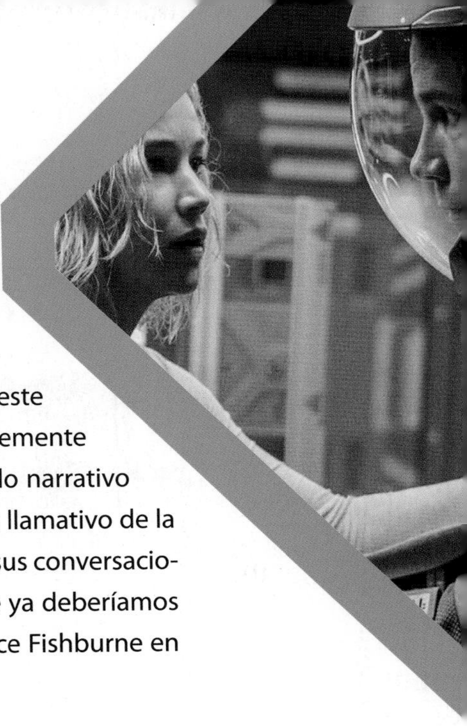

El hastío del vacío

El diseño de la nave Avalon es precioso, tan interesante como todo el impecable apartado estético de la película. La nave viaja con piloto automático y todo es automatizado y aséptico. Y en este terreno, la escena del fallo de gravedad en la piscina es simplemente espectacular, el momento culminante de la película, tanto en lo narrativo como en lo visual. Arthur el androide es sin duda el personaje más llamativo de la obra, con esa sensación de que va aprendiendo humanidad a partir de sus conversaciones con los dos protagonistas. Además, nos deja un claro mensaje que ya deberíamos haber aprendido en *Horizonte Final*: No es buena idea meter a Lawrence Fishburne en una nave espacial.

«Me reí de un hombre sin pantalones hasta que me di cuenta de que yo no tengo piernas.»

–Arthur.

CURIOSIDADES:

- Una de las voces automatizadas de la nave es la del guionista de la película, Jon Spaihts.
- Otra de estas voces, la de la propia Avalon, es de la actriz de doblaje Emma Clarke, una voz muy conocida en Inglaterra porque es la de los anuncios grabados de las estaciones de metro de Londres –el célebre «*Mind the gap*» o los avisos de llegadas–.
- Jennifer Lawrence reveló en una entrevista en 2015 que tuvo que emborracharse para rodar la escena de cama con Chris Pratt, debido a los nervios.
- En los primeros momentos de la preproducción los papeles protagonistas iban a ser para Keanu Reeves y Emily Blunt, aunque el papel femenino también pasó por las posibilidades de Reese Witherspoon y Rachel McAdams.
- Según explicaba Jennifer Lawrence en un post para el blog *Lenny Letter* en 2015, en su anterior película para Sony –*La gran estafa americana*–, ella y Amy Adams cobraron mucho menos que los actores masculinos, lo que la llevó a negociar mucho más duramente su contrato para *Passengers* y acabó cobrando 20 millones de dólares –más un 30% de los beneficios de la película– frente a los 12 que cobró Chris Pratt.

AD ASTRA

La Odisea al revés

PELÍCULA. James Gray, 2019

El astronauta Roy McBride –Brad Pitt– se embarca en una nave para buscar a su padre –Tommy Lee Jones– que desapareció años atrás en una misión espacial junto a Neptuno. Unas extrañas ondas de radiación cósmica amenazan al sistema solar y la expedición desaparecida podría ser la clave para la salvación.

En el espacio, despacio

Con una narrativa lenta y extrañísima, pero simplemente preciosa. La composición de planos es espectacular y el tono recuerda en ocasiones a *Solaris*, *Gravity* o *2001: Una odisea del espacio*. Por encima de la ciencia-ficción, prima lo emocional, cada momento del guion es una patada en los sentimientos, algo que las magistrales interpretaciones de Brad Pitt y Tommy Lee Jones apoyan con creces. Sin desmerecer a los personajes secundarios, con pequeños papeles de Donald Sutherland, Ruth Negga y Liv Tyler.

Vuelo con escalas

La historia se ambienta en un futuro cercano en que ya hemos explorado las zonas más cercanas de nuestro sistema solar. La misión del padre de Roy consistía en llegar hasta la periferia de éste para poder enviar mensajes a otros sistemas en busca de vida inteligente sin que la radiación solar interfiriese, una idea muy interesante. Y más interesante aún es cómo se plantea la forma de movernos por el sistema solar, con lo que llaman «nodos», lugares ya conquistados en los que se han establecido bases para, digamos, «hacer transbordo». La película hace además una acertada descripción acerca de cómo exponerse a largos periodos en gravedad cero puede afectar física y mentalmente.

«Al final, el hijo sufre los pecados del padre.» –Roy McBride.

CURIOSIDADES:

- *Ad Astra* significa «hacia las estrellas» en latín.
- James Gray pidió a los académicos de cine Leo Goldsmith y Gregory Zinman que le recomendasen películas experimentales sobre el espacio para poder inspirarse en fuentes menos conocidas y comerciales. Le pasaron una lista de 50 filmes.
- La idea para la película se le ocurrió al leer una frase célebre de Arthur C. Clarke: «O bien no estamos solos en el Universo, o bien lo estamos. Ambas ideas son igual de terroríficas».
- Según Gray, es como *La Odisea*, pero desde el punto de vista de Telémaco, el hijo que se queda atrás mientras Ulises vive aventuras.
- El director escuchaba transmisiones espaciales –ondas electromagnéticas encontradas en el espacio, convertidas a ondas de sonido– para meterse en ambiente antes de rodar.

SOLARIS

Espacioterapia de choque

PELÍCULA. Steven Soderbergh, 2002

Basada en la novela homónima de Stanislaw Lem de 1961, que ya tuvo dos versiones fílmicas anteriores, ambas en la Unión Soviética: un telefilme en 1968 y una película dirigida por Andrei Tarkovsky en 1972.

El psicólogo Chris Kelvin –George Clooney– es enviado a evaluar a los astronautas de la estación espacial que orbita el misterioso planeta Solaris, que no quieren volver a casa. No tarda en descubrir el motivo: copias idénticas de sus seres queridos han estado apareciendo en la estación y nadie sabe por qué. Y si antes no se lo acababa de creer, lo hace sin dudar cuando su difunta esposa Rheya –Natascha McElhone– aparece vivita y coleando allá arriba.

Con la calma

Una película lenta y contemplativa, pero con un suspense exquisito. La dirección y la fotografía son perfectas, como no podía esperarse menos de Soderbergh –*Traffic*–. Planos maravillosos, uso comedido del CGI, decorados muy ricos y mucho preciosismo en la iluminación. Igual que pasaría años más tarde en *Otra vida*, la idea de que estamos en un futuro próximo plausible la vemos por la dirección de arte de toda la parte que pasa en la Tierra, con interiores muy normales y cotidianos, pero que contienen algunos elementos tecnológicos muy avanzados aquí y allá. Soderbergh decía que si no se había acercado antes a la ciencia-ficción es porque no le interesa «el hardware», es decir, dar explicaciones sobre cómo avanzará la tecnología en el futuro. Pero la parte humana, el astronauta aislado en una nave reviviendo su pasado, ésa fue la idea de la película de Tarkovsky que le atrajo hacia el *remake*.

El abismo te devuelve la mirada

Lo que hace más memorable a *Solaris* es su inmenso simbolismo. Tira mucho de Nietzsche, su idea de que estamos predestinados a repetir nuestro pasado y sus dudas sobre Dios. Gira en torno a lo humano y lo divino, empezando ya por la estación espacial llamada Prometheus que se ha acercado demasiado a un planeta que casi parece Dios para «robarle el fuego». Una pista al respecto la tenemos en la conversación teológica que tienen Chris y Rheya en los *flashbacks*, sobre que Dios no tiene por qué ser antropomórfico. Solaris es representado como un ente de cualidades casi místicas, más divino que astrofísico. Está vivo y cambia constantemente. Es un planeta, aunque visualmente parece una estrella de alucinantes colores, y de algún modo tiene el poder de crear copias de la gente a la que añoramos y hacerlas creer que son reales. Más que como un planeta, se comporta como un misterioso dios omnisciente.

«*No existen respuestas, sólo elecciones.*» –Gibarian.

CURIOSIDADES:

- Soderbergh escribe y dirige, pero además es director de fotografía y montador bajo seudónimo. En *Traffic* usó el seudónimo Peter Andrews –el nombre y segundo nombre de su padre– y en *Solaris* Mary Ann Bernard –el nombre de soltera de su madre–.
- George Clooney afirma que este es el papel más difícil y terrorífico que ha interpretado jamás, porque es pura emoción sin acción, algo muy complicado de hacer.
- El primer actor al que el director Steven Soderbergh y el productor James Cameron querían para el papel de Chris Kelvin fue Daniel Day-Lewis.
- En la novela original de Lem, la esposa de Kelvin se llamaba Harey. En la película se llama Rheya, un anagrama del nombre usado por Lem.
- Uno de los dos hombres que acuden a casa de Chris al principio de la película para traerle el mensaje de Gibarian pidiéndole ayuda es un joven John Cho.

INTERSTELLAR

Spaception

PELÍCULA. Christopher Nolan, 2014

En un futuro distópico en que la humanidad, para variar, está en peligro, una nave cruza un misterioso agujero de gusano desde Saturno hacia una galaxia remota en busca de un mundo habitable al que evacuar a toda la especie. Una vez allí, comienzan las distorsiones temporales, las paradojas y la metafísica de Nolan. Un elenco de hierro con un Matthew McConaughey en estado de gracia, Anne Hathaway, John Litgow, Jessica Chastain y Michael Caine.

Sin prisa pero… ¿sin pausa?

Interstellar representa de forma brillante la lentitud y enormidad del espacio exterior sin perder la tensión narrativa. Bueno, al menos a partir del momento en que empiezan a pasar cosas, porque el inicio de la película peca de lo mismo que la mayoría de la filmografía de Nolan: una presentación de personajes excesivamente larga y con mucho relleno, que se podría haber recortado o narrado mediante *flashbacks* para que lo emocionante no tardase tanto en arrancar –y durase dos horas en lugar de tres–. De todos modos, la narración del contexto es interesante, presentando ese futuro en que la manipulación mediática ha convencido a la humanidad de que la ciencia es mala y la investigación espacial es vista como una aberración antinatural.

Equilibrio

La ciencia es uno de sus puntos fuertes, con un gran esfuerzo en su precisión que habría deleitado a Robert A. Heinlein. La idea original fue del físico Kip Thorne, que

ejerce de productor y de asesor científico. El guion mantiene un equilibrio perfecto entre un gran rigor científico y a la vez una gran carga metafísica, entrecruzando el tiempo con la gravedad y remarcando la figura invisible de esos misteriosos «ellos» que ayudan a la humanidad. Si unimos esto a la fuerza emocional de la historia –la escena en la que McConaughey visiona los mensajes de sus hijos veintitrés años después pone la piel de gallina–, el resultado es una película que, aunque tarde en arrancar, es simplemente preciosa.

Luz en la oscuridad

Con lo que le gusta a Nolan la iluminación acromática, qué mejor producto podía lanzar que una película del espacio. Ahí no necesita más colores que el blanco, el negro y el gris, que son su sello personal. La representación visual de la entrada al agujero de gusano y cómo la realidad se distorsiona en torno a él es espectacular. Y la representación del agujero negro, la más precisa que se haya realizado jamás en el cine. Tenemos que dar gracias de ello a Thorne, que realizó cálculos matemáticos sobre cómo se comportaría la luz en torno a ambos fenómenos, ecuaciones que luego se aplicaron al software de CGI.

«No puedo ser tu fantasma. Tengo que existir.» –Cooper.

CURIOSIDADES:

- Matt Damon interpreta a un astronauta varado en soledad en un planeta lejano, algo que repetiría un año después en la maravillosa *Marte*.
- Kip Thorne es un famoso físico que trabajó en Caltech y siempre tuvo una fijación con explicar los misterios de la relatividad al amplio público de forma comprensible. Fue él quien recomendó a Carl Sagan utilizar el concepto del agujero de gusano en *Contact* y desde entonces siempre quiso explicarlo mejor en una película propia.
- Para las escenas del agujero negro y el agujero de gusano, hubo algunos fotogramas que tardaron hasta cien horas en renderizarse.
- Según los montadores, los efectos eran tan complejos y pesados que la película entera ocupaba 800 terabytes.
- Los efectos visuales se llevaron un Oscar y también fueron nominados el sonido, la dirección artística y la banda sonora de Hans Zimmer.

GRAVITY

Ground control to major Bullock

PELÍCULA. Alfonso Cuarón, 2013

Un accidente en una lanzadera espacial deja a los astronautas Ryan Stone –Sandra Bullock– y Matt Kowalski –George Clooney– varados en el vacío, desesperados por encontrar una forma de volver a casa. Una película ganadora de siete Oscars con un reparto muy reducido.

Todo sale mal

Gravity es, básicamente, una película de náufragos trasladada al espacio. Su narración es asfixiante, volcada en expresar el agobio y la desorientación mediante los planos, el ritmo narrativo y la perfecta interpretación de los dos actores. El corte de comunicaciones con la Tierra sirve para potenciar el efecto de soledad e impotencia del náufrago varado en una isla desierta. El tema central es la Ley de Murphy, con más y más adversidades dificultando la supervivencia de Ryan y Matt: restos de chatarra espacial que causan daños irreparables, incendios, choques aleatorios, malfuncionamiento de la tecnología. Pero el mensaje de la película es muy claro: hay que mantener siempre la esperanza por mal que vayan las cosas.

¿Qué diablos pasó en el Mardi Gras del 87?

Los personajes lo son todo en el cine de Cuarón y los de *Gravity* están espectacularmente escritos, dos personas completamente opuestas que se complementan a la perfección. Matt es un astronauta experimentado que se encuentra en su última misión antes de retirarse, está de vuelta de todo y sólo habla de las cosas que va a echar de menos. Ryan es joven y primeriza, observa el espacio por primera vez con fascinación, con los ojos del espectador. Ryan tiene un pasado trágico, mientras que Matt es un graciosillo que no deja de contar una y otra vez sus divertidas batallitas provocando las burlas de sus compañeros. Es una pena que no le dejen acabar de contar su anécdota sobre el Mardi Gras de 1987 y nunca lleguemos a saber a qué o a quién llevaba su amiga de la mano.

Hijos del espacio

Tan visualmente arrebatadora como cabía esperar de una película del director de *Hijos de los hombres*. Majestuosamente contemplativa, con planos que quitan el aliento –especial mención a esa imagen en que Ryan está llorando y hay un cambio de foco hacia una de sus lágrimas flotando en primer término–. Y, por supuesto, los planos secuencia que son su marca personal: ya el de la escena de apertura dura nada menos que trece minutos. Cuarón afirma que se tomó ciertas libertades en cuanto al realismo científico –al fin y al cabo, estaba haciendo una película, no un documental–, pero aun así intentó ser muy fiel en cuanto a la forma en que reaccionan los objetos en gravedad cero. El trabajo de creación fue titánico: toda la película fue hecha primero en animación, luego se iluminó y luego se rodó la imagen real. Sandra Bullock estuvo nominada al Oscar por su impresionante actuación y, la verdad, se merecía volver a ganarlo.

«Media Norteamérica se acaba de quedar sin Facebook.» –Matt Kowalski.

CURIOSIDADES:

- El guion está escrito a dos manos entre Alfonso Cuarón y su hijo Jonás.
- Cuarón está muy orgulloso, pero no quiere volver a dirigir una obra del espacio porque le llevó cuatro años y medio. En una entrevista para *Wired* aseguraba que su próximo proyecto sería cualquier película en que los personajes pudieran andar por el suelo.
- El director afirma que el trabajo para los dibujantes y animadores fue durísimo porque una película de gente flotando en el espacio no tiene los dos conceptos básicos en los que se basa el dibujo: horizonte y peso.
- Natalie Portman y Angelina Jolie rechazaron el papel de Ryan Stone.
- Sandra Bullock tuvo que entrenar muy duramente para las coreografías de movimiento, que se rodaban en una sala demasiado pequeña y tenían que calcularse al milímetro, pero su pasado como bailarina la ayudó mucho a ello.

SUNSHINE

Rayando el Sol

PELÍCULA. Danny Boyle, 2007.

El Sol se está muriendo y todo el sistema solar va a ir detrás. Siete años después del trágico fracaso de una misión espacial, la Tierra recibe una transmisión que indica que podrían seguir vivos y decide enviar a una segunda nave con el mismo objetivo: detonar una bomba atómica en el Sol para reavivarlo. Intachable interpretación de Cillian Murphy, Rose Byrne y Chris Evans.

Demasiada luz puede dañar la vista

Como casi siempre que alguien va al espacio en una película de corte pretendidamente realista, la misión se va al infierno por fallos técnicos que a los que tenemos pánico a los aviones nos hacen escondernos bajo la cama. En ciertos momentos, la película se pone muy metafísica y hasta tiene cierto puntito de terror que recuerda a *Horizonte Final*, aunque lo interesante es que, como ya pasaba en la anterior obra de Boyle *28 días después*, en este caso el miedo no lo causa la oscuridad sino un exceso de luz. Danny Boyle insiste en que el espacio es un lugar aterrador que impone respeto, que una película espacial no debe ser mero entretenimiento palomitero, sino algo que tomarse muy en serio y con la reverencia que se merece.

El Sol me acaricia con sus rayos

La dirección de Boyle es como siempre impecable, equilibrando los momentos contemplativos con los más caóticos. La estética es muy agradable, con naves y tecnologías fascinantes a la vista. La vida en la nave está muy bien presentada, vemos con detalle cómo cultivan su comida en los invernaderos interiores y cómo pasan el tiempo los astronautas en un viaje largo y aburrido. Algo que quedará interrumpido por la clásica escena, siempre agradecida por cualquier fan de la ciencia-ficción, del hallazgo de una escalofriante nave abandonada cuyos misterios explorar. Algo que los personajes deberían haberse pensado dos veces, porque ya la mera idea de bautizar como Icarus a una nave que debe acercarse al Sol era llamar al mal tiempo.

«Si os despertáis por la mañana y hace un día especialmente bonito, sabréis que lo conseguimos.»

–Robert Capa.

CURIOSIDADES:

- El guionista Alex Garland escribió la novela *La Playa* en 1996, lo que hizo que muchos críticos le considerasen una de las grandes voces de la Generación X.
- Además de ser guionista habitual de Boyle, Garland ha seguido dedicándose a menudo a la ciencia-ficción, por ejemplo escribiendo el guion de *Dredd* en 2012 y dirigiendo *Ex Machina* en 2014 y *Aniquilación* en 2018.
- La mayor parte de los actores de la película han aparecido en películas de superhéroes: Cillian Murphy fue el Espantapájaros del *Batman Begins* de Nolan, Chris Evans ha sido la Antorcha Humana y el Capitán América, Rose Byrne fue Moira MacTaggart en la película buena de los X-Men, Benedict Wong es Wong en *Doctor Extraño*, Mark Strong es el villano de ¡*Shazam*! y Hiroyuki Sanada el Samurai de Plata en *Lobezno inmortal*.
- Boyle hizo que los actores convivieran dos semanas en una residencia universitaria antes de comenzar el rodaje, para que se metieran en el papel.
- El director asegura que el casco de Cillian Murphy está inspirado en la capucha de Kenny de South Park.

FINAL SPACE

Futurama meets BoJack Horseman

SERIE DE ANIMACIÓN. David Sacks y Olan Rogers, 2018 en adelante

Gary Godspeed es un preso solitario en la nave Galaxy 1, culpable de hacerse pasar por militar de la Guardia del Infinito para intentar ligar con la capitana Quinn Ergon –o, según los siempre pintorescos subtítulos de Netflix, «Aragón» –. Gary adopta a un adorable bichito espacial al que llama Mooncake, que en realidad resulta ser un arma de destrucción planetaria buscada desesperadamente por el villano cósmico Lord Comandante –el mismísimo David Tennant–. Este pretende usarlo para desbloquear una singularidad cósmica llamada Espacio Final, que podría abrir un portal a otro Universo y tragarse el nuestro.

Godspeed, Gary

Puede que en un primer momento el diseño de personajes tan minimalista te recuerde a *Padre de familia* y sus derivados, pero que no te engañen, *Final Space* es una historia profunda, existencialista y sobre todo rara, muy rara. A caballo entre la comedia y la Space Opera, su punto fuerte es su sorprendente profundidad dramática y metafísica, así como sus interesantísimos personajes. La idea narrativa de partida es muy potente: un tipo flotando en el espacio con sólo nueve minutos restantes de oxígeno –un minuto menos al principio de cada capítulo- y luego ya pasamos a la historia de cómo llegó ahí. Pero encima esa historia en *flashbacks* se intercala con otros *flashbacks* aún anteriores, que al principio pueden resultar incomprensibles, pero que nos hacen intuir que detrás de todo hay algo mucho más inmenso, místico y misterioso.

El saco de las grandes ideas no tiene fondo

Final Space no es una de esas series en que tus amigos te dicen «aguanta hasta el quinto capítulo, entonces te engancharás», sino que entra de lleno en la trama y te convierte en un adicto desde el primer instante. La riqueza de sus llamativas ideas es apabullante. Tira mucho de paradojas cuánticas, aunque sea dándoles un aire fantasioso. Viajes temporales, vehículos futuristas, criaturas extrañas, asteroides que en realidad son huevos de gigantescos gusanos temporales, una catarata en medio del espacio de la que en lugar de agua fluye espaciotiempo en estado líquido, o incluso una dimensión llamada Interespacio que existe entre el espacio normal y el hiperespacio. Y por encima de todo, es físicamente imposible que exista un nombre más genial para un guerrero espacial felino que Avocato.

Aún más grande, aún más Final

La primera temporada termina con un *cliffhanger* tan tremendo que revolcarte por el suelo soltando espuma por la boca sería una reacción perfectamente proporcionada. Por suerte, la segunda ya está disponible y es incluso más increíble que la primera. Más hilarante en su parte cómica –tiene hasta una escena musical con *Footloose* de Kenny Loggins–, pero sin dejar de lado sus impactantes giros de guion ni su preciosa profundidad emocional, la piedra angular de la serie. La mitología interna va creciendo en esta segunda andadura y se va volviendo incluso más rica y fascinante. Además incorpora a geniales nuevos personajes como Ash Graven y una nave espacial con un diseño maravilloso, la Crimson Light.

Lo más bonito que verás jamás

La parte visual de la serie deja con la boca abierta. Su animación está logradísima y los diseños de escenarios son espectaculares, en una fusión perfecta de lo simple –los personajes– y lo vibrante –su entorno–. Algunos diseños de personajes, aunque simples, son muy originales y llamativos, como ese anciano sin ojos en la cara pero con cuatro flotando a su alrededor –que encima tiene un nombre de villano tan perfecto como Stevil–. Y el alucine visual va cada vez a más, con diseños conceptuales que son una verdadera delicia. Además de la música, por supuesto, tan bien colocada en los momentos idóneos que pone la piel de gallina.

«Una trampa no es más que una convocatoria de casting para héroes.» –Gary Godspeed.

CURIOSIDADES:

- Conan O'Brien no es sólo doblador, sino también productor de la serie.
- Olan Rogers creó el piloto de tres minutos para una serie de animación –con dibujos terribles– llamada *Gary Space* y lo subió a su canal de Youtube, pero nunca llegó a continuarla, porque de ahí germinó la idea para *Final Space*.
- El piloto original de siete minutos, ya con el diseño y animación definitivos pero algo distinto al producto final en su guion, también puede verse en el canal de su creador.
- La pasión de los creadores de la serie por *Enano rojo* es más que palpable: un hombre solo en una nave remota como castigo por un crimen que tampoco nos parece para tanto, acompañado de un hombre-gato y un compañero de habitación al que odia.
- Muchas de las voces de la serie son de actores de otras grandes franquicias de la ciencia-ficción: David Tennant –*Doctor Who*–, Ron Perlman –*Alien: Resurrección*–, Claudia Black –*Farscape*–, Gina Torres y Alan Tudyk –*Firefly*–, Christopher Judge –*Stargate SG-1*– o John DiMaggio –*Futurama*–.

La paja mental en el ojo ajeno

PELÍCULA. *2001: A Space Odyssey*. Stanley Kubrick, 1968.

Sin duda una de las obras cinematográficas más aclamadas de todos los tiempos, basada –entre otras fuentes– en el relato breve de 1948 *El centinela*, del legendario Arthur C. Clarke. Otro de los materiales de inspiración fue *La Odisea* de Homero –de ahí el título–, ya que Kubrick opinaba que para los griegos lo misterioso del vasto océano debía ser como para nosotros el espacio exterior, algo que ya hemos comentado en anteriores capítulos.

1968: Una odisea lisérgica

En el relato de apenas nueve páginas, se encontraba un extraño artefacto en la Luna y se especulaba que había sido dejado allí milenios atrás por una antigua raza alienígena con un avance tecnológico inimaginable para nosotros, como una señal de alarma para que, si algún día los humanos la activamos o la destruimos, sepan que hemos alcanzado el viaje espacial. Apenas uno de los puntos que componen la película, coescrita por el propio Clarke. En esta, el monolito emite una señal de radio hacia Júpiter y una nave terrícola va para allá a ver qué se cuece. Pero el ordenador de a bordo, HAL 9000, se rebela y empieza a matar a todos los tripulantes. Cuando el único superviviente llega a Júpiter, se desata la locura final, que parece grabada usando LSD en lugar de negativo y que hace a *Donnie Darko* y el final de *Neon Genesis Evangelion* perfectamente lineales y comprensibles.

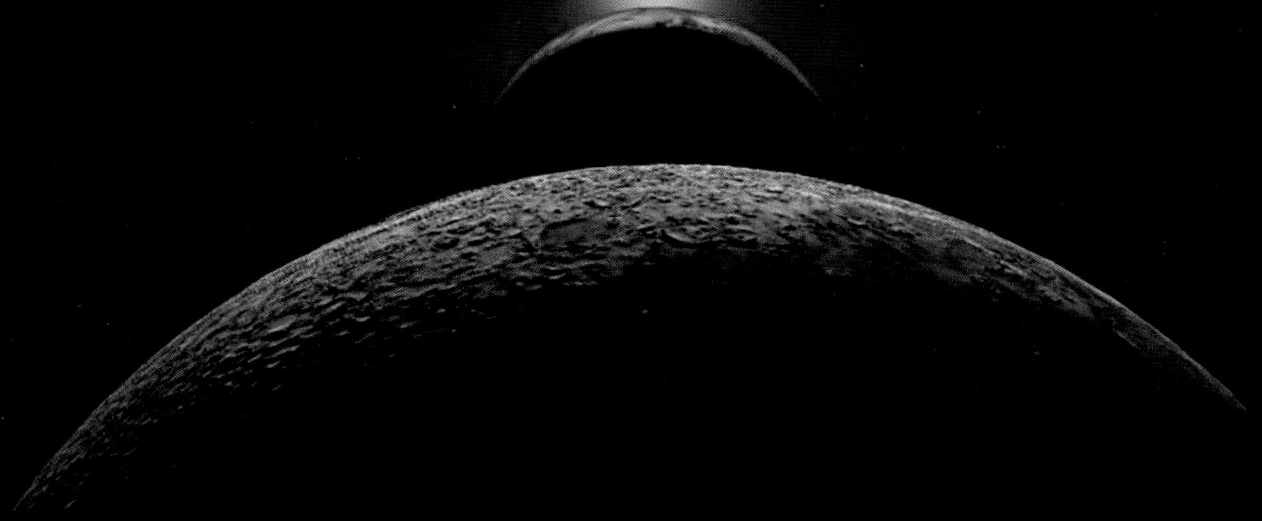

Tan, tan, taaan... TARAAAN

El complejo guion hace un uso extremo del simbolismo, hasta llegar a momentos en los que no entiendes nada –lo que no le resta genialidad, pero sí que pone un poco nervioso-. Y se nota de qué década es, porque es la película más lisérgica que jamás se haya rodado. Hay un fuerte contraste entre el preciso realismo científico aplicado al funcionamiento de la nave y el misticismo hippie de la escena final, aderezado con las profundas conversaciones filosóficas con HAL. Se han generado interminables debates acerca de cuál es su verdadero significado, probablemente más que en ninguna otra película jamás rodada. En la novelización posterior, escrita a medias por Clarke y Kubrick, se explica mejor el significado de todo y se deja mucho menos a la imaginación, pero la versión fílmica queda mucho más abierta a interpretaciones.

Sigue rodando

Tanto en dirección como en fotografía es simplemente perfecta, debido a que Kubrick sufría de una curiosa condición médica: era físicamente incapaz de rodar un plano que no fuera magistral. Sus efectos especiales, que no en vano ganaron un Oscar, son muy interesantes por estar realizados mediante trucos de cámara, retroproyecciones de matte paintings y distorsiones de lentes. Lo más impresionante son

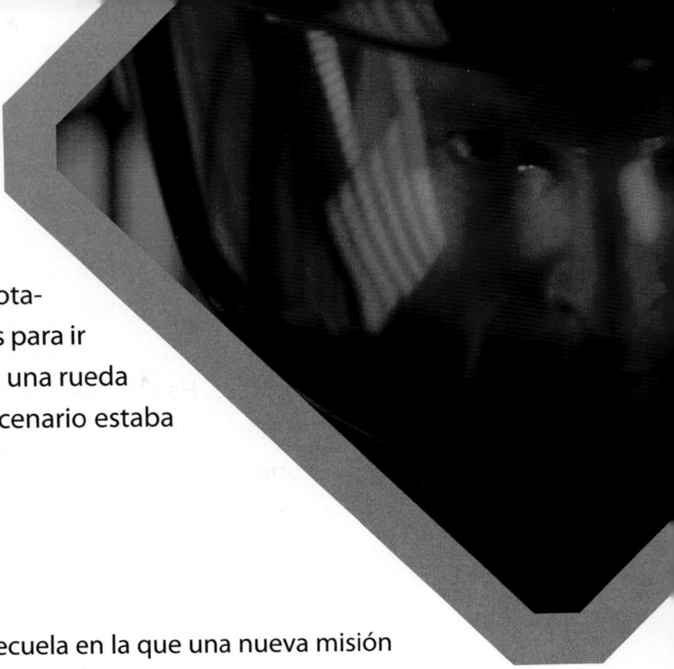

los famosos decorados giratorios: planos en los que los astronautas parecen caminar por las paredes circulares como si no hubiera gravedad, rodados en realidad en complejos escenarios que rotaban sobre sí mismos, con la cámara acoplada a ellos para ir girando también y los actores caminando como en una rueda de hámster. La sensación visual era la de que el escenario estaba quieto y era el personaje el que se movía de lugar.

Suma y sigue

En 1982, Arthur C. Clarke escribió *2010: Odisea dos*, secuela en la que una nueva misión espacial va a Júpiter y así Dave Bowman consigue regresar a nuestra dimensión, pero ahora convertido en un ser incorpóreo hecho de energía y conocimiento. Tras una visita a la Tierra, Dave explora Júpiter y sus lunas, observando diversas formas de vida primitivas e interesantes. Y el final es incluso más enloquecido que en la primera parte. Aún publicaría dos entregas más, *2061: Odisea tres*, en 1987, y *3001: Odisea final*, en 1997. *2010: Odisea dos* fue adaptada a cine en 1984, protagonizada por Roy Scheider, John Lithgow y Helen Mirren.

«¿Qué te crees que estás haciendo, Dave?» –HAL 9000.

CURIOSIDADES:

- Seleccionada para su conservación en la Biblioteca del Congreso de Estados Unidos por su valor histórico y cultural.
- Nombrada la mejor película de todos los tiempos por *The Moving Arts Film Journal*.
- El inicio con los homínidos alrededor del monolito, mientras suena *Así habló Zarathustra* de Johann Strauss, es una de las escenas de cine más imitadas y parodiadas. Uno de los ejemplos más divertidos está en *Zoolander*, cuando Ben Stiller y Owen Wilson se comportan como simios ante un ordenador.
- En el relato original, el monolito tenía forma de pirámide, pero tras varias pruebas de arte Kubrick decidió darle esa forma rectangular que todos recordamos.
- Según declaró Kubrick en una entrevista en 1980, la extraña escena final con Bowman envejeciendo y rejuveneciendo en el espacio se debe a que ha sido capturado por dioses alienígenas hechos de energía invisible, que lo estudian como en un zoo.

Ciencia-exploración

Viajes estelares en estado puro.

«Con los cohetes, satélites y naves espaciales que estamos creando ahora, estamos polinizando el Universo.»

–Neil Young, cantautor

Algunas obras se dejan de subgéneros y se centran al cien por cien en la exploración espacial, los viajes intergalácticos como centro temático por encima de cualquier cruce estilístico. Son obras a las que podríamos llamar ciencia-ficción espacial «pura», cuyo principal tema es viajar por el cosmos descubriendo cosas nuevas y ya está. No por ello están siempre exentas de otros subgéneros, a veces pueden tener su toque cómico o de otros estilos, pero éstos suelen ser secundarios y prima siempre el concepto del descubrimiento de lo desconocido.

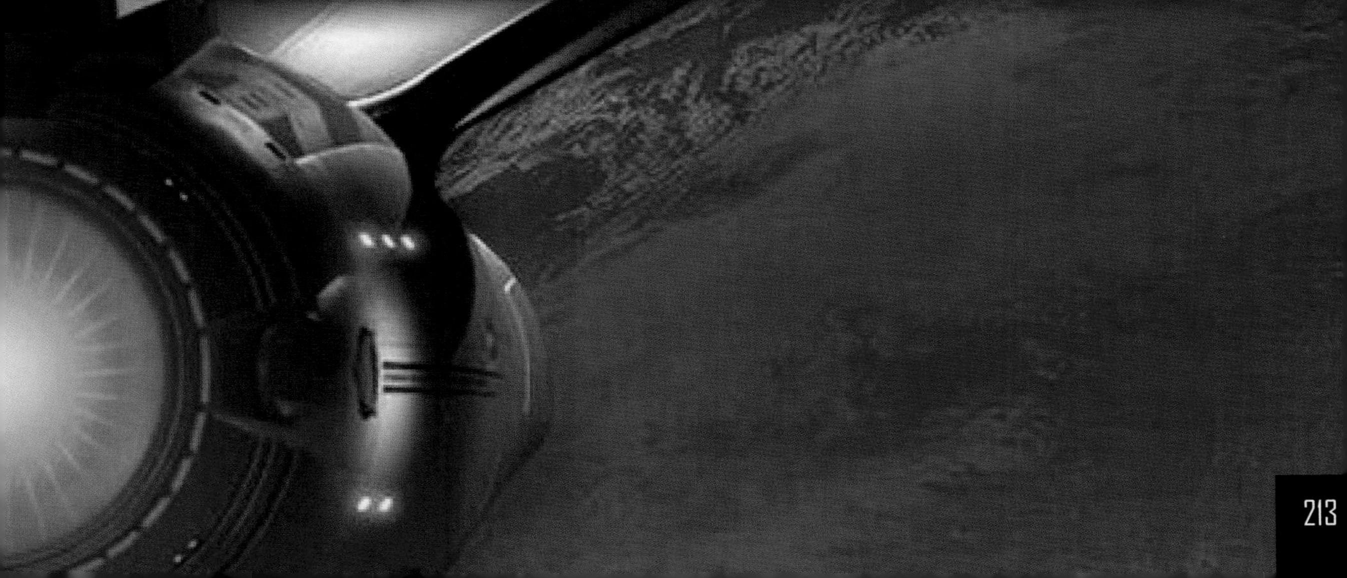

STAR TREK

El espacio, la última frontera

FRANQUICIA. Gene Roddenberry, 1966 en adelante

«El espacio, la última frontera. Estos son los viajes de la nave estelar *Enterprise*. Su misión de cinco años: explorar nuevos mundos desconocidos, buscar nuevas formas de vida y nuevas civilizaciones, llegar audazmente adonde ningún hombre ha llegado antes.» Así definía James T. Kirk el espíritu de una de las franquicias más legendarias y eternas de la ciencia-ficción, con 54 años ya a sus espaldas. Un grupo de héroes vive aventuras explorando el espacio, ayudando a quienes lo necesitan e intentando mantenerse siempre firmes en sus principios éticos. Siempre con un espíritu pionero, buscando nuevas y fascinantes civilizaciones desconocidas.

Donde ninguna franquicia ha llegado antes

Roddenberry no estuvo solo en la creación de la serie, que también debe mucho a su otro guionista Gene L. Coon, a quien hay que agradecer la creación de conceptos como la Primera Directiva, la Federación de Planetas Unidos –no confundir con la Federación de Planetas Federados de los cómics *Fanhunter* de Cels Piñol– o los belicosos Klingon, los villanos más emblemáticos de la saga. Es muy difícil condensar en unos pocos párrafos una franquicia que se ha expandido en todas direcciones con películas, series, novelas, cómics, videojuegos y secuelas de los *spin-offs* de las precuelas de… uf, ya me he perdido –y la continuidad Trekkie también–. Resumiendo las vertientes fílmica y televisiva, éstas son las nueve series y trece películas –de momento– que componen esta franquicia. Y todo esto mientras esperamos a la nueva entrega que está preparando nada menos que Quentin Tarantino.

Valores estelares

Los temas centrales son el pacifismo, la corrupción del poder, la teología, el espíritu aventurero y la igualdad de raza y género. Roddenberry ya hacía crítica social sin sutilezas en el género fantástico en una época en que no era nada común –exceptuando a Marvel–. La serie original tuvo problemas por sus ideas «demasiado hippies» para la época: a la CBS no le hacía gracia que la segunda al mando fuera mujer o que George Takei fuera asiático. Precisamente Roddenberry quería presentar la idea de un futuro limpio y esperanzador en el que ya no existan el racismo ni el sexismo, en que los poderes fácticos tengan como principal objetivo la paz. Como cuenta Doc Pastor en *Star Trek: El viaje de una generación*, el polémico beso de Kirk y Uhura fue uno de los primeros besos interraciales en televisión, al menos en Estados Unidos y en un programa de gran alcance, lo que causó un gran revuelo.

SERIES

- *Star Trek* –apodada a posteriori *The Original Series*–. 1966-1969. La más legendaria, con William Shatner, Leonard Nimoy y George Takei.
- *Star Trek: La serie animada*. 1973-1975. Serie de dibujos con las voces de los actores originales.
- *Star Trek: La nueva generación*. 1987-1994. La serie con la que muchos crecimos, con Patrick Stewart, LeVar Burton, Brent Spiner y Wil Wheaton.
- *Star Trek: Espacio Profundo Nueve*. 1993-1999. Con el inolvidable Armin Shimerman como Quark.
- *Star Trek: Voyager*. 1995-2001. Con Robert Picardo.
- *Star Trek: Enterprise*. 2001-2005. Con Scott Bakula y Jolene Blalock.
- *Star Trek: Discovery*. 2017 en adelante. Con Doug Jones y Wilson Cruz.

Star Trek: Short Treks. 2018 en adelante. Una serie de cortometrajes canónicos que expanden *Star Trek: Discovery* y preparan el terreno para *Star Trek: Picard.Star Trek: Picard*. 2020. Secuela de *Star Trek: La nueva generación* que narra las nuevas aventuras de Picard después de dejar la *Enterprise*.

PELÍCULAS

SAGA ORIGINAL
- *Star Trek: La película*. 1979.
- *Star Trek II: La ira de Khan*. 1982.
- *Star Trek III: En busca de Spock*. 1984.
- *Star Trek IV: Misión, salvar la Tierra*. 1986.
- *Star Trek V: La última frontera*. 1989.
- *Star Trek VI: Aquel país desconocido*. 1991.

NUEVA GENERACIÓN
- *Star Trek: La próxima generación*. 1994.
- *Star Trek: Primer contacto*. 1996.
- *Star Trek: Insurrección*. 1998.
- *Star Trek: Némesis*. 2002.

REBOOT
- *Star Trek*. 2009.
- *Star Trek: En la oscuridad*. 2013.
- *Star Trek: Más allá*. 2016.

Los fans, la primera frontera

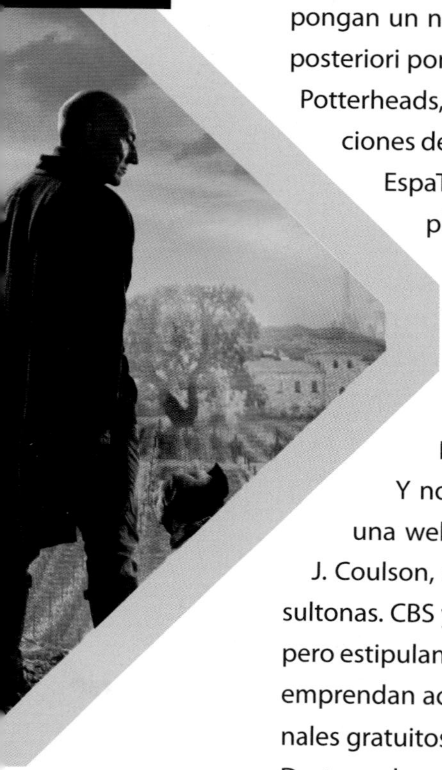

El fandom de *Star Trek* es uno de sus elementos más impactantes. Y es que dio lugar al movimiento fan tal y como lo conocemos a día de hoy: convenciones, disfraces, merchandising a escala global... incluso la mera idea de que los fans de una historia se pongan un nombre llamativo que lucir con orgullo, como los Trekkies, algo imitado a posteriori por el fandom de otras muchas franquicias –Browncoats, Hunters, Whovians, Potterheads, Tributes, Marvel Zombies, Scoobies, X-Philes–. Existen numerosas convenciones de *Star Trek* a lo ancho del mundo, de gran éxito y afluencia. Aquí tenemos la EspaTrek anual, cuya edición de 2008 se celebró en Terrassa (Barcelona) y tuve el placer de asistir y charlar con Armin Shimerman –Quark de *Star Trek: Espacio Profundo Nueve* o el director Snyder en *Buffy cazavampiros*–.

Extracanónico

Existe una inabarcable cantidad de material alternativo realizado por fans. Y no sólo las típicas *fan fictions* escritas en Comic Sans que encontrarías en una web oscura con diseño noventero y que harían las delicias del agente Phil J. Coulson, sino incluso películas de bajo presupuesto, algunas de ellas bastante resultonas. CBS y Paramount siempre han sido benévolos con el material hecho por fans, pero estipulan en la web oficial de la franquicia ciertas reglas a cumplir si no quieren que emprendan acciones legales: que sea amateur, sin fines económicos, distribuido en canales gratuitos, sin cobrar por publicidad, sin copias físicas, para todos los públicos, etc. Destacan la serie *Star Trek continúa*, de 2013 a 2017, con actores desconocidos interpretando al elenco original; la miniserie *Star Trek: Odyssey* de 2007, una reinvención de La Odisea griega en el universo Trekkie; o la miniserie de dos capítulos *Star Trek: Renegados*, que llegó a contar con actores como Edward Furlong, Sean Young y Corin Nemec.

Películas estelares

De las oficiales, cualquier Trekkie te dirá sin dudar que la más emblemática es *Star Trek II: La ira de Khan*, de 1982, con Ricardo Montalbán como uno de los villanos más recordados de la historia de la ciencia-ficción, derrochando carisma por todos sus poros. Y encima con una joven Kirstie Alley, interpretando de forma espléndida a una versión juvenil de Spock. En 1994 llegó la película *Star Trek: La próxima generación*, que unía por primera vez a los capitanes Kirk y Picard, dándole al protagonista original el final épico que se merecía. Kirk moría, sí, pero luego el propio William Shatner, junto a Judith y Garfield Reeves-Steven, se encargó de la trilogía de novelas no canónicas *Odyssey*, en las que volvía a la vida para nuevas aventuras.

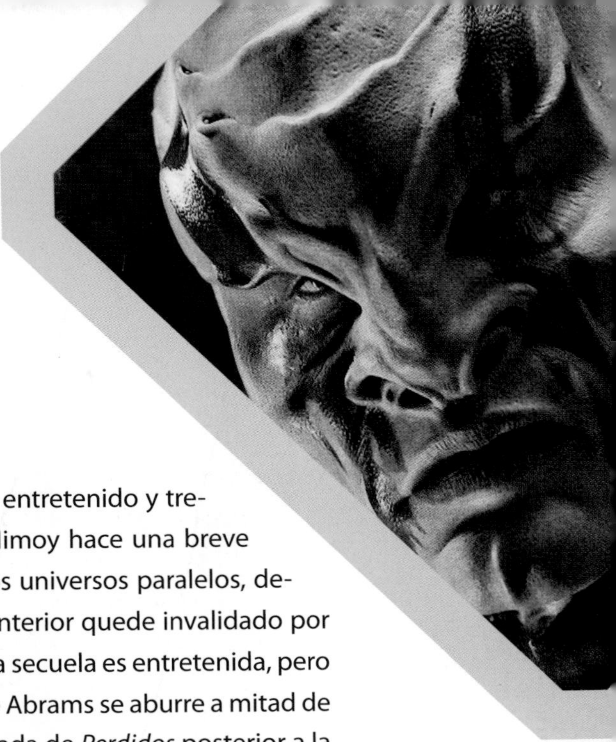

Reencendemos motores

El reboot de 2009, pese a ser de J.J. Abrams, es realmente entretenido y trepidante, plagado de buenas ideas. El Spock original de Nimoy hace una breve aparición para hablarle a su versión Zachary Quinto de los universos paralelos, dejando clara la tesis de que un reboot no significa que lo anterior quede invalidado por arte de magia, sino que es sólo una nueva aproximación. La secuela es entretenida, pero de una calidad muy inferior, como suele pasar siempre que Abrams se aburre a mitad de trabajo –véase *El ascenso de Skywalker* o cualquier temporada de *Perdidos* posterior a la segunda–, salvada por un fantástico Benedict Cumberbatch como Khan.

«*Té. Earl Grey. Caliente.*» –Capitán Jean-Luc Picard.

CURIOSIDADES:

- Uno de los méritos de la serie original fue empezar a hablar de la conquista del espacio como algo real e incuestionable tres años antes de que el hombre llegase a la Luna.
- Gene Roddenberry no se tomó nada bien las películas, que se alejaban de lo que había creado, al menos hasta que volvió como creador de *Star Trek: La nueva generación*.
- Eddie Murphy, acérrimo Trekkie, estuvo a punto de tener un papel cómico en la cuarta película, por petición suya a la productora, que por entonces le mimaba mucho. Leonard Nimoy acabó convenciéndole de que era mejor no mezclar géneros de forma tan brusca.
- Nimoy, además de interpretar al Spock original, dirigió la tercera y cuarta entregas cinematográficas. Otras de sus películas como director fueron el telefilm de 1981 *Vincent*, sobre Van Gogh, y la comedia de 1987 *Tres hombres y un bebé*.
- La serie *Andromeda*, protagonizada por Kevin Sorbo, tiene un aire extremadamente Trekkie debido a que parte de material inédito escrito por el propio Roddenberry.

OTRA VIDA

Toda la ciencia-ficción junta

SERIE. *Another Life*. Aaron Martin, 2019 en adelante

La nave alienígena más rara que te puedas imaginar se estrella en la Tierra y se convierte en un extraño artefacto diamantino que nadie comprende. La nave terrícola Salvare, comandada por la astronauta Niko Breckinridge –Katee Sackhoff–, es enviada por un agujero de gusano hacia otra galaxia para intentar contactar con la misteriosa civilización que envió el artefacto, los Acaya. Por el camino, se encontrarán con todo tipo de aventuras y paradojas que pondrán a prueba su cordura y la del espectador. En la Tierra, el marido de Niko, el científico Erik Wallace –Justin Chatwin– intentará desentrañar el misterio del artefacto e impedir que una insufrible influencer de internet –Selma Blair– lo eche todo a perder.

Otra narrativa

Una magistral lección sobre cómo combinar todos los elementos de la ciencia-ficción en una sola serie y que no resulte cargante, sino apasionante y equilibrada. Cada capítulo es una nueva sorpresa basada en un aspecto concreto de la exploración espacial –hasta tiene un episodio

que es cien por cien *Alien, el octavo pasajero*–. Y no es una de esas series que empiezan lentas y tardan en volverse interesantes: al igual que con *Final Space* o con *Happy!*, tardarás apenas un minuto en engancharte y, una vez que empieces, ya no podrás parar. Una historia de tensión en un espacio cerrado con una tripulación crispada, pero a la vez sobre las infinitas maravillas que ofrece un lugar tan inabarcable como es el espacio exterior. Sus giros de guion son impresionantes, están muy bien colocados y consiguen sorprender de verdad, algo que es muy de agradecer a estas alturas en las que ya estamos de vuelta de todo en el cine y la televisión.

Otra ciencia

Muchos de los peligros representados se basan en conceptos científicos reales, dándoles la vuelta para llevarlos de la ciencia a la ficción, con un nivel de extrañeza conceptual que a veces recuerda a *Aniquilación* –Alex Garland, 2018–. Pero no te asustes, aunque los protagonistas hablen entre ellos como cerebritos, siempre hay alguno que resume lo que está pasando de una forma más asequible para los que no somos astrofísicos. Además, incluso en los momentos de charla técnica a lo *Star Trek*, la acción sigue siendo trepidante. Sus personajes son interesantes, destacando por encima de todos la inteligencia artificial William –Samuel Anderson, *Doctor Who*–. Una serie que coge los clichés trillados de la ciencia-ficción espacial y sus subgéneros, les da la vuelta y los renueva en algo sencillamente brillante. Si te gustan esas series tipo *Juego de tronos* o *Los 100* en las que no puedes encariñarte de nadie, esta te va a dejar alucinando.

Otras ideas

Otra vida está llena de ideas maravillosas en lo visual y lo tecnológico. Resulta muy interesante la forma en la que se muestra esa Tierra futurista –pero no demasiado–, combinando elementos muy cotidianos y actuales con avances científicos impresionantes,

dando lugar a un escenario mucho más creíble que cuando a los creadores de ciencia-ficción se les va de las manos un futuro demasiado extravagante. Las llamadas telefónicas a larga distancia, por ejemplo, se hacen a través de hologramas muy vívidos y reales, pero que se distinguen por el muy acertado detalle de que la persona al teléfono está iluminada de forma distinta al resto de la escena –está en otro lugar y la luz de aquí no le afecta–. Goza de pequeños detalles muy bien pensados, como que las escafandras de los astronautas se empañen debido a su respiración, algo que es de sentido común pero que nunca se muestra en el cine. Y luego está esa extraña nave Acaya del primer episodio, cuyo aspecto visual es tan increíble como hipnótico.

«Quienquiera que dijo que la distancia más corta entre dos puntos es la línea recta era un puto mentiroso.» –Niko Breckinridge.

CURIOSIDADES:

- Uno de los protagonistas es JayR Tinaco, un actor/actriz no binario.
- Es curioso que los dos actores que más se lucen e impresionan con su papel sean Justin Chatwin –Goku en la terrible *Dragonball Evolution*- y Samuel Anderson –el insufrible Danny Pink en *Doctor Who*–, casi como una especie de redención bien merecida.
- La serie está rodada en Vancouver, donde se suelen rodar la inmensa mayoría de series estadounidenses, sobre todo las de ciencia-ficción.
- Blu Hunt, que interpreta a uno de los personajes más entrañables, August, podrá ser vista como la X-Men Dani Moonstar en *Los Nuevos Mutantes*.
- Katee Sackhoff, Tyler Hoechlin y Jessica Camacho también han coincidido en la serie del canal CW *The Flash*, respectivamente como Amunet, Superman y Gipsy.

Los Cuatro Fantásticos sin poderes

FRANQUICIA. *Lost in Space*. Irwin Allen, 1965 en adelante

Los Robinson son una familia de pioneros espaciales a bordo de la nave Júpiter 2, rumbo a un planeta supuestamente habitable en Alfa Centauri. El malvado Doctor Zachary Smith sabotea la nave y los deja dando tumbos por rincones desconocidos del Universo, explorando lugares fascinantes en busca de su improbable retorno a casa.

La serie original. 1965-1968

El sello de identidad de la franquicia es que los protagonistas no son una tripulación profesional, sino la típica familia americana con padre, madre y tres hijos adorables, lo que le da un tono al estilo de los inicios de los Cuatro Fantásticos: aventuras familiares para todos los públicos. Su imagen ha quedado muy marcada en el inconsciente colectivo como un hito de la cultura pop: sus platillos volantes de mentirijillas, los interiores de la

nave al más puro estilo *Doctor Who*, los créditos de apertura con dibujos psicodélicos... En las dos primeras temporadas apenas se veía el espacio, ya que cada una pasaba en un planeta, pero la tercera se centró más en el viaje espacial y los planetas iban variando en cada episodio. La primera temporada se emitió en blanco y negro, pero en la segunda llegó el color: para competir con el legendario *Batman* de ABC, la serie se volvió mucho más llamativa, cómica y exagerada, tanto en sus guiones como en sus coloridos uniformes kitsch.

La película. 1998

Este *remake* contaba con un estelar reparto: William Hurt, Mimi Rogers, Heather Graham, Lacey Chabert, Gary Oldman y Matt LeBlanc, al que cuesta muchísimo ver en una película de aventuras sin imaginarse que es Joey Tribbiani interpretando un papel. Su calidad de imagen y efectos especiales es increíblemente espectacular para la época, con unos diseños conceptuales de decorados y naves que se merecen un diez. Una película de ritmo muy cañero, divertidísima, con paradojas temporales interesantes y un Gary Oldman tan perfecto como siempre en su habitual papel de villano histriónico. Además, contaba con los cameos de algunos actores de la serie original, concretamente Mark Goddard, June Lockhart y Angela Cartwright.

La serie de Netflix. 2018 en adelante

Una versión inteligentemente renovada, con un impresionante nivel de imagen y una narración mucho más cercana a la que acostumbramos a día de hoy. El tono es mucho más espectacular y, pese a que sigue siendo un producto para todos los públicos, tiende a tirar hacia un drama un tanto más oscuro, ignorando por completo la parte cómica de sus predecesores. Entre su reparto cabe destacar a la siempre encantadora Parker Posey –un dato curioso que quizás no conozcas es que no amar a Parker Posey se considera delito en más de treinta países del mundo–. Esta nueva versión, por supuesto, también cuenta con algunos cameos de la serie original: Bill Mumy y Angela Cartwright, que interpretaban a los dos hijos menores Will y Penny en los sesenta.

«*El negro siempre fue mi color*» –Doctor Zachary Smith, en la película de 1998.

CURIOSIDADES:

- Algunas estrellas invitadas en la serie original fueron Kurt Russell o John Carradine.
- La web oficial de la película de 1998, www.dangerwillrobinson.com, rendía homenaje a la clásica frase recurrente del Robot de la serie, «¡Peligro, Will Robinson!»
- El tema musical de la serie de los sesenta estaba compuesto nada menos que por un jovencísimo John Williams. Tan joven que en los créditos aparecía aún como Johnny.
- En 2004 se rodó un episodio piloto para un nuevo remake, *The Robinsons: Lost in Space*, que nunca pasó de ahí. El director era el mismísimo John Woo –*Cara a cara, Broken Arrow: Alarma nuclear, Blanco humano*– y de los actores sólo destacaba la pobre Adrianne Palicki, que parece que se especializa en pilotos no emitidos.
- El personaje de Parker Posey en el remake de 2018 se llama June Harris, como guiño a los actores de la serie original June Lockhart y Jonathan Harris.

STA

ViAJeS eSPeCiALeS

Formas de viaje espacial sin naves

«El Universo no tiene ninguna obligación de tener sentido para ti.»

–Neil deGrasse Tyson, divulgador científico

Una constante para que podamos considerar que una obra es de ciencia-ficción espacial es que en ella aparezcan naves que surcan las estrellas. ¿Pero es esto siempre necesario? A veces, nos encontramos con algunas obras diferentes, que juegan a utilizar los elementos del género pero saltándose la parte de embarcarse en un cohete para ir de un sitio a otro. Su principal seña de identidad es el uso de tecnologías distintas para viajar entre planetas o incluso entre galaxias.

LA BRIGADA DE LUZ

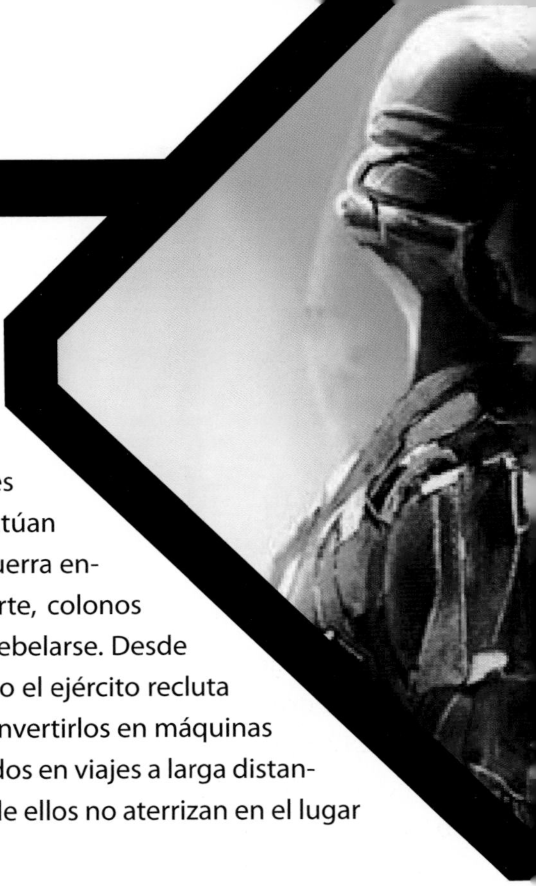

No he nacido para militar

LIBRO. *The Light Brigade*. Kameron Hurley, 2019

El mundo está dividido en seis grandes corporaciones económicas que actúan como nuevos gobiernos. Hay una eterna guerra entre la Tierra y los independentistas de Marte, colonos humanos establecidos allí que decidieron rebelarse. Desde el punto de vista de Dietz, conocemos cómo el ejército recluta a simples niños y les lava el cerebro para convertirlos en máquinas de matar cuya vida no vale nada. Son enviados en viajes a larga distancia a través de la luz pero, a veces, algunos de ellos no aterrizan en el lugar adecuado… o en la época adecuada.

La luz es una cruel amante

Kameron Hurley es probablemente la más digna heredera estilística –y temática– de Robert A. Heinlein y esta novela hace honor a los clásicos de éste, como *Starship Troopers* o *Ciudadano de la galaxia*. Como en aquellos, *La Brigada de Luz* es una dura crítica al militarismo y al capitalismo salvaje, que habla de la deshumanización de los soldados, la locura postraumática y de manipulación por parte de los poderosos para hacernos odiar a todo el que sea distinto mientras juegan con nosotros y se enriquecen a nuestra costa. Hurley no se corta ni un pelo a la hora de señalar con el dedo cómo los gobiernos opresivos silencian la existencia de los más equitativos, para mantener a la gente convencida de que el capitalismo es el único sistema que funciona.

Hágase la luz

¿Por qué aparece en este capítulo? Porque el ejército corporativo no utiliza naves espaciales para ir de la Tierra a Marte, sino que han inventado una tecnología que reduce el viaje espacial a cuestión de segundos: descomponer a los soldados en partículas de luz y enviarlos en forma de rayo para que vuelvan a componerse al llegar a su destino. Es una forma de viaje peligrosísima, cualquier pequeño error de cálculo puede dar pie a que el viajero aparezca mal reconstruido, con los pulmones por fuera o un brazo saliéndole del pecho, pero al fin y al cabo, para quienes los envían, no son más que carne de cañón. Los soldados llevan en todo momento cascos con visores-ordenador que les permiten trabajar con la mente, pero que a la vez graban todo lo que dicen, hacen o consultan en internet, como forma de control absoluto.

A todas luces

La narración es vertiginosa, con capítulos cortos y rápidos de leer, que se van alternando con las partes más raras e interesantes del libro: una serie de transcripciones de entrevistas grabadas a un misterioso –y altamente carismático– prisionero de guerra. En todo momento, la historia juega a hacerte dudar de lo que es real y lo que es paranoia postraumática de su protagonista. Un torrente de emociones fuertes que no se detiene en ningún momento y que desemboca en un giro final de aquellos que te dejan con la boca abierta.

«La guerra trata sobre la aniquilación de la verdad. Todo buen dictador o CEO lo sabe.»
–Dietz.

CURIOSIDADES:

- La novela está basada en un relato corto de la misma autora, que publicó en noviembre de 2015 en la revista *Lightspeed* y antes de eso en su página de Patreon.
- El título original, *The Light Brigade*, es un juego de palabras: la carga de la Brigada Ligera fue una batalla de la Guerra de Crimea en 1854, en la que una confusión en las órdenes llevó a dicha brigada a perder la mitad de sus soldados. *Light* puede traducirse como «luz» o como «ligera», un juego de palabras que aquí no se ha podido imitar.
- Hurley suele enmarcarse en el terreno de la distopía, pero a menudo la combina con lo espacial: triunfó con su trilogía distópica *Worldbreaker*, su otra trilogía *Bel Dame Apocrypha* y su obra más aclamada hasta la fecha, *Las estrellas son legión*.
- Hasta el final no sabemos si Dietz es hombre o mujer, nunca se refieren a él/ella por ningún pronombre, para aumentar la sensación de deshumanización, de que una vez dentro del ejército el individuo deja de importar y sólo es un número más.
- Aunque la autora suele ceñirse a la ciencia-ficción, también publicó un exitoso ensayo llamado *The Geek Feminist Revolution*.

LA TIERRA ERRANTE

Con ese vehículo, va a ser difícil encontrar aparcamiento

PELÍCULA. *The Wandering Earth*. Frant Gwo, 2019

El Sol se está apagando y el sistema solar está condenado a morir. En un movimiento desesperado, se han construido propulsores gigantes para mover nuestro planeta hasta otro sistema solar, guiado por una pequeña estación espacial que flota delante. La propia Tierra es la nave espacial. Pero en un punto del camino, parece inevitable una colisión contra Júpiter que acabará con nuestra especie. Sólo un astronauta de la estación espacial y su hijo, un genio juvenil abajo en la Tierra, podrán concebir un arriesgado plan para evitarlo.

Colega, ¿dónde está mi planeta?

Basada en la novela corta del 2000 de Liu Cixin, esta película es el primer gran blockbuster de ciencia-ficción realizado en China. Se estrenó en un día tan importante para el país como es el 5 de febrero de 2019 –el año nuevo chino–, aunque aquí no nos llegó hasta mayo. Está cargada de ideas que, aunque absurdas para cualquier científico, son muy imaginativas, empezando por la idea base de convertir todo el planeta en una inmensa nave espacial, que ya como concepto resulta alucinante. Para proteger a la humanidad de las temperaturas heladas, se construyen ciudades subterráneas bajo cada motor gigante, ciudades muy tecnológicas pero con ventanas que muestran proyecciones holográficas de paisajes exteriores, para combatir la claustrofobia.

¡Por el amor de Júpiter!

Una combinación de thriller espacial con película de catástrofes, dado que la Tierra se va congelando poco a poco conforme se aleja del Sol, lo que da pie a imágenes impresionantes. La acción es espectacular y muy emotiva. Resulta interesante que la amenaza principal de la película sea la enorme fuerza gravitatoria de Júpiter, lo que confiere al planeta una cualidad de terror reverencial que resulta más mística que científica. El plan del protagonista Liu Qi para huir de Júpiter es tan enloquecido y poco plausible que, si no te importa la falta de credibilidad, te va a parecer genial. Pese a ser cine asiático, que suele tender hacia lo pausado y contemplativo incluso en el género de acción, su ritmo es trepidante, un no parar de emociones fuertes y maravillas visuales muy imaginativas que no dejan de sorprenderte a cada minuto hasta llegar al espectacular clímax. ¿Realismo científico? Un cero. ¿Emoción y espectáculo? Un diez.

El cielo chino estrellado

La obra está plagada de composiciones de plano preciosas y diseños sobrecogedores, empezando por los motores de propulsión. Las imágenes de la Tierra desplazándose por el cosmos son arrebatadoras. Algunos decorados son muy ciberpunk, lo que mezclado con la estética tradicional china da lugar a una imagen muy curiosa. El CGI está casi siempre muy conseguido, excepto en algunos momentos como los de los camiones en la Tierra helada, que chirrían un poco. Algunos planos parecen páginas de cómic –ese brutal momento del hueco del ascensor recortado en rojo contra un fondo negro mientras la cámara va subiendo–. El aspecto de la tecnología está muy conseguido: robusto, pesado, contundente, pero a la vez moderno. Las imágenes de Júpiter visto de cerca son abrumadoras y a veces casi parecen los cielos de Van Gogh. Una película cuya creación sería el sueño húmedo de todo diseñador conceptual.

«¡Venga, vamos a hacer arder Júpiter!» –Liu Qi.

CURIOSIDADES:

- Según Frant Gwo, es difícil hacer ciencia-ficción en su país, porque su cultura se asocia a lo tradicional y lo futurista no cala tan hondo. Su forma de distinguirse del cine americano en que el héroe escapa a un nuevo planeta –primando la individualidad– es la idea de llevarse el planeta entero –salvando lo antiguo, lo tradicional, lo histórico–.
- Gwo decidió de niño dedicarse a la ciencia-ficción al ver *Terminator 2: El juicio final*.
- Emplearon ocho meses solamente en redactar un diccionario de la tecnología ficticia de la película, su funcionamiento y sus usos, para dar coherencia interna a ese mundo.
- El autor de la novela original no participó en la adaptación más que dando algún consejo cuando se lo pedían, pero tras ver un primer pase se quedó muy satisfecho y los felicitó.
- La primera gran obra de ciencia-ficción china. El director afirma que su objetivo principal es que resulte rentable, para que los productores chinos empiecen a invertir más en productos así, dando lugar al nacimiento de todo un género en el país.

THE WOODS

Astrofísica y química

CÓMIC. James Tynion IV y Michael Dialynas, 2013-2017

Un instituto de Wisconsin se teletransporta de repente con todos los alumnos y profesores a una luna de otra galaxia, que al principio puede parecer un hermoso paraíso natural, pero en seguida descubrimos que es una cruda jungla asesina llena de terribles bestias y guerreros implacables. Así empieza esta interesante historia, en la que el genial guionista James Tynion IV nos va metiendo poco a poco en la compleja psique de un grupo de adolescentes, enfrentados a los horrores de la naturaleza alienígena para los que no están preparados.

La escuela está cerrada por vacaciones

En este caso, el viaje espacial es simple y llana teleportación, sólo que en lugar de a título personal se hace a gran escala, llevando instantáneamente todo un edificio lleno

de gente a otra galaxia. Poco a poco vamos descubriendo que en esa luna había más de lo que parecía. Empezando por esas extrañas fuentes de energía que enloquecen al que se acerque demasiado y lo consumen por completo. Siguiendo por el hecho de que otros humanos de nuestro mismo planeta, de muy variadas civilizaciones, habían sido trasladados allí siglos atrás por motivos desconocidos y ahora tratan de sobrevivir como pueden en un mundo salvaje y tribal, un poco al estilo de la serie *Los 100*.

Una joya espacial

Acción a raudales, paisajes preciosos y mucho, mucho drama psicológico pueblan las páginas de esta increíble obra gráfica de Boom! Studios. Las ilustraciones de Michael Dialynas siempre asombran, combinando su estilo marcadamente indie con un preciosismo visual impresionante. Ese mundo de tonos morados, verdes y azules en el que Dialynas nos hace revolcarnos es una delicia visual, lo que no empequeñece la sensación de miedo y angustia que pretende –y logra– provocar el excelente guion de Tynion. Una verdadera joya del cómic independiente, visualmente precioso e intelectualmente delicioso a partes iguales.

Ramírez: –*Tienes que estar mintiendo. Ese mundo no puede ser real. Es imposible.*

Sanami: –*Dígaselo al mono alienígena sobre mi hombro.*

CURIOSIDADES:

- Ganó el premio YALSA al mejor cómic para jóvenes adultos en 2016 y el premio GLAAD al mejor cómic en 2017.
- En 2018, tres cómics distintos de Tynion fueron nominados de nuevo a los GLAAD: *The Woods, The Backstagers* y *Batwoman*.
- La obra completa comprende 36 números que aquí han sido publicados por Medusa Cómics en nueve volúmenes recopilatorios.
- El dibujante indie Michael Dialynas pasó después del final de *The Woods* a ilustrar *Tortugas Ninja* para IDW Publishing. Además, es un tipo majísimo, deberías seguirlo en Twitter.

STARGATE

No puedes ponerle puertas al espacio... ¿o sí?

FRANQUICIA. 1994 en adelante.

Una historia de viajes interplanetarios sin necesidad de aparatosas naves espaciales. Lo original de esta franquicia es que los agujeros de gusano necesarios para ir de un planeta a otro están contenidos dentro de unas misteriosas puertas circulares que se pueden cruzar tranquilamente a pie, como las del Ministerio del Tiempo.

La primera puerta se abre

La película de la que parte todo es de 1994 y, pese a haberla dirigido Roland Emmerich, tiene una calidad intachable, no sólo en el terreno visual sino también en cuanto a su historia. Un antiguo artefacto es hallado en Egipto, una puerta circular que crea un agujero de gusano hacia otro planeta. Al cruzarla, el egiptólogo Daniel Jackson –James Spader– y el coronel Jack O'Neil –Kurt Russell– se topan con una civilización alienígena similar a la del antiguo Egipto, lo que da pistas sobre que el pueblo de la antigüedad estuvo influenciado por la llegada de extraterrestres.

La idea gira en torno a la clásica teoría conspiranoica de que los aliens visitaron la Tierra hace miles de años y nuestras culturas provienen de ellos, como insisten los presentadores del Canal Historia. Da una interesante explicación de los orígenes de la mitología egipcia, con un alienígena moribundo llamado Ra que poseyó a un muchacho para vivir más años e hizo creer a los mortales que era un dios al que debían adorar. Debido a la conexión del argumento con el antiguo Egipto, el aspecto de la película es muy exótico, contrastando con otras obras de ciencia-ficción más asépticas.

Tiene más peligro que el Coronel O'Neil en una ferretería

La serie principal de la franquicia y la más emblemática es *Stargate SG-1*, que se emitió de 1997 a 2007 como una secuela directa a los sucesos de la película, con los dos mismos protagonistas pero encarnados por otros actores: Michael Shanks como Daniel y Richard Dean Anderson –el legendario MacGyver– como O'Neil. Se incluiría a otros protagonistas como la Mayor Samantha Carter –Amanda Tapping, *Sobrenatural*– o el alienígena Teal'c –Christopher

Judge– y sobre todo a los grandes antagonistas de la historia, la raza de parásitos alienígenas Goa'uld.

La historia sigue tratando temáticas de distintas razas extraterrestres que engendraron nuestras culturas primigenias, pero ya no se limita a la egipcia, sino que pasa también por la nórdica, la griega e incluso los mitos artúricos. Más adelante se incluiría a nuevos protagonistas como Corin Nemec –*Parker Lewis nunca pierde*–, Beau Bridges –*Los fabulosos Baker Boys*– o a la pareja protagonista de *Farscape*, Ben Browder y Claudia Black.

«*Dale recuerdos al Rey Tut, capullo.*» –Jack O'Neil, en la película de 1994.

OTRAS SERIES Y PELÍCULAS DE LA FRANQUICIA

- *Stargate Atlantis* (2004-2009): *Spin-off* de la serie principal, con un nuevo equipo alojado en la ciudad perdida de Atlantis del planeta Lantea –de la que, por supuesto, vienen los mitos humanos de la Atlántida–. Entre su reparto destacaban Jason Momoa –*Aquaman*– y Jewel Staite –*Firefly*–. Amanda Tapping también aparecería durante 26 episodios.
- *Stargate Universe* (2009-2011): Un equipo del Comando Stargate se queda aislado en la otra punta del Universo cuando una puerta es destruida. Desde entonces, intentarán volver a casa a bordo de la antigua nave espacial Destiny. Con Robert Carlyle, Alaina Huffman, Ming-Na Wen y Lou Diamond Phillips.
- *Stargate: El arca de la verdad* (2008): Película directa a vídeo, con el reparto original de *Stargate SG-1*, secuela de la serie tras su cancelación. El equipo SG-1 debe internarse en la galaxia de los malvados Ori en busca de un artefacto que podría derrotarlos.
- *Stargate: El continuo* (2008): Otra secuela, con viajes en el tiempo y el retorno del Coronel O'Neil.
- *Stargate Infinity* (2002-03): Serie de animación –bastante terrible– con una premisa parecida a la de *Stargate Universe*. Un grupo de cadetes del SGC se queda aislado en un planeta lejano y tienen que volver a casa, pero en lugar de hacerlo con una nave lo hacen saltando de puerta en puerta y encontrando mundos extraños, como en *Salto al infinito*.
- *Stargate Origins* (2018 en adelante): Webserie de 10 episodios de 10 minutos –de momento– en los que se analizan los orígenes de las puertas y la compleja mitología interna de la serie. Se sacaron a la venta remontados como una película llamada *Stargate Origins: Catherine*.

CURIOSIDADES:

- Christopher Judge y Don S. Davis, que interpreta al jefazo Hammond, habían aparecido junto a Richard Dean Anderson en capítulos de *MacGyver*, aunque Davis es más conocido por otra gran obra de extraterrestres: era el padre de Scully en *Expediente X*.
- Algunas estrellas invitadas a lo largo de la serie principal: Morena Baccarin, Robert Picardo, Isaac Hayes, Tony Todd, Adam Baldwin, Dan Castellaneta –¡Homer Simpson! –, Armin Shimerman, Sam J. Jones, Dean Stockwell, Michael Rooker, Erica Durance, los protagonistas de la serie de ciencia-ficción *El elegido* Sebastian Spence y Roger Cross, Ernie Hudson, John Noble, James Earl Jones, Wallace Shawn, Michael Ironside, Enrico Colantoni y prácticamente toda la familia de actores DeLuise.
- Dean Devlin, productor de la película original, dijo en 2006 que quería hacer dos películas más con los actores de la primera, como secuelas que ignorasen la existencia de la serie, pero los derechos los tenía Metro-Goldwin-Mayer y no se lo permitió.
- Hay cinco secuelas de la película original en forma de novela que Emmerich y Devlin aceptan como canónicas de su visión. Claro que luego hay 76 novelas basadas en el universo televisivo que ignoran a las cinco primeras.
- También hay una lista de videojuegos de la franquicia, tan extensa que es mejor que no entremos ahí para no encarecer el precio de este libro ni aburrirte durante 40 páginas.

ESPACIO: 1999

La Luna se va de paseo

SERIE. *Space: 1999*. 1975-1977.

En el lejano y misterioso año 1999, la humanidad ha estado apilando sus despojos nucleares en la Luna. Pero cuando una onda electromagnética los hace estallar, la Luna sale despedida por el espacio alejándose de la Tierra e internándose en los vastos territorios desconocidos. Los habitantes de la base científica Alpha, situada al otro lado del satélite, tendrán que esforzarse en sobrevivir mientras intentan encontrar una forma de volver a casa.

Estás en la Luna

El planteamiento de esta coproducción Inglaterra-Italia es totalmente absurdo, pero sirve de punto de partida para un buen montón de ciencia-ficción espacial. Aunque, en este caso, no a bordo de una nave interestelar, sino de nuestra propia y querida Luna, que se va de viaje a lo desconocido. Aparecen ya aquí ciertos fenómenos es-

paciales como agujeros negros, agujeros de gusano o curvaturas del espacio, que sirven como excusa para que los protagonistas se vayan perdiendo más y más en el espacio profundo.

Luz de Luna

Hay que reconocer que la imagen está muy bien para la época, aunque tendían a filmar las maquetas ante un fondo negro para ahorrar dinero en cromas. Pero dichas maquetas estaban muy logradas y la base Alpha tenía mucho encanto. La canción de los créditos de apertura, con guitarra eléctrica, era de tal esencia setentera que parecía que de un momento a otro fueran a aparecer por allí los Led Zeppelin fumando hierba. Y en cuanto al rigor científico… bueno, este era sin duda el punto débil de la serie, pero al menos representaban de un modo muy acertado el movimiento en gravedad cero.

«Estamos sentados sobre la mayor bomba jamás creada por el hombre.»

–John Koenig.

CURIOSIDADES:

- Los dos protagonistas, Martin Landau y Barbara Bain, estaban casados en la vida real.
- *Espacio: 1999* fue en su momento la serie más cara jamás producida en el Reino Unido.
- Según apuntó Isaac Asimov, si una explosión tuviera tanta fuerza como para sacar de órbita una luna, tal potencia reduciría el satélite a polvo.
- Desde 2012 el proyecto de un reboot llamado *Space: 2099* ha ido y venido por productoras, pero a día de hoy sigue en un limbo de producción y no hay certeza de que vaya a llegar a producirse.
- Algunas estrellas invitadas en episodios puntuales han sido Christopher Lee –*El señor de los anillos*–, Julian Glover –*Juego de tronos*–, Ian McShane –*American Gods*–, Bernard Cribbins –*Doctor Who*–, Peter Cushing –*La guerra de las galaxias*–, Caroline Munro –*Star Crash, choque de galaxias*– o Patrick Troughton –*Doctor Who*–.

FARSCAPE

¿La Space Opera más grande jamás contada?

«Usar un cierto tipo de mensaje puede atraer a la gente hacia ese mensaje. Y eso crea un poder que puedes usar responsablemente o no.»

–Rockne S. O'Bannon, creador de *Farscape*

Este fenómeno y todo lo que supuso se merece un capítulo aparte. Principalmente porque, ¿dónde la englobas si no? Es una Space Opera, sí, ¿pero acaso no es también un western espacial, una comedia, un drama tremendamente emocional y una historia de exploración del espacio profundo? Farscape combina los elementos de prácticamente todos los capítulos mencionados en este libro –excepto quizás el infantil, por muchas marionetas que salgan– y se convierte en un género en sí misma, por lo que debe ser tratada con todos los honores que se merece.

«Me llamo John Crichton y soy astronauta...»

Hablamos de la franquicia en general, pero principalmente de la legendaria serie de televisión creada por Rockne S. O'Bannon y Brian Henson –sí, el hijo de la leyenda–, que se emitió de 1999 a 2003, y la miniserie de 2004 con que concluía, *Farscape: Las guerras pacificadoras*.

Un astronauta llamado John Crichton –de la agencia espacial, ejem, IASA– y su módulo unipersonal Farscape son absorbidos por un agujero de gusano hacia una galaxia desconocida, apareciendo en mitad de una batalla espacial. John es rescatado por los tripulantes de la nave viviente Moya, un grupo de prisioneros fugados de la temible dictadura militar galáctica de los Peacekeepers. Desde entonces, huirá con ellos mientras medio Universo le persigue para matarle o diseccionarle, en busca del conocimiento oculto en su cerebro que podría convertir los agujeros de gusano en armas de destrucción masiva.

A través de los Territorios Inexplorados

La obsesión generalizada por los agujeros de gusano se convierte en el MacGuffin central de la historia, que sirve como excusa para expandir un universo complejo y repleto de maravillas. Y este vasto universo, con su infinita variedad de extraños mundos, es utilizado para profundizar en temas que van desde lo social y lo satírico hasta lo filosófico y existencial dependiendo del capítulo, criticando desde el fundamentalismo religioso hasta el colonialismo estadounidense.

El ritmo narrativo es muy potente: no hay escenas de señores sentados en la sala de mando hablando de fallos mecánicos como en *Star Trek* –de hecho, la cabina de comando de Moya no tiene ni sillas, para que nos quede claro que aquí nadie va a parar quieto–, sino que los capítulos tienden a empezar siempre en plena acción y vamos completando poco a poco el «cómo han llegado hasta esto» a lo largo de la trama.

Las interminables referencias frikis que suelta John Crichton son incluso eclipsadas por la cantidad de metalenguaje narrativo en la propia serie, con extraños capítulos de lo más variopinto. La cuarta y última temporada de la serie terminó de forma abrupta en marzo de 2003, con un *cliffhanger* de los de echarse a llorar de los nervios, y la miniserie de dos telefilmes con la que concluía la historia no se estrenaría hasta octubre de 2004. Un año y medio de sufrimiento e incertidumbre para todo fan de la serie, mientras Brian Henson intentaba calmarnos asegurando en entrevistas y convenciones que pronto nos mostraría el final.

«Hay mucha crueldad en el Universo. Y parece que tenemos un mapa del tesoro que nos conduce a ella.» –John Crichton.

Criaturas de todos los tamaños y colores

No existe un capitán al mando en Moya, los protagonistas funcionan como una especie de comuna hippie en la que todo se decide por consenso, o como comenta D'Argo en un capítulo, «Esto es una anarquía y hoy me toca mandar a mí». Esto da lugar a uno de los principales atractivos de la serie, la genial dinámica entre sus nada jerárquicos personajes. Y es que los personajes son quizás la principal baza de esta serie, llena de razas alienígenas tan variopintas y fascinantes como los planetas que nos va mostrando.

Sólo hay que repasar a la tripulación a lo largo de la serie: Una mujer-planta que es una sacerdotisa mística, una ladrona de piel gris un tanto ninfómana, un guerrero con tentáculos en la cara, un emperador espacial venido a menos con aspecto de sapo, un hombre-bicho acoplado eternamente al panel de mandos de una nave, una ninja que puede

caminar por el techo, además de arrancarse y volver a ponerse todas las partes de su cuerpo, una estudiante de medicina que funde el metal con sus agudos chillidos y –mi favorito– un esclavo fugado con media cara cubierta por una máscara de metal, que es en realidad un ser de energía de otra dimensión. Sí, Stark –Paul Goddard, *Matrix*– es un ser de luz y Zhaan –Virginia Hey, *Mad Max 2, el guerrero de la carretera*– es una planta, ¿cómo no iban a ser la pareja más adorable de todos los tiempos?

«*¡Mi lado, tu lado!*» –Stark.

Los villanos son también tremendamente carismáticos, empezando por el genialmente histriónico capitán Bialar Crais –con cuyo apellido los guionistas ya nos dejan claro que no anda muy fino de la azotea–, pero sin dejar atrás al emblemático Scorpius, un mestizo de dos razas opuestas –los fríos Sebaceans y los calurosos Skarrans–. Su mezcla de razas le provoca problemas de temperatura corporal que podrían matarle, por lo que lleva un dispositivo craneal que le injerta barras refrigeradoras directamente en el cerebro. El actor neozelandés Lani John Tupu –*El mundo perdido*– interpreta no sólo al villano Crais, sino que también pone voz al Piloto de Moya, lo que le convierte en el actor que más aparece a lo largo de la serie.

«*Tu mando suplica ser cuestionado.*» –Scorpius.

El propio John Crichton empieza siendo el pardillo oficial de a bordo, pero no tarda en ir volviéndose cada vez más un héroe de acción que supera a la mayoría de personajes en carisma y chulería, además de ser el que mejor química tiene con el resto del reparto. A veces resulta un tanto cargante, hay que admitirlo, sobre todo porque siempre está histérico y le grita a todo el mundo. Pero con todo lo que le llega a pasar, aceptémoslo, todos nos comportaríamos igual.

«*Bienvenida a la nave de la federación estelar USS Raja del Culo.*» –John Crichton.

Hasta los secundarios recurrentes son interesantes en esta serie, desde los que son aliados, como la informática Pacificadora Gilina Renaez o la mecánico obsesionada con el dinero Furlow, hasta los enemigos puntuales como el torturador psicótico Selto Durka, el teniente lameculos Meeklo Braca o el terrorífico hechicero vampiro Maldis, que se alimenta de la energía negativa, el odio y la violencia –sí, lo has oído bien–. Todos son geniales a su manera. Excepto, quizás, Jothee, el insufrible hijo de D'Argo.

«No seas un héroe. Sé siempre el que huye mientras el héroe muere. Ése es mi lema.»

–Furlow.

Para disfrutar, ven a Moya Rock

En el aspecto visual, podríamos estar hablando de un género propio llamado «ciencia-ficción grunge» o «ciencia-ficción exótica». A esto último contribuye la extrañísima banda sonora, que sitúa a la serie en un momento fuera del tiempo y alejada de cualquier moda musical pasajera que la pudiera hacer envejecer mal.

Y, para la época en que fue rodada, la verdad es que los efectos especiales no están nada, pero que nada mal. Esto se debe a que es una serie producida por la Jim Henson Company, los artífices de *Dentro del laberinto*, *Cristal Oscuro*, *Barrio Sésamo* o *Los Fraguel* –no me mires así, es como se tradujo *Fraggle Rock* aquí–. Los productos Henson priman a los animatronics muy cuidados e impresionantes por encima de cualquier CGI que a día de hoy pudiera parecernos ridículo.

«Hay vida aquí afuera, papá. Vida extraña, asombrosa, psicótica. Y muerte. En tecnicolor.» –John Crichton.

Se nota la mano de la familia Henson en cada una de las extrañas criaturas alienígenas que pueblan la serie y, de hecho, en el episodio 2x09 *«Out of Their Minds»* incluso se reutilizaron las marionetas de los temibles Skeksis de *Cristal Oscuro*. El escaso CGI sólo chirría en alguna ocasión en la que vemos explosiones demasiado digitales, pero por lo demás es siempre muy comedido, incluso agradable a veces, como en la representación casi líquida de los agujeros de gusano.

Los decorados suelen estar muy conseguidos en los distintos mundos representados y en el interior de las naves. Especialmente en Moya. Y de esta, especialmente en la sala de mandos en la que vive el Piloto, una maravilla de la composición de decorados. Por supuesto, como en *Star Wars* y casi cualquier otra Space Opera, los villanos principales –en este caso los Pacificadores– tienen una estética muy claramente inspirada en la Alemania nazi, pero hay que reconocer que sus naves y vehículos son una verdadera pasada.

«Puedo ser pequeño, pero permíteme recordarte que eso sólo sirve para ponerme al nivel de castrarte.» –Rygel.

¡IMAGINACIÓN SIN LÍMITES

La fábrica de ideas enloquecidas que es *Farscape* no deja de asombrarnos jamás. Algunas de las más brillantes son:

- Una nave espacial viviente con sentimientos y capaz de quedarse embarazada.
- Microbios inyectados en el cerebro que traducen idiomas.
- Un terrorífico mundo en el que todos sus habitantes son abogados.
- El extraño ácido que se pone en la punta de la lengua para comprobar con un beso si el ADN de dos personas es compatible para procrear.
- La silla Aurora, una máquina de Scorpius que indaga en la mente de la gente y proyecta sus recuerdos en una pantalla, pero causa un dolor terrible.
- El sistema de medición propia de la galaxia: microts, ciclos, arns y metras.
- El lenguaje de palabrotas inventadas que todo buen *Farscaper* conoce y utiliza asiduamente: frell, yotz, tralk, fahrbot, dren, hezmana…
- La condición física de los Hynerians que, cuando están nerviosos, se tiran ventosidades de helio que les pitufan la voz a ellos y a todo el que les rodea.
- Y no olvidemos que una vez John Crichton pulverizó un destructor estelar Skarran lanzándole un pedazo de una estrella. Sí, tal cual. Aprende, Bruce Willis.

ALGO PARA RECORDAR

Y lo más importante es que *Farscape* sigue la estela de las grandes series de fantasía y ciencia-ficción que, en lugar de hacer siempre lo mismo y ceñirse sólo a la trama de fondo, trabajan para crear episodios muy llamativos y memorables. Series como *Friends*, *Buffy cazavampiros* o *Los Simpson*, en las que siempre que coincides con otro fan acabas comentando «¿te acuerdas del capítulo en que…?» Estos son algunos de los más legendarios «capítulos en que»:

- **1x07 *I, E.T.*:** Una revisión del *E.T.* de Spielberg, pero desde el punto de vista del alienígena –que es, por supuesto, John Crichton–.
- **1x16 *A Human Reaction*:** En el que parece que hayan vuelto a la Tierra, con una resolución que se merece un aplauso.
- **1x17 *Through the Looking Glass*:** En el que Moya se divide en tres realidades paralelas, cada una de un color.
- **2x09 *Out of Their Minds*:** En el que los protagonistas se intercambian los cuerpos con hilarantes consecuencias.
- **2x11/12/13 *Look at the Princess*:** El triple capítulo en el que Crichton se casa con una princesa alienígena y ambos son convertidos en estatuas de metal.
- **2x15 *Won't Get Fooled Again*:** El muy metalingüístico capítulo en el que juegan al típico final terrible de «todo era un sueño» pero dándole una vuelta de tuerca.
- **2x17 *The Ugly Truth*:** Una misma historia narrada desde distintos puntos de vista, en la que en cada versión todos los personajes cambian de forma de hablar y se expresan como el narrador de ese momento –mucho antes de Michael Peña en *Ant-Man*–.
- **3x13 *Scratch 'n Sniff*:** Una historia de mafias y resacas, una mezcla entre *Ocean's Eleven* y *Resacón en Las Vegas*, narrada de forma caótica y desternillante por el propio Crichton.
- **3x16 *Revenging Angel*:** Un capítulo que combina la acción real con escenas de animación al estilo de los *Looney Tunes*.
- **4x07 *John Quixote*:** En el que Crichton y Chiana se ven atrapados dentro de un videojuego.
- **4x17 *A Constellation of Doubt*:** La cumbre del metalenguaje llega cuando John Crichton se sienta a ver un documental sobre su vida, la de sus amigos y hasta el rodaje de la serie que protagoniza.

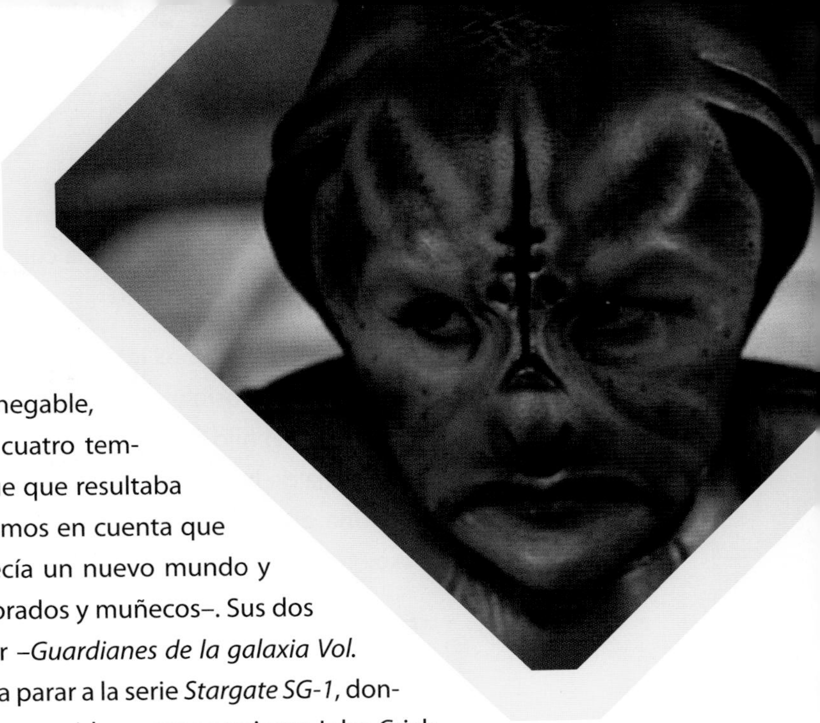

Una vez Pacificador, siempre Pacificador

El impacto popular de *Farscape* es innegable, pese a su prematura cancelación tras cuatro temporadas. Según la cadena, el motivo fue que resultaba excesivamente caro producirla – tengamos en cuenta que prácticamente en cada episodio aparecía un nuevo mundo y que no se hacían con CGI sino con decorados y muñecos–. Sus dos protagonistas principales, Ben Browder –*Guardianes de la galaxia Vol. 2*– y Claudia Black –*Pitch Black*–, fueron a parar a la serie *Stargate SG-1*, donde interpretarían a dos personajes muy parecidos a sus anteriores John Crichton y Aeryn Sun, llegando incluso a hacerse bromas habituales sobre *Farscape* en la otra serie.

Pese a que terminó hace más de década y media, el fenómeno fan sigue tan vivo hoy como lo estaba a principios de siglo, en convenciones y en montones de otros materiales que se han lanzado a posteriori: novelas, cómics, un videojuego y un juego de mesa –ambos en 2002– y hasta un montón de material creado por fans a un nivel casi Trekkie. La serie de cómics regular lanzada por Boom! Studios de 2008 a 2011 ha sido aceptada

como canónica por la Jim Henson Company, con lo que a todos los efectos tenemos la continuación oficial que siempre quisimos.

O'Bannon y Henson llevan años intentando resucitar la serie: han planteado una posible webserie protagonizada por D'Argo Sun-Crichton –el hijo de John y Aeryn– y en los últimos años Henson no deja de hablar de una película que afirma que se va a hacer sí o sí. Una obra tan inmensa, tan incomparable, no se merece menos que eso.

«El miedo acompaña a la posibilidad de morir. La calma acompaña a la certeza de ello.» –Ka D'Argo.

CURIOSIDADES:

- El final de la segunda temporada encierra un muy evidente homenaje a *El imperio contraataca* –que también era la «segunda temporada» de una saga espacial épica–, con ese planeta helado en el que transcurre y uno de los dos miembros de la pareja principal siendo criogenizado.
- El propio Ben Browder escribió dos capítulos narrativamente magníficos: *Green-Eyed Monster* y *John Quixote*.
- En el capítulo 1x08 *That Old Black Magic* –la primera aparición del villano Maldis–, aparece también Grant Bowler, que en 2013 protagonizaría la nueva serie de los creadores de *Farscape*, *Defiance*. Probablemente te cueste reconocerle porque va todo pintado de rojo y con melena.
- Jool –Tammy Macintosh, *Los misteriosos asesinatos de Miss Fisher*–, uno de los mejores personajes de la serie, es de una extraña raza alienígena llamada Interion que resulta estar emparentada con los humanos, aumentando así la compleja historia de fondo.
- Hugh Keays-Byrne aparece en el último episodio de la segunda temporada y el primero de la tercera, interpretando al caradura Grunchlk. Este actor es conocido por ser el villano principal de dos películas de *Mad Max*: Toecutter en la primera entrega de 1979 e Immortan Joe en la nueva entrega de 2015. Virginia Hey, que aquí interpreta a Pa'u Zotoh Zhaan, coprotagonizó junto a Mel Gibson la segunda parte de dicha saga.

¡No es magia, es ciencia!

Conceptos científicos aplicados al viaje espacial

«Si estás en una nave que viaja a la velocidad de la luz y apagas los faros delanteros, ¿pasa algo?»

–Steven Wright, cómico

Como te comentaba al principio, la ciencia-ficción no puede ser realista al cien por cien, porque sería aburridísima. Los autores del género suelen partir de una base científica –a veces más y a veces menos–, pero luego inventan cosas imposibles a partir de esta, para darle un poco de vidilla al asunto. Aun así, existen elementos científicos que suelen coincidir en muchas obras espaciales, dando credibilidad a la historia, cimentándola en algo que sea –o al menos parezca– plausible.

FTL

«*Faster Than Light*» o «*Más rápido que la luz*» es como se denomina a la tecnología ficticia que hace que una nave pueda moverse a velocidades superlumínicas. Las distancias entre planetas y no digamos ya entre galaxias son tan inabarcables que la única forma de que el ser humano pudiera atravesarlas sin morirse de viejo sería mediante tecnología que superase la velocidad de la luz. Algo que de momento los científicos consideran imposible, porque afirman que las únicas partículas capaces de alcanzar esa velocidad son las que tienen masa cero, es decir, que las que son material físico no pueden hacerlo.

Pero, ¿qué pasa si un objeto que viaja a la velocidad de la luz choca con otro? Sólo hay que pensar en la diferencia que supone un accidente de coche a 20 km/h con uno a 120: el choque es mucho mayor y el desastre también. Pues imagínate si viaja a 299.792.458 metros por segundo, la velocidad de la luz. Las consecuencias serían catastróficas. Por eso, en la ciencia-ficción, los pilotos ponen mucho interés en calcular un camino libre de obstáculos antes de entrar en FTL, porque si no lo hacen pueden acabar estallando en pedazos. En *Farscape* observamos –en una de las escenas más épicas y memorables de la serie– lo que pasa cuando se obliga a una nave a realizar un Estallido Estelar en un lugar cerrado como una base militar. La nave y su tripulación quedan totalmente desintegradas, pero el obstáculo –la base– también, de modo que es posible utilizar el viaje FTL a modo de arma, aunque sea de forma suicida. Rian Johnson hace un bonito homenaje a esta escena, cuando la imita en *Star Wars: Los últimos Jedi* y nos enseña que una nave a la velocidad de la luz embistiendo a otra resulta en una destrucción mutua asegurada.

Ansible

El Ansible es una tecnología imaginada por la escritora Ursula K. Le Guin en su novela de 1966 *El mundo de Rocannon* y que luego usaría a menudo en su vasto universo del *Ciclo Hainish*. No sirve para que la gente pueda viajar a velocidades superlumínicas, sino para que lo haga la información. Mediante este invento, se puede transmitir un mensaje de forma instantánea de una galaxia a otra. Según desarrollaría Le Guin en posteriores novelas de la saga, no está basado en ondas de radio ni de luz, sino en un concepto de

simultaneidad. Orson Scott Card copiaría esta idea años después para *El juego de Ender* y hasta la llamaría por el mismo nombre.

Hiperespacio

Un concepto que postula que existe una región paralela a nuestro Universo a la que se puede acceder mediante una fuerte aceleración. Una vez dentro, las leyes de la física no funcionan igual que en el espacio normal, así que se pueden viajar distancias inmensas en cuestión de segundos, como si en lugar de simplemente viajar más deprisa lo hiciéramos cogiendo un atajo por una dimensión paralela. Se suele acceder mediante un «*Jump Drive*» –dispositivo de salto– que produce una aceleración tremenda concentrada en unos pocos segundos para poder cruzar al otro lado –un poco como cuando el DeLorean de Doc Brown tenía que alcanzar los 140 kilómetros por hora para poder romper el espaciotiempo–. Así funciona, por ejemplo, el Halcón Milenario. También es como viaja el Imperio Galáctico de la saga *Fundación* de Isaac Asimov. En *Star Trek* se habla del Subespacio, que vendría a ser lo mismo pero con otro nombre y que también se usaría en *Stargate* y en *La guía del autoestopista galáctico*. Y, según *Final Space*, entre nuestro Universo y el hiperespacio existe otro llamado Interespacio.

Warp

El motor de curvatura, o «*Warp*», actúa de forma similar a un dispositivo de salto, pero en lugar de acelerar la nave lo que hace es afectar al propio Universo en sí, curvando el espacio para que la distancia entre dos puntos sea menor –algo que está remotamente relacionado con la teoría de los agujeros de gusano–. Esa es la diferencia, como no podemos mover tan rápido una nave porque sus partículas son físicas y pesan más que un fotón, pues se soluciona moviendo el Universo entero alrededor de la nave, que al fin y al cabo el espacio es mayormente vacío y debe pesar poco, ¿no?. El concepto viene de *Yo, robot* de Isaac Asimov, pero donde alcanzó su mayor fama fue a lo largo de toda la franquicia *Star Trek*.

Agujero negro

Un fenómeno real del cosmos, donde una zona concreta del espacio experimenta una aceleración gravitacional tan extrema que nada puede escapar de él, ni la materia ni la luz. Se forma cuando una estrella de tamaño masivo se colapsa y entonces el agujero negro va creciendo mediante el consumo de la materia a su alrededor. Los agujeros negros han sido largamente estudiados pero aún no comprendemos apenas qué hacen: es imposible saber qué le sucede a un objeto que entra en uno, porque simplemente desaparece de la vista y de todos los sensores existentes –debido a que la luz no puede escapar de su interior para llegar hasta nuestros ojos o cámaras y mostrarnos lo que ha pasado–. Su masa es tal que afecta incluso al tiempo, que transcurre más despacio cerca de su perímetro.

En la ciencia-ficción, a menudo se les concede una cualidad más mística que científica, como si fueran un horror sobrenatural de otro Universo que ha venido a devorarnos al estilo de Lovecraft. Como no sabemos lo que les pasa a los objetos que entran, muchos autores deciden utilizar el agujero negro en sus historias como un portal a otro Universo –o incluso al infierno, como en *Horizonte Final* de 1997–, aunque esto sería más propio del agujero de gusano, con el que es confundido a menudo. Algunas obras clave que giran en torno a los agujeros negros son libros como *La ciudad y las estrellas* de Arthur C. Clarke o *Tierra* –de David Brin–, películas como *El abismo negro*, *Interstellar* y por supuesto la ya mencionada *Horizonte Final*.

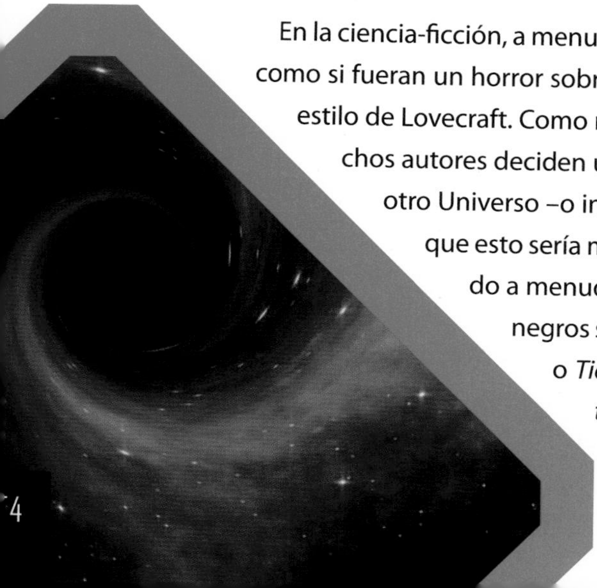

Agujero de gusano

También llamado Puente Einstein-Rosen. Como en el Warp de *Star Trek*, según la teoría einsteiniana del agujero de gusano, consiste en un puente que puede curvar el espacio para que dos puntos muy lejanos coincidan en un mismo lugar y puedas pasar de uno al otro cruzando un simple portal en cuestión de segundos, ahorrándote así siglos de viaje espacial. Sam Neill lo explica muy bien en *Horizonte Final*, dibujando dos puntos en extremos opuestos de una hoja de papel, luego doblándola para que ambos puntos coincidan y atravesándolos ambos a la vez con un bolígrafo –escena que sería imitada tal cual casi dos décadas después en *Interstellar*–. Se suele representar con la apariencia de un túnel en medio del espacio, a través del cual puedes ver una región totalmente distinta a aquella en la que estás. A veces incluso se ha teorizado que atravesar un agujero de gusano podría llevarte a viajar no sólo por el espacio sino también por el tiempo, ya que toda la realidad se curva en torno a ellos y no sólo tres de sus dimensiones.

El agujero de gusano es uno de los conceptos más maravillosos de la ciencia-ficción y ha sido representado de formas mágicas y fascinantes a lo largo de la Historia de la literatura y el audiovisual. Las puertas de la franquicia *Stargate* siguen este principio, así como la novela *Contact* de Carl Sagan. Han aparecido a menudo en *Doctor Who*, *Rick y Morty* y son el centro temático de los videojuegos de la saga *Portal* o de la serie *Salto al infinito*, aunque su mayor representación la encuentran en *Farscape*, donde se estudian a fondo todas sus posibilidades, desde el viaje en el tiempo hasta su uso como armas capaces de arrasar una galaxia entera. En los cómics Marvel se suelen usar a menudo, desde los agujeros de gusano que abre el mutante Pórtico hasta los que genera el martillo de Thor cuando gira sobre sí mismo a toda velocidad, pero es en la primera película de *Thor* cuando Jane Foster –Natalie Portman– elabora el hecho de que el propio puente arcoíris llamado Bifrost que conecta Asgard con el resto de mundos no es más que otro Puente Einstein-Rosen de aspecto llamativo. Y no olvidemos el que aparece en *Thor: Ragnarok*, descrito por Bruce Banner como «*una* estrella de neutrones colisionando con un agujero de gusano» pero apodado por los locales como «el Ano del Diablo».

Gravedad artificial

En casi toda obra de ciencia-ficción, o al menos en aquellas que no intentan ser muy realistas, los tripulantes de una nave espacial caminan por el suelo tan ricamente, como si estuvieran en la Tierra, lo cual indica que debe haber un generador de gravedad artificial en la nave. Si no, irían flotando de un lado a otro y chocando con todo. Siguiendo un rigor científico, esto no debería ser posible a no ser que la nave esté rotando sobre sí misma a toda velocidad, generando una fuerza centrípeta. Según el profesor James Kakalios, astrofísico de la Universidad de Minessota, la única película que ha conseguido representarlo de forma plausible es *2001: Una odisea del espacio*.

Hipersueño

Una idea que se ha utilizado en innumerables obras de ciencia-ficción espacial es la del hipersueño o criosueño: las distancias espaciales son tan inmensas y la duración de los viajes tan agotadora que se suele meter a la tripulación en algún tipo de cabina de criogenización para que pasen la mayor parte del viaje en animación suspendida. En algunos casos –*Otra vida*– es para que no se mueran de aburrimiento ni gasten todas las provisiones de la nave durante los varios meses que dura un viaje. En otros más extremos –*Passengers*, *Los 100*–, es para que no envejezcan durante un viaje intergaláctico que puede durar cientos de años. Lo habitual en el género es representar unas cabinas tubulares de cristal en cuyo interior duermen apaciblemente los humanos congelados sin enterarse de nada ni envejecer hasta que alguien –por lo general, la inteligencia artificial que dirige la nave– los despierte.

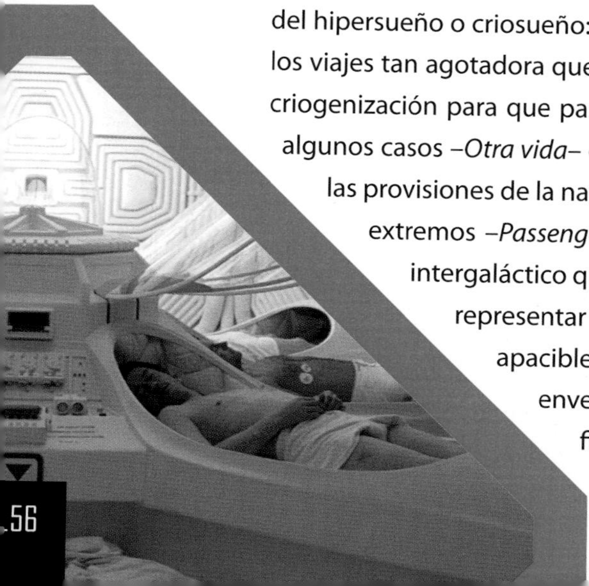

Formas de comunicación con especies alienígenas

En la ciencia-ficción más clásica, así como en los cómics de superhéroes de los inicios, todo era mucho más ingenuo y bienintencionado, jamás se paraban a pensar en lo plausible que pudiera resultar un hecho, porque lo fantástico primaba sobre lo científico. Y eso se podía ver, sobre todo, en que los humanos fueran capaces de hablar tranquilamente con habitantes de cualquier planeta remoto y entenderse a la perfección. Todos los alienígenas hablaban inglés. A partir de cierto momento, los autores empezaron a plantearse que aquello era absurdo, pero tampoco podían permitirse crear obras en las que los personajes no pudieran comunicarse unos con otros, porque serían aburridísimas, así que idearon diferentes trucos de guion que pudieran hacer más o menos creíble que los humanos y los aliens se entendieran al hablar.

- **Traductor Universal (*Star Trek*):** Un dispositivo de mano que parece un datafono para tarjetas de crédito, que analiza un idioma y lo traduce automáticamente para el oyente.
- **Microbios Traductores (*Farscape*):** Unos microbios que se te inyectan en la sangre al nacer –o, en el caso de John Crichton, al llegar a bordo de Moya–, se instalan en tu cerebro y te traducen cualquier lenguaje alienígena.
- **Chip Traductor (*Starfighter, la aventura comienza*):** Un pequeño circuito que se pone a modo de broche en el cuello de la camisa.
- **La interfaz de traducción de la TARDIS (*Doctor Who*):** Mediante ondas cerebrales emitidas por la propia TARDIS, cualquiera que se encuentre cerca de la propia cabina puede oír –o leer– cualquier lenguaje del Universo como si fuera el suyo propio. Por qué todos suenan con acento británico, ya es otra cuestión. Aunque al porqué de que el Doctor tenga acento del norte –es decir, escocés–, el propio Christopher Eccleston respondía «muchos planetas tienen un norte».
- **Anillos Traductores (*Saga*):** Funcionan de forma similar a los dos anteriores, consisten en anillos que, mientras los lleves puestos, tanto tú como la gente que se encuentre a tu alrededor podéis entender cualquier idioma. En *Saga* se le da una mayor credibilidad: si el miembro de la tripulación que lleva puesto el anillo se aleja momentáneamente, aunque sea para ir al baño, de repente los demás dejan de poder hablar entre ellos.

- **Pez Babel (*La guía del autoestopista galáctico*):** Un pequeño pez amarillo con ventosas que hay que meterse por la oreja –algo que resulta muy desagradable–. Se alimenta de frecuencias inconscientes y, ejem, caga en tu cerebro una matriz de frecuencias conscientes.

Por supuesto, muchos de estos conceptos resultan imposibles desde un punto de vista de rigor científico, pero sin ellos la ciencia-ficción resultaría mucho más aburrida: el viaje FTL, la gravedad artificial, la falta de inercia en viajes a gran velocidad, naves que vuelan a la velocidad de la luz pero aun así pueden comunicarse entre ellas –como si el sonido fuera más rápido que la luz-, los improbables aparatos de traducción, pistolas láser que pueden desintegrar a una persona –un simple terrón de azúcar tiene un billón de átomos, imagínate el gigantesco generador de energía que haría falta para desintegrar a una persona entera- o el viaje por el espacio sin morir por la radiación solar –algo a lo que, al menos, se alude en *Los 100*, aunque sea con poca precisión científica–.

¡SUBE A BORDO!

Naves espaciales inolvidables

«No piensas en el peligro. La nave se convierte en tu hogar.»

-Valentina Tereshkova, astronauta

Uno de los elementos innegablemente unidos a la ciencia-ficción espacial son las alucinantes naves utilizadas por sus protagonistas para surcar las estrellas. Algunas de ellas han alcanzado un estatus emblemático superior incluso al de los personajes de las obras en las que aparecen.

HALCÓN MILENARIO (Saga *Star Wars*)

El montón de chatarra más rápido de la galaxia y, probablemente, la nave más emblemática de toda la ciencia-ficción espacial. Su aspecto viejo y desgastado, sus acabados bastos y su forma tan poco aerodinámica la hacen mucho más especial que las acostumbradas naves limpias, modernas y asépticas. Su memorable diseño se lo debemos a Joe Johnston, que además de ser el director de *Jumanji*, *Rocketeer* o *Capitán América: El primer vengador*, se encargó de los efectos visuales de *Parque Jurásico* o *En busca del arca perdida*.

La legendaria nave pirata pertenecía a Lando Calrissian, hasta que Han Solo se la ganó en una partida de *sabacc* –algo que pudimos ver por fin en *Han Solo: Una historia de Star Wars*– y para sus tripulantes es mucho más que un vehículo, es un sitio al que llamar hogar. En la mencionada precuela se reutilizaron los interiores de siempre, pero se añadieron nuevas partes que no habíamos visto, para poder mostrar los aposentos de Lando y su fantástico armario para capas.

El Halcón es famoso por atravesar el Corredor de Kessel en menos de doce pársecs. El pársec es una unidad de espacio, no de tiempo, pero Lucas lo justificó a posteriori, tras caer en su error, explicando que una nave que salta al hiperespacio debe encontrar rutas en las que no chocar con nada a la velocidad de la luz y que la nave más rápida es la que consigue una ruta más directa. Pocos vehículos de ficción han alcanzado tal nivel de merchandising como el Halcón Milenario, que ha vendido miles de figuras y maquetas. La novela del universo expandido *Millenium Falcon* –James Luceno, 2008– profundiza en los orígenes de nuestra querida nave.

«*¡Menudo montón de chatarra!*» –Luke Skywalker.

USS ENTERPRISE NCC-1701 (Franquicia *Star Trek*)

La legendaria nave de la serie original de *Star Trek*, diseñada para «ir a donde ningún hombre ha ido antes». Su aspecto es limpio, de tecnología muy clara y de un futurismo amable, en contraposición con la rudeza visual de otras naves más realistas cargadas de acoples y deterioro físico. Es gigantesca, colosal, pero elegante y agradable, pura decoración de los sesenta. Consta de tres departamentos cilíndricos horizontales dispuestos en un triángulo invertido y, delante, un platillo horizontal. Cuenta con un dispositivo Warp que dobla el espacio a su alrededor para acceder de un punto del Universo a otro en poco tiempo.

Gene Roddenberry tenía claro que su nave insignia no debía parecerse a ningún cohete que se hubiera visto en la ciencia-ficción, tenía que ser original y rompedora. El diseño corrió a cargo de Matt Jefferies, aviador y diseñador mecánico. Jefferies no sólo la diseñó para ser visualmente original, sino que procuró que obedeciera a la lógica aeronáutica y fuera creíble. Un emblema de la ciencia-ficción, la *Enterprise* ha servido de inspiración a muchas naves espaciales posteriores, especialmente a la USS Orville de *The Orville* y a la N.S.E.A. Protector de *Héroes fuera de órbita*.

«*Todo lo que pido es una nave grande y una estrella a la que dirigirla.*» –James T. Kirk.

MOYA (*Farscape*)

Moya destaca sobre cualquier nave por el hecho de estar viva. No es sólo un decorado en el que basar la acción, sino uno más de los protagonistas, con personalidad propia. Es un Leviatán, una majestuosa raza biomecanoide que vive siempre en el espacio, flotando sin tocar tierra jamás. Su aspecto es orgánico y precioso, en tonos ocres y amarillos, dando siempre una sensación hogareña y acogedora, pero sin que choque con la estética grunge de la serie.

Los Leviatanes son animales salvajes similares a ballenas, pero están envueltos en magia y misticismo. Su unión simbiótica con el Piloto, que queda acoplado eternamente a ella, es simplemente fascinante, con el Piloto actuando como una especie de intérprete para los tripulantes de lo que Moya quiere decirles. En el capítulo triple *Look at the Princess* conocemos a sus creadores, dioses cósmicos tan caprichosos como misteriosos. Moya tiene ocho sentidos distintos –algo muy impactante para la época, aunque a día de hoy la ciencia ya ha determinado que nosotros también los tenemos–. Su propulsión FTL se llama Estallido Estelar –Starburst en inglés– y consiste en un salto al hiperespacio que lleva a la nave a un lugar al azar que ni ella misma ni su tripulación pueden controlar.

Según explica el Piloto en el episodio 1x17 *Through the Looking Glass*, «el Estallido es la unión entre las dimensiones espacio y tiempo, las celdas de poder de Moya permiten acceder a ellas, entrando en una corriente de energía hasta que es expulsada en un lugar al azar».

Al final de la primera temporada, Moya da a luz a Talyn, una nueva nave viviente única en su especie, al ser un híbrido entre un Leviatán y una nave de guerra Pacificadora. Mientras los Leviatanes son bestias pacíficas dedicadas al transporte cuya única defensa es huir saltando al hiperespacio, Talyn está cargado de armas de alta capacidad destructiva. Lo cual es incluso peor debido a que se comporta como un adolescente en perpetua rebelión y es imposible controlarlo. Talyn no necesita un piloto acoplado a la nave, puede manejarse a sí mismo, aunque también permite una unión simbiótica con un piloto Pacificador mediante un chip injertado en la nuca.

«Cuando uno de mi especie es unido a un Leviatán, entregamos nuestras vidas al servicio de otros. Primero de la nave, luego de los que viajan a bordo de ella.» –Piloto.

TARDIS (*Doctor Who*)

«Time And Relative Dimensions In Space», o *TARDIS* para abreviar, así es como decide nombrar a la nave de su abuelo Susan Foreman, la nieta del Doctor, en el legendario primer capítulo de *Doctor Who* en 1963. La *TARDIS* no es sólo una nave espacial sino también una máquina del tiempo, que para acabar de aderezar la aventura, tiene una mente propia, por lo que siempre lleva al Doctor adonde ella cree que debe estar.

Las máquinas del tiempo de los Timelords del planeta Gallifrey tienen un aspecto distinto, pero una de sus funciones básicas es un Circuito Camaleón que permite a la nave cambiar su apariencia y camuflarse como un objeto cotidiano del lugar y la época en que se encuentre. Cuando el Doctor robó la suya y la llevó al Londres de los años sesenta, era aún inexperto en su manejo, lo que le llevó a estrellarse y destruir el Circuito Camaleón. La nave se quedó para siempre en la forma de una cabina de policía de la época: unas ahora anacrónicas cabinas similares a las de teléfonos pero que sólo servían para llamadas de emergencia. Desde entonces, tiene la forma de una cabina azul de madera. Al menos, por fuera.

Y es que la *TARDIS* es más grande por dentro –o más pequeña por fuera, según Clara Oswald–. En su interior hay una dimensión de bolsillo que permite que una gigantesca nave llena de compartimentos que no parecen acabar nunca quepa en una caja de apenas un metro de ancho por dos de alto. Según comenta a veces el Doctor, tiene una piscina, un tobogán de agua, lagos de pesca, un bosque pluvial, un claustro, una biblioteca y hasta una estrella enana capturada en plena explosión. Su diseño interior varía según la personalidad de quien la pilote –que es siempre el Doctor, pero con diferentes personalidades según sus regeneraciones– y pasa de épocas más limpias y asépticas a otras como la del décimo Doctor de Tennant, a la que el Doctor de John Hurt llamaba «la fase grunge». Aunque siempre suelen conservarse las «cosas redondas de la pared», como las llama él.

Como puede verse en el fantástico telefilme de 2013 *Una aventura en el espacio y el tiempo*, sobre los orígenes de la serie, la creadora del fenómeno Verity Lambert andaba escasa de tiempo y presupuesto y, con ayuda del diseñador Peter Brachacki, idearon una original sala de mandos basada en un simple carrete de hilo rodeado de circulitos de cartulina.

La *TARDIS* puede volar por el espacio como cualquier otra nave, aunque el Doctor casi siempre prefiere desmaterializarla y materializarla en otra época y lugar. El característico sonido que emite al aparecer, según explica la doctora River Song, se debe a que el Doctor siempre se deja el freno de mano puesto porque le gusta el ruido. Además, lleva un teléfono con el que se puede llamar a cualquier otro dispositivo en cualquier momento de la Historia y lugar del Universo, algo muy práctico cuando eres un viajero espaciotemporal un tanto despistado. Otras máquinas del tiempo de Gallifrey que han adquirido aspectos curiosos son la que roban Clara y Ashildr al final de la novena temporada de la serie moderna, que adquiere la forma de una típica cafetería americana de los años cincuenta, o la que utiliza actualmente el Master, la archinémesis del Doctor, que tiene el aspecto de una agradable casita de campo.

«Morder es genial. Es como besar, pero hay un ganador.» –TARDIS.

SERENITY (*Firefly*)

Nave de carga de clase 03-K64 Firefly. Su aspecto externo es muy curioso, una mezcla entre una luciérnaga y un caballo, usada y envejecida, pero acogedora, como en el Halcón Milenario, que fue la principal fuente de inspiración de Whedon junto con el «útero volador» de *Los siete magníficos del espacio*.

La psicología del color juega un importante papel en el diseño interior de la Serenity. Las paredes de las salas están pintadas de distintos tonos para generar sentimientos subconscientes: las zonas varían de los tonos cálidos –donde se mueven los personajes más emocionales como Jayne, Kaylee o Inara– a más fríos –donde están los personajes más cabales, como Zoë o Book–. Los secundarios suelen hablar mal de la nave, considerándola obsoleta y poco atractiva, pero a su vez se alaba siempre su durabilidad y lo fácil de reparar que es en comparación a otras naves más modernas. La sensación general es la de una antigualla que se aguanta de milagro con chicle y cinta aislante, pero en la que los personajes confían más que en nada en el Universo.

Alan Tudyk creó su propia broma interna en la serie con lo que él llamaba «sus tres botones mágicos»: siempre que se le ordenaba que hiciera cualquier cosa con la nave, ya fuera arrancar, frenar, hacer maniobras evasivas o abrir compuertas, apretaba los tres mismos botones en el mismo orden, para ver si alguien se daba cuenta. La Serenity aparecería de forma épica y memorable durante la batalla final de *Ready Player One* –Steven Spielberg, 2018–.

«¿Sabes cuál es la primera regla del vuelo? El amor. Puedes saber todas las matemáticas del Universo, pero si pilotas una nave a la que no amas, se te sacudirá de encima, tan seguro como que los mundos giran. El amor la mantiene en el aire cuando debería caerse, te avisa de que está herida antes de que se queje. La convierte en tu hogar.»
–Malcolm Reynolds.

EVENT HORIZON (*Horizonte Final*)

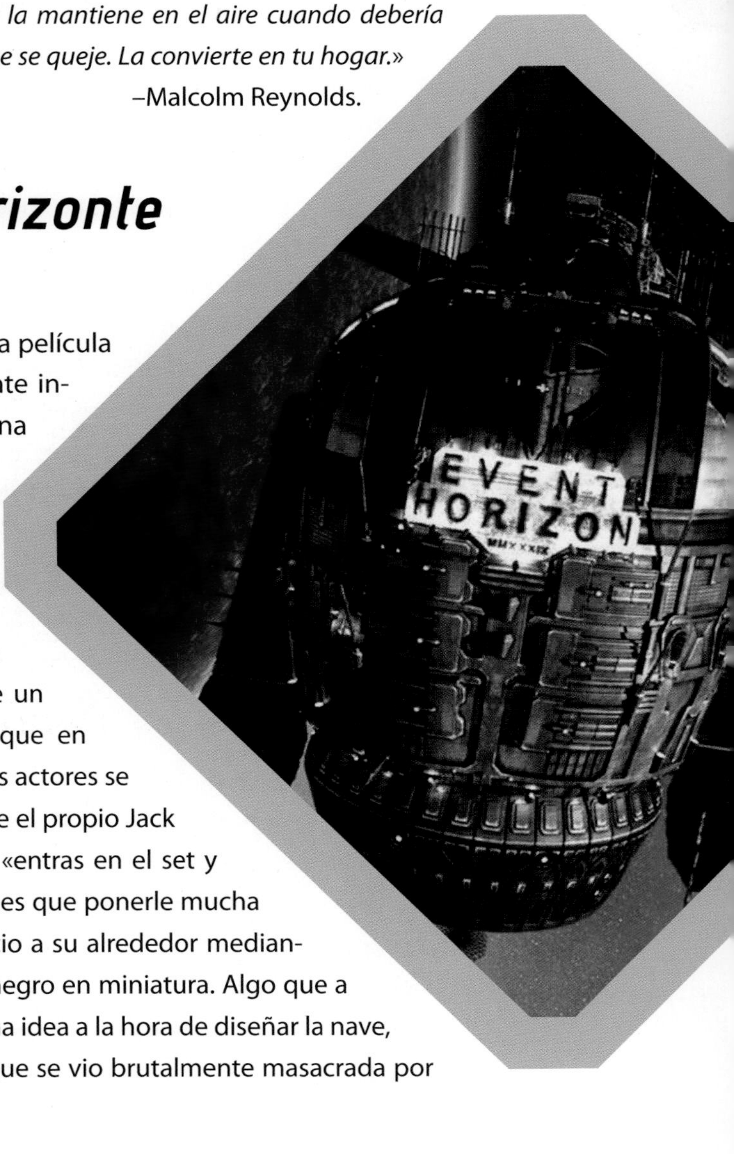

La terrorífica y oscura nave que da nombre a la película de terror espacial por excelencia es un gigante inabarcable, pero a la vez consigue provocar una atmósfera de opresión y claustrofobia como ninguna. Su diseño es tan gótico como colosal, una mole sobrecogedora.

El decorado es inmenso y sus paredes talladas dan la sensación de encontrarnos en un cruce entre una catedral gótica y el vientre de un monstruo de las profundidades marinas, aunque en este caso no se supone que la nave esté viva. Los actores se sentían sobrecogidos ante todo aquello, a lo que el propio Jack Noseworthy –*El diablo metió la mano*– declaró «entras en el set y estás allí de verdad, es tan inmenso que no tienes que ponerle mucha imaginación». La Event Horizon dobla el espacio a su alrededor mediante un motor de gravedad que crea un agujero negro en miniatura. Algo que a cierto cerebrito del futuro le debió parecer buena idea a la hora de diseñar la nave, pero probablemente no tanto a la tripulación que se vio brutalmente masacrada por horrores surgidos de los confines del Universo.

«Creé la Event Horizon para alcanzar las estrellas, pero ha ido mucho, mucho más lejos que eso.» –William Weir.

OTRAS NAVES MEMORABLES:

- **El cohete de Tintín**: Aparecido en el álbum belga *Objetivo: La Luna* de la serie *Las aventuras de Tintín*, este cohete de colores vivos y diseño simplón se ha convertido en un icono de la cultura pop. Pocas naves espaciales de ficción han generado tantísimo merchandising, incluso entre gente que lo utiliza como decoración sin conocer su origen.
- **La nave de Piccolo**: La misteriosa nave con la que el Piccolo original llegó a la Tierra es revelada en *Dragon Ball Z*. Construida con un metal desconocido, su diseño exterior recuerda a una caracola marina, algo que encaja con toda la temática del planeta Namek, que gira en torno a los moluscos gasterópodos en todas sus variantes –de ahí los nombres de sus habitantes como Nail, Piccolo o Dende o el propio nombre del planeta, que significa «babosa»–. Consta de controles muy simples para los namekianos, que hasta sus niños pueden utilizar, pero mucho más complejos para los humanos, porque se activan por voz y debes conocer el idioma. Su velocidad es impresionante, en su primera aparición viaja de la Tierra a Júpiter en un minuto.

- **El cohete-árbol de *Saga*:** Una nave espacial que es un árbol. Esta extraña raza crece en el Bosque de Cohetes del planeta Cleave, al sureste del Valle Asesino. Antiguamente, el bosque estaba poblado con centenares de árboles-cohete que cualquiera podía tomar prestados cuando le apeteciese, pero la guerra entre Landfall y Wreath arrasó gran parte del planeta, por lo que quedan muy pocos. Los Horrores –fantasmas casi corpóreos de los habitantes de Cleave– utilizan sus poderes de ilusionismo para mantener el bosque oculto a la vista de los visitantes y proteger así la vida de los pocos cohetes restantes.
- **El Arca:** La inmensa estación espacial en la que da inicio la serie *Los 100* fue formada tras la extinción nuclear de la vida en la Tierra, cuando las doce estaciones espaciales que orbitaban el planeta muerto decidieron acoplarse en una sola para preservar a los restos de la humanidad. Tras los sucesos de la primera temporada de la serie, este impresionante anillo metálico giratorio se precipitó hacia la Tierra y en sus restos se construyó Arkadia, que sería el nuevo hogar de los Skaikru. La estación ficticia contiene fragmentos de algunas reales y en ciertos momentos podemos ver antigua cartelería con los logos de la ISS –la Estación Espacial Internacional– o la Mir.
- **Galáctica:** La estrella de combate más conocida del Universo puede alcanzar la velocidad de la luz pese a su inmenso tamaño. Mide casi un kilómetro y medio y no está diseñada para vuelo atmosférico, sino que se limita al espacio exterior. Además es autosuficiente, con tecnología de purificación del agua para abastecer a sus tripulantes durante años sin repostar. Puede llevar hasta a 5000 personas a bordo, convirtiéndose en una ciudad flotante en la que vivir más que en un vehículo para viajar.

ESPACIO VIRTUAL

Los mejores videojuegos de temática espacial

«Tenemos que reinvertir en el espacio. Nunca deberíamos haber dejado la Luna.»

-Ray Bradbury, novelista de ciencia-ficción

STELLARIS

SpaCivi

Paradox Interactive, 2016.

En este juego de exploración pura y duracontrolas a una civilización que está dando sus primeros pasos en el viaje espacial. A partir de ahí, empezarás a expandirte por el Universo, afianzando tu imperio en base al comercio, el desarrollo o la conquista. En resumidas cuentas, el mítico *Civilization* –o «*Civi*», como es más conocido entre sus legiones de fans– llevado al terreno del espacio.

Espacio civilizado

Al igual que sucedía en el *Civilization* y todas sus secuelas, tu objetivo para poder ganar en el juego dependerá de qué estrategia hayas elegido seguir: puedes ganar mediante dominación –haciendo la guerra y conquistando a otras especies–, mediante superioridad científica y tecnológica, por mayor abundancia de recursos, etcétera. Y es que ya lo decía el gran Sid Meier, «un buen juego de estrategia es una serie de decisiones interesantes». Pues en *Stellaris* te vas a hartar de ellas.

¡Por la ciencia!

Para comenzar el juego, puedes elegir entre unas civilizaciones prediseñadas bastante interesantes o, y aquí está lo divertido, crearte la tuya propia desde cero. Al estar en el ámbito de la ciencia-ficción, un rasgo que distingue a *Stellaris* de otros juegos de tipo 4X es la gran relevancia que se da al personaje del científico en los imperios estelares, convirtiéndose en una pieza clave para tener éxito en el juego.

CURIOSIDADES:

- Pertenece al género conocido como 4X: «*eXplore, eXpand, eXploit and eXterminate*». Otros juegos similares de este estilo son *Endless Space*, *Sid Meier's Alpha Centauri* o *Starcraft*.
- Paradox es famoso por sus juegos de estrategia. Hasta que lanzó *Stellaris*, el más célebre era *Crusader Kings II*, con el récord de un jugador que llegó a pasarse 10.500 horas –no sabemos si sigue en nuestra dimensión o ya ha trascendido el espacio y el tiempo–.
- La expectación de su lanzamiento fue tal –y más sumándole los seis meses de retraso con los que salió– que se vendieron 20.000 copias en las primeras 24 horas.
- El juego original era para ordenador, pero en 2019 se lanzó la versión para consolas.
- Los parches que han ido sacando para corregir *bugs* reciben nombres de legendarios autores de ciencia-ficción: Bradbury, Heinlein, Shelley, Niven, Le Guin, Clarke, Asimov…

EVE ONLINE

De Islandia al nuevo Edén

CCP Games, 2003.

La humanidad ha conquistado la Vía Láctea y se ha establecido en una galaxia lejana llamada New Eden, que a día de hoy –21.000 años más tarde– está totalmente aislada de nuestro origen inicial y se ha desarrollado en cinco grandes civilizaciones. Con esta excusa, damos paso a un sinfín de batallas de naves, exploración espacial, *farmeo* y comercio.

Hiperespacio para todos

Este juego de un estudio islandés es un multijugador masivo al más puro estilo del *World of Warcraft* pero, por supuesto, en el espacio. Una galaxia explorable en forma de mundo abierto con más de 70.000 sistemas solares y unos 2.500 agujeros de gusano colocados en lugares estratégicos que te permiten viajar entre estrellas, aunque también puedes utilizar tecnología Warp para viajar grandes distancias. Aunque todos los jugadores estén en un mismo servidor, puedes elegir si jugar en modo PvE o PvP. Para empezar el juego, puedes escoger entre cuatro razas alienígenas distintas. Además, puedes jugar por tu cuenta si quieres, pero también te ofrece la posibilidad de aliarte con otros jugadores y formar corporaciones para jugar en equipo.

CURIOSIDADES:

- El servidor principal se llama Tranquility, pero tiene otro específico para China llamado Serenity y otros tres para pruebas llamados Duality, Singularity y Buckingham.
- Uno de sus atractivos es que se puede jugar gratis, descargándolo desde la web oficial. Algunas habilidades y naves están bloqueadas en este modo, sólo disponibles con cuenta de pago mensual, pero la versión gratuita también comprende un juego vastísimo.
- Existe una policía espacial que aparece y te mata si atacas a otro jugador sin provocación. Algo que no estaría nada mal que se implementase en el *WoW*.
- La moneda ficticia usada se llama ISK –Interstellar Kredits-, que en realidad es la nomenclatura de la moneda actual irlandesa, el ISK –Icelandic Króna–.
- Hay un programa de voluntarios en el que puedes colaborar reportando bugs, respondiendo preguntas de jugadores nuevos o hasta escribiendo fan fictions para el juego.

MASS EFFECT

Rol cuántico

BioWare, 2007.

A finales del siglo XXII, el viaje interestelar es posible gracias a una tecnología superior –dejada, cómo no, por una antigua raza alienígena ya extinta… ejem, alguien ha estado viendo *Stargate*– llamada Mass Effect. El –o la, depende de tu elección– comandante Shepard es un marine espacial a punto de convertirse en el primer humano que pase a formar parte de las fuerzas especiales del Consejo de la Ciudadela, el gobierno galáctico.

Don't fear the Reapers

A lo largo del juego y las siguientes entregas de la saga, Shepard tendrá que proteger la galaxia de la malvada raza robótica de los Reapers. Un juego de rol en tercera persona cargado de acción, con un protagonista tan customizable que no sólo puedes elegir su nombre de pila y su aspecto físico sino incluso su sexo. Exploración de una vasta galaxia a bordo de una nave espacial propia, con tripulación incluida, saltando por los diversos sistemas solares de la Vía Láctea.

Más efectos

Mass Effect es un videojuego muy cinematográfico, con un buen guion y una interesante historia de fondo que vamos conociendo poco a poco mientras se desarrolla el juego –aunque hay que admitir que te sueltan un montón de información del trasfondo nada más empezar, pero si tienes paciencia, luego empieza lo bueno–. Las misiones son pura ciencia-ficción, desde combates con robots alienígenas hasta detener un meteorito que amenaza con chocar contra un planeta habitado. Tras el primer juego de 2007 se lanzaron dos secuelas para completar la trilogía principal y un cuarto juego, *Mass Effect: Andromeda* en 2017, que sería la primera entrega de una posible nueva saga, pero que también funciona en solitario. También existen los *spin-offs Mass Effect Galaxy* –para Mac–, *Mass Effect Infiltrator* –para móviles– y un par de apps para móvil que sirven para gestionar el contenido de los dos últimos juegos de la saga.

CURIOSIDADES:

- El director del juego, Casey Hudson, es también director del legendario *Star Wars: Knights of the Old Republic*.
- Desde el primer momento, los desarrolladores tuvieron claro que sería el primer capítulo de una trilogía.
- Existe una subtrama opcional en la que puedes tener una relación romántica con un PNJ, lo que lleva a una escena cinemática de cama –muy sutil y nada explícita–, algo que provocó una gran controversia entre los sectores más arcaicos de la crítica.
- La cuarta entrega, *Mass Effect: Andromeda*, es más ligera en tono, se centra más en la exploración espacial de mundo abierto y no tanto en el combate, así que si te gusta más explorar que darte de guantazos espaciales esta será la ideal para ti.
- Existen multitud de novelas y cómics que profundizan en el *lore* del juego. También hay un proyecto de película que lleva una década en supuesta preproducción, aunque de momento no se sabe gran cosa al respecto.

METROID (SAGA)

Llega la heroína espacial por antonomasia

Nintendo, 1986-2017.

Samus Aran es una cazarrecompensas espacial que recibe encargos de la Federación Galáctica para enfrentarse a piratas y, sobre todo, proteger el Universo de la amenaza de los parásitos alienígenas con forma de cerebros-medusa llamados Metroid –¡Anda, igual que el nombre del juego!–.

Qué bien nos lo paSamus

Una saga repleta de aventuras, exploración espacial y acción por un tubo, que ha lanzado ya la friolera de catorce juegos. Samus Aran fue una de las primeras protagonistas femeninas importantes en el mundo de los videojuegos y ya se ha convertido en un gran icono. Como suele pasar con las sagas largas que llevan muchas décadas –véase *Final Fantasy*–, hay que empezar por donde uno crea conveniente según gustos. Los primeros juegos eran muy sencillitos. Si no te van esas cosas tan retro pero quieres darle una

oportunidad, es mejor que empieces por los posteriores al 2000, con mejores gráficos, movimiento en primera persona y más aproximados al estilo de los videojuegos de hoy en día: te recomiendo del *Metroid Prime* de 2002 en adelante.

CURIOSIDADES:

- No descubríamos que Samus era mujer hasta el final del primer videojuego, cuando se quitaba la armadura y veíamos que era un simpático personajillo de 8 bits en bikini.
- Sus creadores afirmaban que su principal influencia era *Alien, el octavo pasajero*. Fue pura casualidad que el mismo año que sacaron el juego se estrenase *Aliens: El regreso*.
- Nintendo insistió mucho al promocionar *Metroid Prime* en que no era un shooter sino una aventura en primera persona, que era mucho más que un simple juego de tiros.
- El Varia Suit, la armadura robótica que viste Samus, se llamaba en realidad Barrier Suit. El cambio se debió a un error en la traducción del japonés, pero a los desarrolladores les hizo tanta gracia que decidieron dar el nombre por bueno.
- Samus fue diseñada basándose en el aspecto físico de Kim Basinger.

NO MAN'S SKY

Exploración sin límites

Hello Games, 2016.

Una mezcla de exploración y supervivencia, con todas las características necesarias de recolección, construcción y combate en un universo vastísimo. Los mundos se crean mediante generación procedimental, es decir, con algoritmos en lugar de manualmente, por lo que crecen exponencialmente más rápido que si un equipo humano tuviera que programarlos uno a uno. Hay 18 quintillones de planetas en el juego. Digamos que no te los vas a pasar en una tarde.

No man's story

No Man's Sky está plagado de planetas por explorar, curiosos y variados, con unos gráficos preciosos. Aunque parezcan generarse de forma aleatoria, obedecen a leyes matemáticas estipuladas por sus desarrolladores, con lo que nada queda al azar. Un juego en constante evolución que nunca deja de añadir expansiones y con la opción de usar gafas de realidad virtual –¿estamos viviendo ya en el Universo de *Ready Player One*? Eso espero–. No hay una historia de fondo, ni escenas cinemáticas, sólo exploración a tu ritmo y gusto. Pero, a partir de una expansión de 2017, se pueden jugar misiones de historia generadas procedimentalmente. El tamaño del Universo hace poco probable que dos jugadores puedan llegar a coincidir en un planeta por casualidad, aunque a partir de las actualizaciones 2017 hay formas de contactar con otros jugadores y guiarlos hasta tu base para compartirla con ellos. En actualizaciones de 2018 en adelante, se ha puesto énfasis en las opciones multijugador que pedían los fans.

No man's hype

Su principal problema a la hora del lanzamiento fue el exceso de *hype*. Los medios inflaron las expectativas del juego y, aunque el jefe del estudio intentó rebajarlas un poco, las ansias generadas entre los futuros compradores fueron demasiado altas, algo que un equipo pequeño e independiente como Hello Games no pudo gestionar. Esto provocó que, al lanzarse al fin el juego, un sector del público lo criticase negativamente por no ajustarse a las exageraciones que la prensa especializada llevaba meses publicando. Realmente, ha sido uno de los juegos indies con mayor nivel de *hype* jamás generado.

CURIOSIDADES:

- Si visitaras un segundo cada planeta, te llevaría 585 billones de años verlos todos.
- A partir de la mejora llamada Fundación, se permite a los jugadores elegir un planeta como hogar y construirse allí una base en la que puedes almacenar tus cosas.
- Los planetas varían según su distancia respecto al Sol: los que sale más a cuenta visitar son los que están a media distancia, con mayor riqueza de flora y fauna que recolectar.
- El juego está inspirado en la ciencia-ficción clásica de aspecto optimista, de antes de que se empezasen a representar futuros distópicos terribles –si te gustan más los futuros sucios, amenazadores y opresivos, te recomiendo mi libro *Universos distópicos: El futuro sí está escrito*, publicado en esta misma colección–.
- Si eres el primero en descubrir un planeta o en escanear a una especie alienígena desconocida, se te reconocerá como su descubridor y hasta puedes ponerles nombre –aunque hay filtros anti-obscenidades, claro-.

THE OUTER WORLDS

Diversión a raudales

Obsidian Entertainment, 2019.

En el futuro, megacorporaciones han empezado a colonizar planetas y terraformarlos. Una de las naves colonizadoras va a parar a una zona apartada que no acabó de salir bien. Desde ahí, el protagonista comenzará un enloquecido viaje para intentar volver a la colonia más civilizada.

Elige tu propia locura

Un divertidísimo juego de rol para un solo jugador centrado sobre todo en el desarrollo del personaje, que va variando según tus decisiones. Subvierte mucho el género de la Space Opera, con un protagonista que no es para nada un gran héroe elegido para salvar el Universo, sino un verdadero don nadie que sólo intenta salvar el culo. Su personalidad se va construyendo mediante las frases que eliges en sus escenas de diálogo: puedes optar por que tu personaje se comporte como un héroe, un psicópata o un simple idiota –en este último caso, uno de los PNJs que reclutas como ayudantes se haría cargo del peso argumental de la historia–. Y lo mejor es que el mundo del juego reacciona y se comporta en función de a la que hayas elegido.

La gracia está en los pequeños detalles

Hay escenas de combate, aunque puedes llegar a evitarlas si has elegido bien tus habilidades sociales o de sigilo. Una de las características más atractivas es la habilidad de dilatación temporal, que ralentiza el tiempo a tu alrededor para que puedas observar bien a tus enemigos y sus características durante un combate. Tu nave será tu base de operaciones, pero tendrás que conseguirla tú mismo durante el primer acto del juego, no te la van a dar tan fácilmente. Multitud de detalles complejos y fascinantes en un juego lleno de diversión, con un sentido del humor que nada tiene que envidiar al del *Borderlands*. Aventuras espaciales, científicos locos arquetípicos y muchas risas, con un aire desenfadado reminiscente a las novelas pulp de los años cincuenta.

CURIOSIDADES:

- Los directores del juego son los creadores de la legendaria saga *Fallout*.
- Hasta ahora sólo estaba disponible en Epic Games –algo que suele echar para atrás a la mayoría de los jugadores de PC– y Microsoft Store, pero en 2020 llega por fin a Steam.
- Un detalle muy divertido que refuerza la idea de Universo controlado por corporaciones es que todo lo que te rodea tiene marca y hasta eslóganes publicitarios –de marcas inventadas para el juego–.
- No sólo eliges las habilidades de tu personaje, también tendrás que elegir sus defectos, lo que lo hace mucho más interesante de jugar –por ejemplo, si su defecto es la fobia a los robots, se comportará de una forma muy divertida cuando vea a uno de estos–.
- Uno de sus puntos fuertes es que, al ser tan variable dependiendo de la personalidad que le des al personaje, puedes jugarlo repetidas veces y siempre es distinto.

ALGUNAS NOVELAS MÁS

Un poco de lectura extra nunca hace daño

FUNDACIÓN

Foundation, Isaac Asimov, 1951-93.

En una de las sagas literarias más famosas de la ciencia-ficción, un matemático del futuro prevé el fin del imperio galáctico que hundirá toda la Vía Láctea en una era de oscuridad. En un desesperado intento por salvar la galaxia, crea las Fundaciones, grupos de científicos que serán la semilla del nuevo imperio tras la caída del actual.

MUNDO ANILLO

Ringworld, Larry Niven, 1970.

Una expedición se dirige a investigar un misterioso artefacto alienígena: un anillo metálico del tamaño de la órbita de la Tierra, que rodea una estrella. El anillo rota sobre sí mismo generando gravedad artificial. Podría decirse por su aspecto que es una nave, excepto por el pequeño detalle de que tiene el tamaño de tres millones de planetas.

TAU CERO

Tau Zero, Poul Anderson, 1970.

Una nave es enviada a colonizar una galaxia lejana pero, debido que viajan a velocidad FTL, el tiempo pasa más rápido afuera que dentro y no consiguen detenerse, con lo que van pasando millones de años mientras para ellos apenas pasan unos meses. Ciencia-ficción dura, con mucho esfuerzo en la precisión científica y explicar la teoría de la relatividad, además de un final impresionante.

FORASTERO EN TIERRA EXTRAÑA

Stranger in a Strange Land, Robert A. Heinlein, 1961.

En un mundo afectado por la Tercera Guerra Mundial en el que las religiones son las que más poder ostentan, un humano criado toda su vida en Marte llega a la Tierra. Allí, intentará adaptarse y vivir entre los extraños humanos. Otra de esas maravillas de Heinlein.

ACROSS THE UNIVERSE

Beth Revis, 2011-14.

Una nave con cien pasajeros criogenizados es enviada a colonizar un planeta lejano. Pero cuando una adolescente despierta antes de hora, descubre que el resto de la tripulación despertó incluso antes. Han pasado generaciones y en la nave reina una sociedad tribal que no sabe de la existencia de la Tierra ni del planeta al que van. Las tres primeras entregas de esta saga para jóvenes lectores –*Across the Universe, A Million Suns* y *Shades of Earth*– conforman la trilogía, mientras que la cuarta –*The Body Electric*– es una historia independiente en el mismo universo.

TRILOGÍA LILITH'S BROOD o XENOGÉNESIS

Octavia Butler, 1987-1989.

Una original Space Opera en que la Tierra es destruida por militares alienígenas. Unos pocos humanos son salvados justo a tiempo y llevados al espacio por los Oankali, cuyo objetivo es reproducirse con los humanos para evitar la extinción de ambas especies.

SATURN'S CHILDREN

Charles Stross, 2008.

Un futuro en el que ya no quedan humanos y el sistema solar está bajo el dominio de un sistema feudal de androides. Una robot obsoleta a la que ya nadie quiere se ve inmersa sin querer en una compleja guerra entre facciones que pretenden controlar a toda la sociedad androide. Bebe muchísimo de la novela de 1982 *Friday*, de Heinlein, y a menudo se la ha considerado un gran homenaje al autor.

THE EXPANSE

James S.A. Corey, 2011 en adelante.

El sistema solar ha sido colonizado y ahora ya sólo nos falta el viaje a otras estrellas. Lo conseguimos mediante un sistema de agujeros de gusano que fueron colocados en diferentes sistemas solares –el nuestro entre ellos– por una raza alienígena extinta ya hace mucho. Una saga –que de momento lleva ocho novelas y las que le quedan– narrada alternando puntos de vista de diversos personajes. Ha sido adaptada a una serie de televisión lenta, rara y contemplativa.

LAS ESTRELLAS, MI DESTINO

The Stars My Destination, Alfred Bester, 1956.

En un futuro en que todo el sistema solar ha sido colonizado, la crisis económica ha provocado una cruenta guerra. Gully Foyle es el único superviviente del ataque a una nave comercial. Cuando pide ayuda a una importante nave de la gran corporación económica Presteign, estos le ignoran y le dejan a la deriva para que muera. Desde entonces, su vida consistirá en vengarse de ellos y destruir a la corporación en una especie de versión espacial del Conde de Montecristo.

CONSIGUE UN TRAJE ESPACIAL: VIAJARÁS

Have Spacesuit-Will Travel. Robert A. Heinlein, 1958.

Esta sección no podía acabar sin otro libro de Heinlein, que por algo es uno de los mayores autores de ciencia-ficción habidos y por haber. Un chico gana un traje de astronauta en un concurso y, en cuanto se lo prueba, es abducido por alienígenas y llevado a la luna. Esta aventura para lectores juveniles les llevará por todo el sistema solar e incluso más allá.

...Y MÁS ALLÁ

Epílogo y conclusiones

Ya lo ves, el espacio no es sólo la última frontera, sino además la última fuente de diversión –y no digo última como final, sino como definitiva–. Un lugar tan inmenso que para la mente humana resulta imposible concebir racionalmente sus dimensiones, por fuerza tenía que tener cabida para todo tipo de historias: terror, drama, filosofía, comedia, western, aventuras, todos tienen su espacio en –valga la redundancia– el espacio.

Y es que la ciencia-ficción espacial no es un género, sino un súper-género que engloba a muchos otros. Y precisamente por eso gusta a tanta gente, porque independientemente de tus preferencias en géneros de ficción, la inmensa mayoría de veces los vas a ver reflejados en alguna obra espacial. El inabarcable Universo nos fascina por lo desconocido y lo misterioso, pero a la vez nos sentimos cómodos al redescubrir las historias que nos gustan, trasladándolas al negro cosmos infinito.

Las historias de marineros que navegaban más allá del horizonte por el que se caían los barcos han evolucionado. Ahora tienen a poderosos Jedi con espadas láser, naves federales que se aventuran hacia donde ningún hombre se ha atrevido a ir antes, astronautas de la IASA lanzados a través de un agujero de gusano, cowboys cazarrecompensas con largos abrigos marrones, guerras entre planetas de ciencia y planetas de magia, microcambios en la densidad del aire y latas de anchoas del futuro que cuestan un gritón de dólares.

Quizás hayas echado en falta alguna obra de ciencia-ficción espacial que no haya cabido en esta exhaustiva compilación. A ese respecto, sólo puedo decirte que quizás el Universo sea infinito pero, desgraciadamente, este libro no lo es. Pero aún tengo tiempo de darte una serie de valiosos consejos que te serán muy útiles si quieres sobrevivir en el espacio:

- No vayas tú solo a ver qué ha sido ese ruido en un rincón oscuro de la nave. Es un error de principiante. Y el último que cometerás.
- Sella los conductos de ventilación. Suéldalos. Tápialos. Lo que sea, pero que nada pueda entrar o salir de ahí.
- Rechaza cualquier oferta de trabajo como asistente personal de Darth Vader. Si la oferta de empleo es a bordo de una nave de la Federación y tienes que vestir de rojo, huye.
- Nunca, nunca confíes en un híbrido Pacificador-Skarran.
- Si Lawrence Fishburne está a bordo de esa nave, mejor espérate a la próxima que pase.
- Ya sé que los Daleks son adorables pero, por favor, no te acerques a acariciarlos.
- Ese huevo alienígena misterioso está muy bien puestecito en ese cráter humeante de una luna deshabitada. Déjalo ahí y pasa de largo, que en la nave tienes comida de sobras.
- Lleva siempre una toalla.

Puede que algún día por fin conquistemos el espacio y podamos visitar planetas fascinantes. Hasta entonces, seguiremos disfrutando de las historias que nos cuentan cómo podría ser.

Despegamos hacia las estrellas.

Y más allá.

Jöse Sénder, desde el otro lado de un agujero de gusano.

BIBLIOGRAFÍA SELECCIONADA

LIBROS

Creed, Barbara. *Darwin's Screens: Evolutionary aestethics, time and sexual display in the cinema*. MUP Academy Monographs, 2009.

Fischer, Dennis. *Science Fiction Film Directors 1895-1998*. McFarland & Company, 2000.

Henderson, C.J. *Encyclopedia of Science Fiction Movies: From 1897 to the Present*. Checkman Books, 2001.

Landon, Brooks. *Science Fiction After 1900: From the Steam Man to the Stars*. Routledge, 2002.

Pastor, Doc. *Star Trek: El viaje de una generación*. Dolmen, 2016.

Webb, Nick. *Wish you were here: The oficial biography of Douglas Adams*. Ballantine Books, 2005

ARTÍCULOS

Al-Greene, Bob. «Faster than light: 5 sci-fi space travel methods and the real theories behind them». *Mashable*, fecha desconocida.

Anders, Charlie Jane. «10 Myths About Space Travel That Make Science Fiction Better». *Gizmodo*, agosto 2012.

Culhane, John. «'The Black Hole' Casts The Computer as Movie-Maker». *The New York Times*, diciembre 1979.

Gorton, Mark. «Future perfect». *The Lancashire Magazine*, febrero 2010.

Lambie, Ryan. «Event Horizon: From Doomed Ship to Cult Gem». *Den of Geek*, julio 2016.

Leyland, Andrew. «Revisiting Buck Rogers in the 25th Century». *Den of Geek*, octubre 2014.

NASA (comunicado de prensa). «NASA's Curiosity Rover Team Confirms Ancient Lakes on Mars». Web oficial de la NASA, octubre 2015.

Rogers, Adam. «Wrinkles in Spacetime: The Warped Astrophysics of Interstellar». *Wired*, octubre 2014.

Tatarsky, Daniel. «The History of Dan Dare, Pilot of the Future». *The Guardian*, diciembre 2010.

ENTREVISTAS

Brzeski, Patrick. «'Wandering Earth' Director Frant Gwo on Making China's First Sci-Fi Blockbuster». *The Hollywood Reporter*, febrero 2019.

Harris, Will. «Lea Thompson». *The AV Club*, febrero 2012.

Moss, Tyler. «The Writer's Digest interview: Andy Weir, autor of 'The Martian' and 'Artemis'». *Writer's Digest*, enero 2018.

Nemetz, Dave. «The Orville: Seth MacFarlane Explains Why His New Show Isn't Just a Comedy». *TV Line*, agosto 2017.

OTRAS FUENTES

Web *SFE – The Encyclopedia of Science Fiction*.

Documental *The Beast Within: The Making of 'Alien'* –Charles de Lauzirika, 20th Century Fox Home Entertainment, 2003.

Por el mismo autor:

Descubra el futuro más temeroso y catastrófico a partir de las distopías más reveladoras del cine, los cómics, la literatura o las series de televisión.

La ficción ha encontrado siempre en las distopías material más que suficiente para prevenirnos de un futuro aterrador. Tanto el cine como la literatura, los cómics o los videojuegos han hallado en este género suficientes conflictos en los que la sociedad sucumbe ante alguna catástrofe.

La deforestación, la lluvia ácida o la polución son algunas de las constantes que ambientan escenarios grises y contaminados en los que no hay el menor asomo de vegetación. Y los héroes suelen ser personajes anónimos que viven alienados sin saberlo, bajo la opresión de un sistema que les roba su individualidad hasta el día que despiertan y se deciden a combatirlo.

Este libro recorre algunas de las distopías más impactantes que han llegado hasta nosotros a través de algunas de sus manifestaciones artísticas más populares: desde carreras de coches en desiertos australianos, replicantes cuyos momentos se pierden como lágrimas en la lluvia, delincuentes juveniles que combaten contra tribus salvajes o idiotas del futuro que riegan los cultivos con bebidas energéticas.

- *El día de mañana:* Cine de catástrofes con fuerte componente ecologista.
- *V de Vendetta*: El cómic más aclamado de todos los tiempos.
- *El Incal*: El tesoro más ansiado por todo tipo de sectas e imperios galácticos.
- *Altered Carbon*: Fascinante distopía empresarial.
- *El planeta de los simios*: Astronautas en un planeta dominado por belicosos monos.

Otros títulos publicados en la colección LOOK
Cultura popular (música, cine, series, videojuegos, cómics)

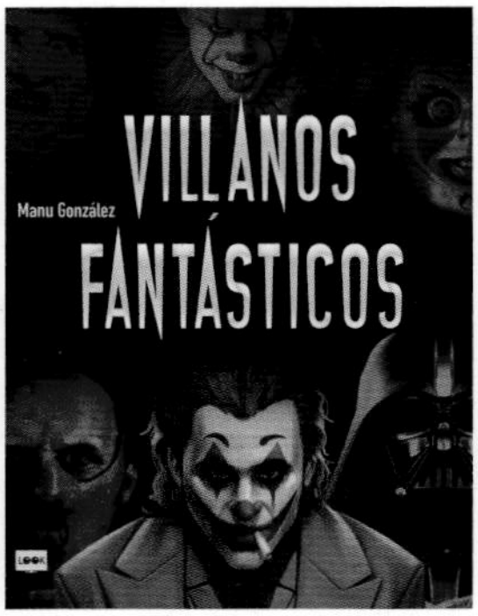